ARNIM TÖPEL

Muffze-kopp

Zweiter Fall für Mister Nochdenkerles

Kurpfälzer Mundart-Krimi

Liebe Leserin, lieber Leser,

als ich mich entschloss, *De Schorle-Peda* zu schreiben, war ich nicht sicher, ob das funktionieren würde: Hochdeutsch kombiniert mit Mundart? Ohne Lautschrift, nur mit unserem Alphabet? Es war ohnehin eine Umstellung, nicht für meine Bühnenprogramme zu formulieren, sondern für Sie; sich nicht mehr mit dem Skizzieren eines Wortes zu begnügen – ich weiß ja, wie es klingen soll. Sie dagegen sehen sich unseren vertrauten Buchstaben in ungewohnter Kombination gegenüber und fragen sich womöglich: *Hä?*

Seit Erscheinen des Buches sind diese Bedenken zerstreut. Mein *Schorle-Peda* ist angekommen, wie ich es mir gewünscht habe, als Liebeserklärung an unsere klangvolle Sprache und vor allem an *die Leit*. So bestärkt habe ich die Fortsetzung verfasst, den *Muffzekopp*.

Zwei Empfehlungen möchte ich Ihnen nach vielen Gesprächen mit meiner Leserschaft geben. Zum einen müssen Sie sich *bissl gegwööhne* an die Art und Weise, wie ich versuche, unserer *Sprooch* zumindest nahezukommen. *Do* ist eben nicht gleich *doo*. Zum anderen: lesen Sie laut! Noch besser: lesen Sie anderen vor! Gerne auch Ihrer neuen Kollegin aus dem Münsterland, die Sie in der Kantine gefragt hat, wie die denn so ticken hier. Trauen Sie sich! Selbst als Neubürger. Betrachten Sie es als Sprachkurs. Mir wurde überdies anvertraut, mein Buch eigne sich besonders für Vorlese-Einheiten nach dem Zubettgehen. Diese Vorstellung behagt mir sehr: *Hea, isch keent graad ratze bis hinnewedda! Gdnacht, Schätzl!* Kommissar Günda als Sandmann.

Alla hopp, Aare, Ohre un Härzzl uff!

„Äh, Sie wärre entschuldische: Büschas, hawwe Sie die?“
„Nun, da wir uns hier in einer Buchhandlung befinden, bin ich recht zuversichtlich, dass Sie in der Lage sein werden, an diesem Ort das eine oder andere Buch zu finden. Ich sage mal toi, toi, toi!“
Regina Mühlheimer fühlte sich bei ihrem fünften Kundengespräch an diesem nicht enden wollenden Vormittag zunehmend unterfordert.
„Alla guud.“ Der stellvertretende Kommandant der *FrFeFu* – Freiwillige Feuerwehr Fußheim – rang erkennbar mit sich.
„Dann deedisch mol saache, isch nämm ähns.“
„Aha. Wie schön. Und welches?“
„A, wuhea soll ischn des wisse? Sie schaffe doch doo, net isch.“

Das war schlechterdings nicht zu leugnen, wenngleich Regina Mühlheimer in diesem Moment über eine Spontankündigung nachdachte. Die zweifache Mutter hatte sich in den letzten acht Jahren vornehmlich der Kindererziehung gewidmet und ihre anfangs so erfolgversprechende Karriere als Übersetzerin für naturwissenschaftliche Fachliteratur aus Skandinavien hintangestellt. Zunächst hatte sie versucht, sich diszipliniert über die Forschung insbesondere auf dem Gebiet der Fjordflora auf dem Laufenden zu halten, aber ihre mangelnde Präsenz in den Verlagen und auch die unvermeidliche Terminverzögerung bei der einen oder anderen Publikation infolge eines zahnenden Säuglings war bei ihren Stammkunden auf wenig Verständnis gestoßen. Nun, da ihre beiden Töchter Kindergarten beziehungsweise Schule besuchten, hätte sie nur zu gerne wieder gearbeitet, doch der Kontakt zu ihren Auftraggebern war weitgehend erlahmt; in den für sie zuständigen Abteilungen kannte sie niemanden mehr persönlich, dort beschäftigte man längst den eigenen Übersetzerpool.
Und so war sie hocherfreut gewesen, als ihre Studienfreundin Bettina Schneider sich gemeldet hatte, um sie mit einem

überraschenden Angebot zu locken. Händeringend hatte die jemanden gesucht, der für sie in der *Lesbar*, Fußheims einzigem Buchladen, einspringen konnte. „Hier geht alles drunter und drüber. Alles Weitere später. Nur eines: etwas Schreckliches ist passiert."

Mittlerweile hatte sie ihre Zusage bitter bereut. Seufzend wandte sie sich wieder dem Buchsuchenden zu: „Was lesen Sie denn gerne?"
„Lese? Waas?"
„Ja, das frage ich Sie. Sie wollen doch ein Buch kaufen. Und um Ihnen die Entscheidung für eines ein wenig zu erleichtern, frage ich Sie, was Sie gerne lesen."
„Zeidung."
„Aha. Und sonst?"
„Sport."
„Na dann empfehle ich Ihnen doch ein Sportbuch. Wie wäre es mit der Geschichte der Fußball-Bundesliga. Das haben wir bestimmt."
„Fußball? Faä Fraa? Isch weeß net."
Helmut Riebele wirkte unentschlossen.
„Ach so, das Buch ist für eine Frau. Wissen Sie, was diese Frau gerne liest?"
„Ou. Hmpf … Do missdisch mol froore."
„Ja, dann fragen Sie sie doch einfach."
„Des geht net. Iwwaraschung. Weje Hochzisch."
„Ein Hochzeitsgeschenk, wie schön, da kommen wir der Sache schon näher. Wann ist denn die Hochzeit, wenn ich fragen darf?"
„Die Hochzisch? Oh, liewi Zeit, die is schun gwest."
„Wann?"
„Ou, so dreißisch, färzzisch Joa vleischt?"
Diese Antwort heiterte Regina Mühlheimer nun doch etwas auf.

„Ich verstehe, Sie suchen ein Buch als Geschenk für Ihre Frau zum Hochzeitstag."
„Sachisch doch. Buch. Weje Hochzisch."
„Gut. Was liest Ihre Frau denn so? Vielleicht haben Sie ja schon einmal ein Buch auf ihrem Nachttisch liegen sehen."
„Ou, do missdisch mol gugge, awwa …", Helmut Riebeles Miene erhellte sich. „Äh, was annares, Blume, hawwe Sie die?"
„Nein, tut mir leid, aber ich gebe Ihre Anregung gerne an die Geschäftsleitung weiter. Eine Kakteenzucht böte sich hier tatsächlich an. Tolle Idee. Vielleicht bei den Glückwunschkarten."

Ein kaum hörbares Klicken ließ Regina Mühlheimer in Türrichtung blicken. Die gepflegte Erscheinung eines smarten Mittdreißigers verwandelte ihre eingefrorenen Lippen schlagartig in ein entgegenkommendes Lächeln und versöhnte sie mit ihrer neuen Tätigkeit.
Fritjof Freese war irritiert. Nicht durch das Lächeln, eine solche Reaktion war er gewohnt auszulösen, das Geräusch vermochte er nicht einzuordnen.
„Ja, da habe ich mich auch erst gewundert, das ist eine Lichtschranke, die beim Betreten des Ladens ausgelöst wird, ein Zähler, der die Kundenbesuche erfasst. Wohl eher Spielerei, die Kundenzahl hier ist ja durchaus überschaubar", erläuterte Regina Mühlheimer, ohne den Blick von Freese abzuwenden. „Was kann ich für Sie tun?"
„Fritjof Freese, Kriminalpolizei. Mein Beileid."
„Ach so. Nein, ich bin nicht die Patentochter von Herrn Wohlrabe. Ich bin nur eingesprungen, als Aushilfe. Ich bin ja auch keine Buchhändlerin, von Haus aus bin ich Übersetzerin. Skandinavistik."
Eine Zusatzinformation, die sie bereits bei ihrer Äußerung als zu persönlich bereute und die sie ihrem schon geraume Zeit nachlassenden Umgang mit gleichaltrigen Männern zuschrieb.

„Wenn Sie Frau Schneider suchen, die ist unterwegs, um die Formalitäten zu erledigen. Sie wollte auf jeden Fall noch vorbeikommen. Kann ich etwas ausrichten?“
„Nein, vielen Dank, ich müsste mit ihr persönlich sprechen. Aber vielleicht kann ich hier auf sie warten?“
„Isch glaab, isch habs!“ Helmut Riebele strahlte erleichtert. „Rumschdeek odda Worscht?“
Er hielt der Aushilfsbuchhändlerin zwei Bildbände entgegen: „Wenn Sie mol gugge wolle?“
Ein wenig angewidert besah sich Regina Mühlheimer erst die überlebensgroße Rindswurst auf dem einen Buchtitel, aufwendig in Szene gesetzt mit Kartoffelsalat schwäbischer Art sowie schwungvoll drapiertem neonfarbenem Senf, um ihren Blick anschließend widerstrebend auf das rosige Innenleben eines in der Glut gleißendes Steaks zu richten.
„Unn? Wie moanschen?“
Der Kunde schaute erwartungsvoll und gewährte auch Fritjof Freese einen Blick auf seine beiden Favoriten. Der zeigte seine Entschlussfreudigkeit: „Also ich, ich würde das Steak wählen!“, um sich sogleich wieder an Regina Mühlheimer zu wenden: „Sie wahrscheinlich auch, oder?“
„Ich bin Vegetarierin.“
Die Aussage geriet etwas vorwurfsvoll, was einen Moment der Stille auslöste, dem Helmut Riebele gleich darauf jede mögliche Peinlichkeit nahm.
„Ffeggetaria? Mei Fraa aa. Seit neuschdem. Isch net.“
Regina Mühlheimer erwog, Freese in die Bedeutung dieser Information für die anstehende Kaufentscheidung einzuweihen, kämpfte jedoch noch zu sehr mit dem Grillgut, das sich nun wieder direkt vor ihren Augen befand.
„Steak!“, entschied sie in der Hoffnung, dass dann die aufdringlichen Köstlichkeiten aus ihrem Blickfeld entschwänden.
„Als Geschenk einpacken?“
„Nää. Net needisch.“ Er blinzelte Freese zu: „Fa mei Fraa.“

Der nickte zustimmend: „Gute Wahl.“
„Hochzisch.“
Fritjof Freese schaute fragend zu Regina Mühlheimer. Immer wieder kam es vor, dass er als Zugezogener Dialektbegriffe nicht verstand.
„Hochzeit, besser gesagt: Hochzeitstag, der Herr sucht ein Geschenk für seine Frau.“
„Ah ja, sehr schön, da wird sie sich bestimmt freuen.“
Regina Mühlheimer suchte nach einem ironischen Unterton. Vergebens. Man hatte sich in ihrem Alter wohl doch mit Kompromissen abzufinden. Immerhin hatte er nicht die Rindswurst gewählt.
„Sie?“
Die Angesprochene zuckte unwillkürlich zusammen.
„Isch wärd Sie empfehle.“
„Oh, dankeschön.“
„Un vleischt kummisch a nochmol.“
„Da freue ich mich jetzt schon.“
„Weje Blume.“
„Ja. Weshalb auch sonst.“
„Servela!“
„Auch Ihnen einen schönen Tag.“

Ein wenig unbeholfen standen sich die im Buchladen Verbliebenen gegenüber.
„Die Einheimischen, so sind sie halt. Man muss sie einfach mögen.“
„Sie sind nicht von hier, wie man Ihrem feinen Hochdeutsch anhört.“
Freese hatte den gelieferten Anknüpfungspunkt sofort erkannt.
„Wir wohnen seit zehn Jahren hier. Also meine Töchter und ich. Urspünglich komme ich aus Bielefeld.“
„Bielefeld! Eine Ostwestfälin!“

Es geschah nicht häufig, dass jemand diese geografische Einordnung treffen konnte.
„Sie kennen Ostwestfalen?“
„Nun, kennen ist vielleicht zu viel gesagt, ich habe Verwandte in Verl.“
„Ah, Verl. Bei Gütersloh.“
„Ganz recht. Und was hat Sie hierher verschlagen?“
„Mein Mann, also, mein Ex-Mann“, beeilte sie sich hinzufügen, „hat damals noch bei Bertelsmann gearbeitet, stammt aber von hier, aus St. Ilgen, und wollte irgendwann wieder zurück. Anfangs hatte ich doch einige Mühe, ihn zu verstehen. Besonders, wenn er mit seinen Eltern telefoniert hat.“
„Ja, das kenne ich. Mein Chef ist auch Kurpfälzer. Ein waschechter. Mit Leib und Seele. Da habe ich immer noch meine Schwierigkeiten.“
„Vor allem, wenn sie untereinander reden.“
„Ja, vor allem dann.“
„Ja, vor allem.“
„Ja.“

Das Gespräch drohte zu verebben.
„Soll ich vielleicht versuchen, Frau Schneider zu erreichen? Ich kann ihr auch eine Nachricht schicken, dann müssen Sie nicht hier warten.“
„Das ist eine gute Idee, dann soll sich doch Frau Schneider bei mir melden. Es geht um ihren Patenonkel.“
„Oh, das ist entsetzlich. So ein tragischer Unfall.“
„Ja.“
Wäre Regina Mühlheimer nicht damit beschäftigt gewesen sich zu fragen, weshalb dieser interessante Mann ihr Angebot, nicht länger bei ihr verweilen zu müssen, ohne Zögern angenommen hatte, sie hätte der knappen Antwort entnehmen können, dass die Todesursache für die Polizei nicht derart eindeutig war.

So aber konzentrierte sie sich ganz auf die Visitenkarte, die sie in Händen hielt.
„Sokodo?“
„Nein. Sookoodoo! Jedes o spricht man anders. Mein Chef jedenfalls. Ich kann das nicht richtig. Sookoodoo, das bedeutet Sonderkommission für dooo. Verstehen Sie?“
Regina Mühlheimer nickte fragend.
„Von dooo, für doooo!“ Freese bemühte sich, das o nicht nach einem solchen klingen zu lassen und verlieh ihm einen näselnden Beiklang, was für allgemeine Heiterkeit sorgte.
„Ja, dooo ist eben nicht gleich doooo.“
„Von dooo oder nicht von dooo? Das ist hier die Frage“, alberte nun auch Regina Mühlheimer.
„Ich lieb dich nicht, du liebst mich nicht. Dooo, dooo, dooo.“

Ein knackendes Geräusch riss die beiden aus ihrem Dodolog.
„Äh, isch bins nochmol. Isch hab mias iwwalegt.“
Beider Lächeln gefror.
„Liewa Worscht. Gähngt[1] des noch?“
„Aber selbstverständlich!“ Regina Mühlheimer fing sich mit einiger Mühe. „Wofür sind wir schließlich da?“

Noch am Abend ging ihr diese Frage nach.

---

[1] Ginge

„Ich zähle jetzt bis drei! Eins!"
Kommissar Günda seufzte. Noch vor wenigen Minuten war es ein paradiesisches Plätzchen gewesen. Das Prasseln des Kamins hatte die gediegene Stille im *Café Wattwurm* dezent untermalt. Die Kuchengabeln waren behutsam über die Teller geglitten, und selbst das Rühren in den Tassen war ohne jede Hast erfolgt, sodass die Kandiszuckerstückchen unhörbar durch den Ostfriesentee schwebten. In einem Fall auch durch den darin enthaltenen Rum.
Die vier an diesem Nachmittag anwesenden Gäste, neben Kommissar Günda ein sich beharrlich anschweigendes Pärchen sowie eine Dame, eingehüllt in mehrere Pullover und vertieft in ein dickes Buch, hatten sich über die gesamte Fläche des Cafés verteilt und einander zum Zeichen ihrer Rücksichtnahme geflissentlich ignoriert. Er hatte das Glück gehabt, den einzigen Fensterplatz zu ergattern, und so das Unwetter kommen sehen. Mächtige dunkle Wolken hatten sich binnen kürzester Zeit aufgetürmt. Der aufmerksame Beobachter wusste, dass ein massiver Regenguss unmittelbar bevorstand.
Anders die das Café nun Bevölkernden, fünf junge Frauen mit unzählbaren Kleinkindern im Schlepptau, in ihren wattierten Ganzkörperanzügen, die sandüberzogenen Buddelutensilien kreischend hinter sich herschleifend. Triefnass hatten sie Schutz vor den unerwarteten Naturgewalten gesucht und überfallartig Einzug gehalten. Die ansonsten so beherzte Bedienung hätte vielleicht den Schaden räumlich begrenzen können, aber sie war kurz zuvor auf der Suche nach Sanddornsirup in der Küche verschwunden.
„Eines Tages hänge ich ein Schild in die Tür: *Mutter und Kind-Kurgäste – wir müssen leider draußen bleiben!*", raunte sie Kommissar Günda zu und hob schicksalsergeben die Hände.
„Zwei!"
Eine Mutter machte sich in Kommissar Gündas Rücken an einer vollen Windel zu schaffen, was er nicht sehen, jedoch riechen

konnte. Dem Impuls, sich umzudrehen, widerstand er nicht und erkannte, dass er sich geirrt hatte. Es gab keine Windel.
„Ich sagte Eihns, Zweih …“

Kurschatten, eine Verheißung, die Kommissar Günda immer schon gefallen hatte und der er insgeheim hier zu begegnen hoffte. Erst hatte er die Vorstellung gescheut, ein Kurgast zu sein. Als Kind hatte er mit seinen Eltern des Öfteren seine Großmutter während ihrer regelmäßigen Aufenthalte in Bad Bergzabern besucht. Das letzte Mal mit 15, kurz nach seinem Tanzkursabschlussball. Prompt hatte ihn *Ooma Terees* nach dem obligatorischen Spaziergang im Kurpark zu einer Veranstaltung ins Kurhaus geschleppt, die sich als sogenannter Tanztee entpuppte. Mit Live-Musik. Eine Dreimanncombo. Die Mitglieder sahen zwar aus wie Rockmusiker, die schulterlangen Haare waren zum Zopf gebunden, spielten jedoch in einer beängstigenden Besetzung: ohne Schlagzeug, ohne elektrische Gitarre. Als sie *Immer wieder sonntags* intonierten, hatte seine resolute Oma jegliche Bedenken des angehenden Walzerkönigs – „Donze[2]? Ou, äh, mia iiwe bishea bloß Handkuss!“ – beiseite gewischt und ihn kurzerhand auf die Tanzfläche gezerrt. Dort hatte er im Kreis der sich wiegenden Greise zunächst versucht, im lauthals mitgesungenen *tippitippitipptiiii* ein erlerntes Zählmuster wiederzuerkennen. Womöglich Cha-Cha-Cha? Der Widerstand seiner Großmutter gegen seinen Versuch zu führen, wie es sich ja angeblich für sein Geschlecht zumindest beim Tanzen gebührte, dieser Versuch war bereits im Keim erstickt worden, seine Bewegungen waren an diesem unüberwindlichen Fels von Großmutter abgeprallt.
Und so hatte er sich eben ergeben, eingereiht in die behäbig wogende Schar und auf ein baldiges Ende des Liedes gehofft. Leider hatte sich der Sonntagsschlager als Auftakt eines

---

2 Tanzen

Potpourris entpuppt. Das Grinsen des an Frank Zappa erinnernden Klavierspielers, das er zuerst als Solidaritätsbekundung empfunden hatte, war nur dessen diabolische Begrüßung jedes weiteren Titels. *Eine neue Liebe ist wie ein neues Leben*, *Ich bin verliebt in die Liebe*, *Fiesta Mexicana*, *Schöne Maid, hast du heut' für mich Zeit.* Im zuckenden Schein der dreifarbigen Lichtorgel zu Füßen des Wandergitarristen, dessen mit kathedralem Hall versehene Stimme von Lied zu Lied tiefer aus dem Jenseits zu kommen schien. Mittlerweile war die Hölle in Rufweite: *Hojahojaho!*

Mit *Arrivederci, Hans, das war der letzte Tanz* hatte die Schlagerparty dann doch noch ein Ende gefunden, auch wenn dies die unermüdliche Tanzgemeinde nicht wahrhaben wollte: „Ou! Nääää!" – „Schaad, schaad!" – „Zu-gab-e! Zu-ga-be! Zu-ga-be!"

Seine Großmutter war anschließend voll des Lobes: „Eian Soohn, des gibt mol de neie Fräd Aschdäa[3]!"

Sie sollte Unrecht behalten. Für den Tanztee war er seitdem für alle Zeiten verloren.

Als ihm vor einigen Wochen sein Hausarzt eröffnete hatte: „Hea, Günda, dei Haxe, doin Ranze, isch deed saache, du gheasch mol uff Kua!", war seine größte Sorge gewesen, er könnte in solchem Umfeld unverhofft in einen Ball der einsamen Herzen geraten, Dauerdrohung Damenwahl.

Und so hatte er sich nach Rücksprache mit seiner Krankenkasse „Mia zahle nix. Höckschdens Schwefelbad!" für einen Aufenthalt an der Nordsee entschieden. Getreu der alten Weisheit *Wu klähne Kinna sin, sin kää Rendna*. Und umgekehrt.

Ein Irrtum, wie sich schon auf der Fähre gezeigt hatte.

Den Ausschlag für die Wahl des Ortes hatte eine beiläufige, bedauernde Bemerkung der gewissenhaften Mitarbeiterin im

---

[3] Fred Astaire

Reisebüro gegeben: „Oh, ich sehe gerade, das Kurhaus ist derzeit wegen Renovierung geschlossen."
„Subba. Des nämmisch!"

Die rastlosen Kleinen hatten sich rasch in der neuen Umgebung zurechtgefunden. Kletterten über Stühle, krochen unter Tische, klebten mit Gesichtern und Händen an der gläsernen Kuchentheke. Der plötzliche, stechende Geruch kam von einem roten Plastikeimer, den die Kellnerin mit dem Feuerhaken aus dem Kamin zu angeln suchte und der selbst auf laute Nachfrage niemandem gehören wollte. Was nun auch für sämtliche Kinder galt. Kommissar Günda schaute sich um nach der eingangs resolut bis zwei zählenden Stimme, die sich doch eigentlich angeschickt hatte für Ordnung zu sorgen. Er entdeckte jedoch nur fünf Frauen, um einen Ecktisch geschart, eine Flasche Prosecco in ihrer Mitte, einander entspannt zuprostend.
Stumm machte sich das Pärchen bereit für den Aufbruch. Die eifrige Leserin nestelte aus ihrem Brustbeutel ein paar Ohrstöpsel hervor, die Bedienung brachte zwei weitere Flaschen Prosecco.
Erst jetzt entdeckte Kommissar Günda den vor ihm stehenden kleinen Jungen, den Mund eisverschmiert, einen knallgrünen Ball in Händen, den er ihm jetzt entgegenstreckte. Dankend lehnte der Auserkorene mit einem kurzen Kopfschütteln ab und blickte angestrengt aus dem Fenster. Ein Fehler, wie sich alsbald herausstellte. Nach einem durchdringenden Klirren aus Richtung Kuchentheke war der Ball verschwunden. Wie die meisten Gläser auf dem darüber befindlichen Regal auch.
„Ronaldo!" Das war unzweifelhaft die Stimme der einstigen Zählerin. „Was hast du jetzt wieder gemacht?"
Der strohblonde Nachwuchskicker hob ein durchdringendes Geheul an und deutete auf Kommissar Günda.
Fünf leicht glasige Augenpaare musterten ihn vorwurfsvoll.
Noch vierzehn Tage.

Fritjof Freese kam sich schon ein wenig alleingelassen vor. Nicht, dass ihn seine Aufgaben überfordert hätten, im Gegenteil, ihm behagte das eigenverantwortliche Arbeiten, das Chefsein durchaus. Was ihn jedoch immer wieder verunsicherte, war der Umgang mit diesen hartnäckigen Dialektsprechern, die auf ihn keinerlei Rücksicht nahmen und deren Redeweise er zugleich als Ausdruck einer speziellen, ihm fremden Mentalität empfand. Bei aller sorgfältigen Ausbildung, die er genossen hatte, bei allen regelmäßigen Schulungen, an denen er teilnahm, die wesentlichen Einblicke in die Kurpfälzer Seelenwelt gewährte ihm nun einmal nur sein Vorgesetzter. Und der war seit einer Woche fort.

Nachdem die ersten Tage ausnehmend ruhig und ereignisarm verlaufen waren, er sich sogar an die Abarbeitung des Aktenstapels auf Kommissar Gündas Schreibtisch hatte machen können, sorgte der Tod des Fußheimer Buchhändlers dafür, dass sich Freese wieder hinausbegeben musste in diese Welt der seltsamen Leute und Laute. Ohne den Dolmetscher, ohne den Körpersprachenkenner und -beherrscher, dem der Zugang zu diesen leichtfiel, weil er es einfach konnte *mit de Leit*. Da war Freese eindeutig im Nachteil. Er mochte sich täuschen, aber ihn beschlich nicht selten das Gefühl, dass man ihn auf Distanz hielt. Er war nun einmal nicht *vun doo* und würde es auch niemals sein.

Und es gab noch einen weiteren Aspekt, den er sich insgeheim eingestand: dieser eigenwillige, bisweilen etwas ruppige Chef, er fehlte ihm.

Der erste Besuch in der Buchhandlung hatte ihn noch kurz hoffen lassen, im dortigen Umfeld sei er dem Dialektmilieu ausnahmsweise enthoben. Sowohl die Begegnung mit Regina Mühlheimer als auch das kurz darauf folgende Telefonat mit der

Patentochter des Toten hätten auch in der norddeutschen Tiefebene stattfinden können. Bettina Schneider hatte ihren Onkel identifiziert und versprochen, so bald wie möglich für Freeses Befragung zur Verfügung zu stehen. Einstweilen solle er sich an Jakob Wohlrabe wenden, den Bruder des Toten.
Der meldete sich auf seinen Anruf im Buchladen mit den Worten: „Was gibts? Wea will was?“
Freese war drauf und dran gleich wieder aufzulegen.
„Spreche ich mit Herrn Jakob Wohlrabe?“
„Wea will des wisse?“
„Kriminalpolizei. Fritjof Freese, Sokodo. Ich rufe an wegen des Todes Ihres Bruders. Mein Beileid.“
„Donge. Un tschüss.“
Fritjof Freese drückte seufzend auf die Wahlwiederholung.
„Was gibts? Wea will was?“
„Ja, nochmal Freese, Kriminalpolizei. Herr Wohlrabe, ich hätte ein paar Fragen an Sie bezüglich des Todes Ihres Bruders.“
„Fa waas?“
„Reine Routine.“
„Ähä.“
„Ich würde dazu gerne bei Ihnen vorbeikommen.“
„Oh, liewi Zeit!“
Freese ließ sich nicht abschrecken.
„Sie können sich natürlich auch gerne ins Polizeipräsidium begeben.“
„Alla guud. Kumme Sie hald voabei. Awwa dann glei!“

Freese hätte sich gerne eingehender vorbereitet, handelte zwei Stunden aus, überflog den Bericht der Spurensicherung und wünschte sich Kommissar Günda herbei. Er war kurzzeitig versucht ihn anzurufen. Aber Ehrgeiz und Stolz brachten ihn davon ab. Vorläufig.

Kommissar Günda wäre durchaus froh gewesen um einen Anruf von Freese. Er ertappte sich immer wieder dabei, wie er auf das Display seines neuen Smartphones schaute, das ihm sein Mitarbeiter zum bald anstehenden Geburtstag nicht ohne Eigennutz geschenkt hatte. Dankenswerterweise hatte der auch die Einrichtung und sämtliche Einstellungen vorgenommen, weshalb Kommissar Günda nun in der Lage gewesen wäre Anrufe entgegenzunehmen. Nur hatte niemand außer Freese seine Nummer. Und ob der sich tatsächlich bei ihm melden würde, daran hatte Kommissar Günda seine Zweifel.

Es war das erste Mal, dass er so lange Zeit am Stück vom Dienst abwesend war. Wenigstens seit ihm dieser junge Assistent zugeordnet worden war. Davor hatte er seine Arbeit einfach einem vertrauenswürdigen Kollegen in der Zentrale überantwortet, am liebsten dem *Gschischde Bärnd*, der seinen Spitznamen einer besonderen Gabe verdankte: er wartete zu jedem Thema mit einer Anekdote auf. Haarsträubend und frei erfunden. Gerne wurde er deshalb bei Vernehmungen eingesetzt, die man auf diesem Wege abkürzen konnte. Nicht wenige gerieten im Strudel der haltlosen Erzählungen ihres Befragers, der seine Geschichten gerne im Pfälzer Wald ansiedelte, in Verwirrung und verstrickten sich rasch in Widersprüche. Was *de Gschischde Bärnd* eiskalt ausnutzte. Denn so unstrukturiert der in seinen eigenen Schilderungen wirkte, so scharfsinnig förderte er die Ungereimtheiten anderer zutage. Allzu sicher fühlte sich manch einer vor einem Ermittler, der offenbar gar nicht an ihm, sondern nur an sich selbst interessiert war. Und unter der Kaskade unsinniger Handlungsstränge mit Dutzenden von Personen, darunter durchgeknallte Waldschrate und Trolle, hatte der Verdächtige Mühe, sich auf seine eigene, mühsam zurechtgezimmerte Aussage zu konzentrieren. Es unterliefen Fehler, die man sich beim *Gschischde Bärnd* nicht erlauben durfte. So konnte der in aller Regel alsbald triumphierend verkünden: „Vawischt! Liejebeitl[4]!"

Diese Zeiten waren vorbei. Mit Fritjof Freese hatte Kommissar Günda nicht nur einen jungen, engagierten Mitarbeiter – wenn auch mit Sprachhandicap –, sondern auch einen pfiffigen Kollegen, der sich rasch eingelebt hatte. Und dessen Ehrgeiz sich nun offenbar auch und gerade in Kommissar Gündas Abwesenheit erst richtig entfalten konnte. Als er vorsichtig ins Spiel gebracht hatte, dass er womöglich in Urlaub gehen würde – *korzz, ganz korzz*, –, fest mit Freeses Bedenken und Sorgen rechnend und bereit, denen zur Not mit der Stornierung der Reise zu begegnen, hatte der ihm geradezu euphorisch zugeraten: „Drei Wochen, Tschief, Minimum. Drunter bringt das nichts."

Vor seiner Abreise hatte er seinen Schreibtisch aufgeräumt und sämtliche Akten auf einen Stapel gelegt, obenauf der Zettel *Bleiwe losse!* Er hatte dann doch nicht an sich halten können und die ersten drei Tage im Präsidium angerufen: „Unn, was gibtsn Neies?" Aber es gab einfach nichts Neues, was ihn weniger beruhigte als, wie er sich eingestehen musste, traf.

Sollte Freese tatsächlich schon zum selbstständigen Umgang mit den Hiesigen fähig sein? Hatte er heimlich einen Sprachkurs besucht? Oder hatte er etwa einen anderen Experten zur Seite, der ihn ersetzte? Er hätte eher damit gerechnet, dass man seinen Assistenten mittlerweile bereits vom Dienst suspendiert haben würde nach zahllosen Beschwerden aus der Bevölkerung, weil der die Dialektregeln grob fahrlässig verletzt hatte.

Ab dem vierten Tag verspürte er endlich erstmals einen Anflug von Stolz, dass sich der von ihm Angelernte allem Anschein

---

[4] Lügner

nach wacker schlug. Nun allerdings hätte er wenigstens zu gerne von diesem selbst erfahren, was sich in seiner Abwesenheit zugetragen hatte.

Kommissar Gündas Gedanken kreisten eben immer noch allzu häufig um seine Arbeit. Und das vermischte sich mit einem Gemütszustand, der ihn von Kindesbeinen an fern von zu Hause verlässlich heimsuchte: der Hang zum *Hoomarre*[5].

---

[5] Heimweh haben

Der Ruf eines Uhus riss Fritjof Freese aus seinen Gedanken. Allen potenziellen Anrufern und Sendern von Nachrichten hatte er bestimmte Geräusche zugeordnet. Seine zahlreichen Frauenbekanntschaften machten sich mit Melodien bemerkbar. Männern waren Tierlaute vorbehalten. Der Uhu hatte soeben Premiere, er gehörte Kommissar Günda. Freese besah sich die gerade eingegangene Nachricht.
Dies?
Ratlos antwortete er mit einem Fragezeichen. Und einem Smiley mit Sonnenbrille.
Dies Net?
Vorsorglich wählte er einen ausführlicheren Text.
Verstehe Nachricht nicht. Wiederholen!
Dies Pfad dürfe Net?

Es war nicht ungewöhnlich, dass man von Kommissar Günda kryptische Botschaften erhielt, diese jedoch schien professionell verschlüsselt. Gab es ein neues Programm für die sichere SMS-Kommunikation?
Brauche Verschlüsselungscode
Seid also Net
Kurzerhand wählte Freese Kommissar Gündas Nummer. Sofort meldete sich der Anufbeantworter.
Der Teilnehmer ist zur Zeit nicht erreichbar. Bitte versuchen Sie es zu einem späteren Zeitpunkt noch einmal.

„Hea, Dorle?" Der Chef der Fußheimer Sparkasse verzichtete einmal mehr auf die hauseigene Sprechanlage und hob stattdessen seine Stimme.
„Glei!"
Die Herbeibeorderte war lange genug Peter Willhubers Sekretärin, um abschätzen zu können, wie dringend ein Anliegen ihres Chefs war. Gerade erstellte sie die Einladungen für die nächste Vertreterversammlung, die ihr Willhuber diktiert hatte. Ihre Aufgabe bestand nicht nur im Tippen, sondern auch im Übersetzen, was die eine oder andere Umformulierung erforderlich machte.
Angefangen bei *Liewe Leit – Sehr geehrte Damen und Herren* – über die Formalien, insbesondere den Geschäftsbericht – *de üblische Kees* – bis zur abschließenden Einladung zum Essen: *Sebvaständlisch gibts aa widda oddentlisch was zum Spachtle! Alla, eian Peda – hoffe ich auf Ihr zahlreiches Erscheinen und verbleibe bis dahin mit freundlichen Grüßen, Ihr Peter Willhuber.*

Doris Felbermann klopfte zwei Mal kurz und öffnete, ohne eine Antwort abzuwarten, die mit Leder beschlagene Tür.
„Was gibtsn, Peda? Die Eiladunge fa die Vasammlung vun denne Vadreeda, die hawwisch schun fäddisch."
„Des is guud. Nää, ganz was annares. Isch bräuscht was vun drunne. Aussemme Schließfach."
„Aussemme Schließfach?"
Peter Willhuber überging den fragenden Unterton.
„Wenns geht glei. Wäasch so guud?"

Wenige Minuten später hielt Peter Willhuber einen dunkelbraunen Umschlag in Händen und ließ sich mit dem zuständigen Nachlassgericht verbinden.
„De Peda vun de Spaakass. Folgendes, isch ruf oo wejem …"
„Wie bitte? Wer spricht dort?"
Die Informationen wollten nicht durchdringen.

„Aa, vasteh schun. Sie sin do nei[6]. Un net vun doo, gell odda?"
„Entschuldigung, aber die Leitung ist gerade schlecht, ich verstehe immer nur o oder so."
Willhuber lächelte wohlwollend.
„Besssaa jetz?"
„Ja, viel besser."
„Allo. Spaa-kassä Fuß-heim, Pe-da Will-hu-ba. Isch rufe ahn wegen demm Wohl-ra-be Ge-org. Demm sei Tesch-da-ment, des hawwisch ghabt."
Er betrachtete nachdenklich den vor ihm liegenden Umschlag.
„Wenn ich Sie recht verstanden habe, dann handelt es sich um ein Testament, das Sie in Verwahrung haben."
„Du hoschs afasst."
„Wie bitte?"
„Stimmt."
„Ja, dann würde ich Sie bitten, uns das schnellstmöglich zukommen zu lassen."
„Geht klaa. Machisch. Mogge hawwe Sies, glei wenn Sie uff-mache."
„Würden Sie es vielleicht nochmals versuchen, jetzt waren wieder ganz komische Geräusche zu hören."

Peter Willhuber wusste nur zu gut um den Inhalt und die Brisanz dieses Dokuments. Er hatte vor einem Monat das Testament als Zeuge unterschrieben. Damals hatte er Georg Wohlrabes Ansinnen, einen letzten Willen zu verfassen, zudem beglaubigen und vor allem verwahren zu lassen, belächelt.
„Ou, Schorsch, hosch Gheimnisse?"
Nun würden sich wohl einige die Augen reiben.

„Hea, Dorle, deedsch du mia mol en Gfalle du?"

---

6 neu

„Weje demm Teschdament vum Wohlrabes Schorsch? Des machisch. Bringisch mogge glei uffs Nodariaat."

Auf Doris Felbermanns Umsicht und Aufmerksamkeit war Verlass, das wusste Peter Willhuber. Bei ihrer Diskretion war er sich nicht so sicher.

„Sie haben den Buchladen also gemeinsam mit Ihrem Bruder geführt?“
„Leida.“
Jakob Wohlrabe machte sich an einem Regal mit Kinderbüchern zu schaffen. Freese fühlte sich schlagartig zurückversetzt: *Tom Sawyer*, *Jim Knopf*, *Die Schatzinsel*, Erich Kästner und sogar James Krüss. Die hatte er auch alle, seine Mutter hatte ihn bestens mit Literatur versorgt. Nun lagerte seine umfangreiche Sammlung im Keller. Längst hätte er sie gerne übers Internet verkauft, doch das brachte er nicht übers Herz. „Die wirst du mal deinen Kindern vererben“, war seine Mutter überzeugt. Da hatte er seine Zweifel. Würde die so etwas interessieren? Er selbst hatte die wenigsten davon gelesen.
Auch die Lesbar erweckte nicht gerade den Eindruck, sich auf die veränderten Bedürfnisse ihrer Kunden einstellen zu wollen. Der Laden schien aus der Zeit gefallen. Dazu passte dieser untersetzte, ältliche Mann in seinen gut 25 Jahre alten Jeans und dem vermutlich ebenso alten Jeanshemd. Gleich mehrere Schweißflecken zeichneten sich auf diesem ab, die Freese nun schon einige Zeit in Augenschein nehmen durfte, denn unmittelbar nach der denkbar kurzen Begrüßung – *Sie sinn des? Alla guud, kumme Sie hald nei!* – hatte sich Wohlrabe umgedreht und wandte ihm seitdem den Rücken zu. Nervosität im Umgang mit der Polizei schien nicht der Grund für die Ausdünstungen zu sein, Freese tippte auf allgemeine Nachlässigkeit mit Tendenz zur Verwahrlosung.
„In welcher Rechtsform führen Sie die Lesbar?“
„Gsellschaft des büagalische Reschts.“
„Alles gehört Ihnen also zusammen.“
„Wie mas nimmt.“
„Wie darf ich das verstehen?“
„A, jetzat, wua nimmi doo is.“
„Ach so, nein, ich meine davor.“

„Hajo. Hea mol, was solln des eigendlisch? Dea Dabbes[7] is rumgloffe, hot gedroomt, net uffgebasst – des hot dea eftas – un dann issa runnageplotzt. Jetz issa hie. Selwa die Schuld. Wie bleed kamma sei."
Jakob Wohlrabe hatte ihm jetzt immerhin sein Gesicht zugewandt. Um die Nase leicht geädert, die Wangen ohne jede Spannkraft, die trüben Augen müde blickend, die Mundwinkel schon lange alles und jeden missbilligend. Die Ähnlichkeit mit seinem Bruder war unverkennbar, dessen Ausstrahlung jedoch wirkte selbst als Leichnam weit einnehmender und vitaler.
„Das wird sich noch herausstellen." Freeses Ton wurde schärfer.
„Hä?"
„Wie war denn Ihr Verhältnis zu Ihrem Bruder?"
„Nommaal." Jakob Wohlrabe drehte sich wieder um und bückte sich ächzend. Das Hemd rutschte aus der Hose und gab weitere Einblicke, auf die Freese gern verzichtet hätte.
„Des waa hald en Dabbes, schun fria. Do kamma nix mache."
„Immerhin haben Sie beide diese Buchhandlung betrieben."
„Wejem Vadda. Dea hot des gwott."
Er richtete sich auf und nahm Freese ins Visier.
„Wiea gstorwe is, hodda uns grufe, sein gröggschde Wunsch wäa, dass mia sein Lade iwwanämme."
„Ach so, Ihr Vater war auch schon Buchhändler?"
„Dea? Nää, dea hot annares Sach vakaaft: Saaf[8], Merbs[9], Millisch[10]."
Freese sehnte sich nach seinem Vorgesetzten. Mit den genannten Begriffen konnte er nichts anfangen. Er verstand lediglich, dass etwas verkauft wurde. Ob es sich dabei um Säugetiere oder Sargnägel handelte, das konnte er nicht einmal ahnen.

---

7 ungeschickter Mensch
8 Seife
9 Hefegebäck
10 Milch

„Kärbs[11]."
Interessant, gab es solche kehligen Laute nicht auch in Afrika?
„Mabelle[12], Pärsching[13], Rummlsa[14]."
Wie bitte? Hatte er gerade richtig gehört? Pershing? Konnte das sein, ein Waffenhändler in Fußheim? Freeses Sinne waren augenblicklich geschärft.
„Awwa fa die Leit waa de Vadda bloß de Guutsl-Guschtl. Weje de Guutsl, vastehsch?"
Guzzle? Hieß diese russische Waffe nicht ganz ähnlich?
Jakob Wohlrabe geriet ins Schwärmen.
„So Haffe[15] voll hammia als ghabt."
Er deutete eine beträchtliche Größe an.
„Entschuldigung, handelte es sich um Importe aus der damaligen Sowjetunion oder um in Lizenz produzierte Waffen?"
Der Handel mit Kampfgeräten ließ den Todesfall in einem ganz anderen Licht erscheinen. Womöglich eine Angelegenheit für das BKA. Was Freese in diesem Moment nicht unrecht gewesen wäre.
„Hä? Guutsl. Kenne Sie des net? A, wu leebschn du?"
„Verzeihen Sie, aber ich bin aus Eisenach, war in Hamburg auf der Polizeiakademie, und – ob Sie es glauben oder nicht – an beiden Orten haben wir überlebt. Auch ohne *Guuuzles*. Vielleicht sogar gerade, weil wir keine hatten. Ich finde es übrigens völlig unpassend, gemeingefährliche Waffen mit Kosenamen zu bezeichnen."
Jakob Wohlrabe hob den Blick versonnen.
„Schää. Härrlisch waa des. Mia Kinna, mia hawwes guut ghabt dorttmols. Roude[16], blooe[17], geele[18], siieße, saure, doddlische[19].

[11] Kürbis
[12] Mirabellen
[13] Pfirsiche
[14] Mostbirnen
[15] Töpfe
[16] Rote

Wenn die Kinna kumme sinn, hot de Vadda als neiglangt mit soare klähni Schibb, nei in die Dudd un donn ab uff die Waag. Zäh Gramm, zäh Penning."
Der letzte Begriff machte Freese stutzig. Vielleicht doch nur Spielzeugwaffen?
„Awwa wie dann die Campino uffkumme sin, do hot des kähn Docht mea ghabt."
„Campino? Campino! Die kenne ich natürlich. Das sind doch diese bunten Bonbons, ich habe sie geliebt als Kind. Gibts die eigentlich noch?"
„Bei mia net. Bei uns gibts bloß die doo."
Er deutete auf ein Gefäß neben der Kasse.
„Auf! Prowiere Sie mol ähns."
Freese zögerte.
„Auf, lang mol nei. Gschmacklisch sagenhaft. Kumme vun Sponnje[20]. Eckschdra. Jeda Krutze[21], dea wu bei mia was kaaft, kriggt ä Guutsl. Wie dorttmols beim Vadda."
Jetzt verstand Freese endlich, bediente sich und musste über das Missverständnis schmunzeln. Dann bemerkte er den Schimmer in den Augen des doch so robust wirkenden Mannes.
„Doo."
Jakob Wohlrabe deutete auf ein Foto an der Wand, das einen freundlichen Herrn vor einem Ladengeschäft zeigte, im Hintergrund ein VW-Bus Samba mit der Aufschrift *Feinkost und Kolonialwaren Wohlrabe – bstellt, gebrocht!*
Die beiden betrachteten das Bild. Den Mann in seinem blaugrauen Kittel, die Hände in den Taschen, eingerahmt von zwei fast gleichgroßen Jungs in kurzen Hosen, vielleicht acht

---

[17] blaue
[18] gelbe
[19] besonders weiche
[20] Spanien
[21] jedes Kind

und zehn Jahre alt. Die Bonbonfarben der Sechziger schon leicht verblasst. Alle drei strahlten.
„Moin Vadda un mia. Isch." Er deutete auf den kleineren der Jungen. „Un moin Bruda, moin grouße."

Wenn sich Freese nicht täuschte, verströmte der Mann plötzlich Zärtlichkeit. Er beschloss, die Befragung bei anderer Gelegenheit fortzusetzen, und fragte sich, wie er das Gespräch beenden sollte, ohne die unversehens erwachten Gefühle seines Gegenübers zu missachten. Der machte es ihm leicht.

„Hea! Die Guutsl awwa net beiße! Als schää schlutze[22]!"

---

[22] lutschen

Kommissar Günda stapfte stur entlang der Brandung. Er war nicht der Einzige. Einem Pilgerzug gleich hatten sich die Menschen nach Abzug des Gewitters in Bewegung gesetzt. Er war das erste Mal an der Nordsee, und diese Form des Wanderns hatte ihn sofort für sich eingenommen. Das Brausen der Brandung, das Rauschen des Windes, das durch diese ständige Geräuschkulisse so schlagartige Abgeschottetsein von allem und jedem, all das behagte ihm sehr. Die Hände hatte er hinter seinem Rücken verschränkt. Wie alle Männer hier. Und wie einst sein Vater.

Ein Quaken riss ihn aus seinen Gedanken. Das Geräusch irritierte ihn in dieser Umgebung. Eine heisere Möwe? Ein gestrandeter Seehund? Er schaute sich um. Hinter ihm lief ein untersetzter Mann mit Kapitänsmütze, die er tief ins Gesicht gezogen hatte. Das Quaken war verstummt.
Er schaute wieder nach vorn und dachte an den Kanevalsverein in seinem Heimatdorf. *Fresche Fräschl* nannten sich die Aktivisten. Deren Schlachtruf war, wer hätte das geahnt, ein zweimaliges Quaken. Zur Begrüßung, zum Abschied, aber auch als Beifallsbekundung für jede Pointe bei Büttenreden und für die zahllosen Tanzgarden. Bis hin zum Männerballett, das seinerseits stets in Froschkostümen die Bühne betrat. Mit neongrünem Ganzkörperanzug, in dem sich jede einzelne Kontur, jede Wölbung jahresringgleich abzeichnete.
Quaak! Quaak! erscholl es vielstimmig, wenn die Männer die Bühne betraten. *Quaak! Quaak!* giggelte darauf das verbliebene, vorwiegend weibliche Publikum. Denn die Teilnahme am Froschballett war für die Männer Ehrensache.
Ein einziges Mal hatte tatsächlich auch Kommissar Günda daran teilgenommen. Er hatte sich zu dieser Zeit zwar schon längst nach Mannheim und Heidelberg orientiert, durchstreifte mit

seiner *Huddl*[23] die gesamte Umgebung und war Stammgast in der Glickerbacher Diskothek *Heaven*. Doch eine unglücklich verlaufene Liebesgeschichte hatte ihn dermaßen aus der Bahn geworfen, dass er sich hatte breitschlagen lassen, zu den Klängen von Hot Butter und *Popcorn* über die Bühne zu hampeln. Wenn schon tot, dann richtig, hatte er damals gedacht.

Er war der mit Abstand traurigste Frosch gewesen, den diese Turnhalle je gesehen hatte, dessen war er sich sicher. Wann immer seine Froschkollegen die Arme hoben – und sie hoben sie ohne Unterlass –, blieben seine bleiern nach unten gerichtet. Nicht aus Protest, aus Verlorenheit. Und als beim großen Finale der ganze Froschchor *Quaak! Quaak!* brüllte, verpasste er den Einsatz und doppelte einsam und in seinen Ohren unendlich kläglich nach. *Quaak … quaak*.

Was im Publikum für Begeisterungsstürme sorgte, weil man an eine raffinierte Inszenierung glaubte, und ehe er sichs versah, ließ man ihm die größte Ehre des Abends zuteilwerden. Nach kurzer Beratung schlug ihn der Elferrat zum Froschkönig der Kampagne vor, eine Wahl, die das Publikum per Akklamation geradezu frenetisch bestätigte.
Anschließend wollten es sich einige Damen nicht nehmen lassen, ihren Froschkönig zu küssen. Nicht auf die Wange, wie er anfangs hoffte.
„Uffs Geschl[24] nadierlisch. Was glaabschn du, Günda?“

Immerhin durfte er seine Kusspartnerin bestimmen. Seine Wahl fiel auf Christine. Denn die war die einzige Kandidatin unter 50. Aus damaliger Sicht. Wahrscheinlich waren die meisten Frauen gerade mal Anfang 30, aber wie soll das ein Sechzehnjähriger

---

[23] Kleinkraftrad
[24] Mündchen

beurteilen, dem sich plötzlich und unerwartet zwei Dutzend Kussmünder entgegenrecken. Zumal, wenn dies die erste Berührung weiblicher Lippen sein sollte, von den *batschnasse Schmatza* der Verwandtschaft einmal abgesehen.
Von Christine wusste er, dass sie in der Parallelklasse war. Womit er nicht rechnen konnte, was ihn geradezu erschütterte, war, dass sie nach Erdbeeren schmeckte. Anfang Februar.
Christine hatte ihn in diesem Augenblick kuriert, ja gerettet. Noch oft suchte er in den Wochen darauf mit ihr den Geschmack jenes Abends, doch er blieb verschwunden. Irgendwann kamen sie überein, die Nachforschungen einzustellen. Ohne Groll, ohne Scham, ohne Schmerz. Einmütig hatten sie erkannt, dass sie nicht einander geküsst hatten, sondern den Moment.

Noch Monate später verfolgte ihn dieses Ereignis, denn seine männlichen Altersgenossen, von denen selbstredend kein einziger an dieser Veranstaltung teilgenommen hatte, ließen keine Gelegenheit aus, ihn mit einem *Quaak! Quaak!* zu begrüßen.

War es denkbar, dass er hier in der Ferne einem heimatlichen Zeitzeugen begegnete?
Er drehte sich um, ohne seine Schritte zu verlangsamen. Seine Fußspuren verloren sich im Sand. Der Mützenträger war etwas zurückgefallen. Er begutachtete ihn aufmerksam. Das Alter käme hin, dem schleppenden Gang nach zu urteilen. Wenn er nur sein Gesicht zeigen würde.
Eine Möwe flog kreischend in unmittelbarer Nähe ihrer Köpfe über sie hinweg. Ein verschmitztes, leicht verschwitztes Gesicht kam zum Vorschein. Was die Sache nicht leichter machte, wenn man jemanden das letzte Mal vor mehr als 30 Jahren gesehen hatte. Eigenartig. Menschen ähnelten sich. Besonders solche einer Altersgruppe. Ob die *klähne Buu*, die *knaggische Bärschtl* oder

die *alde Sseckl.* Bei oberflächlicher Betrachtung jedenfalls sah man weit mehr Gemeinsamkeiten als individuelle Merkmale. Erstaunlich, dass wir uns überhaupt auseinanderhalten können. Geschweige denn erkennen.

Er entschloss sich zur Offensive und blieb vor einem schmalen Priel stehen. Der Mann hinter ihm hatte den Blick wieder gesenkt und hätte ihn fast gerammt.

„Quaak“, machte Kommissar Günda. „Quaak, quaak!“
Und blickte in zwei verständnislose Augen. Das Gesicht des Angequakten blieb auffallend freundlich, aber ansonsten ausdruckslos.
„Na, junger Mann, haben Sie sich verirrt? Wo ist denn Ihre Gruppe? Keine Angst, Sie haben es hier nirgends weit zur Klinik.“
„Klinik, was fa Klinik?“
„Keine Sorge, ich war vor fünf Jahren dort, und man hat mir wirklich geholfen, das hätte ich nie gedacht. Kommen Sie, ich bringe Sie zurück.“
Er packte Kommissar Günda sanft am Arm und bugsierte ihn in Richtung Kurpromenade.
„Äh, des isse Missvaständnis.“
„Ich weiß. Aber wir müssen uns unseren Ängsten und unseren Süchten stellen, wer wüsste das besser als ich? Schauen Sie, ich habe jahrelang getrunken. Meine Arbeit, meine Ehe, alles habe ich aufs Spiel gesetzt. Erst als ich ganz unten war, war ich bereit mir professionelle Hilfe zu suchen.“

Langsam dämmerte Kommissar Günda, wovon der freimütige Helfer sprach. Offenbar gab es auf der Insel eine Klinik für Suchtkranke.

„Sie vastehe des falsch …“

„Ich verstehe das sogar sehr richtig. Ich arbeite heute selbst im Präventionsbereich, erkenne die Signale sofort. Ihr *Quaak*, das war ein Hilfeschrei."
„Des Quaak?"
„Quaak."
„Awwa Sie werre entschuldische, Sie hawwe doch oogfange mit dem Quaak."
„Ich? Ich habe gequakt? Wann?"
„A, voahien."

Die beiden Männer mussten sich etwas abseits des Pilgerpfades stellen, sie versperrten den Weg.
Quaak, quaak! Quaak, quaak!
Das Geräusch kam aus Kommissar Gündas Jackentasche.
Umständlich nestelte er am Reißverschluss und förderte schließlich die Geräuschquelle zutage.
Quaak, quaak!
„Tschuldischung. Des gibts net. Des is jo mei Handy. Wisse Sie, isch hab en Assischdent, dea hots mit demm teschnische Zeigs. Vun demm hawwisch des."
Kommissar Günda schüttelte den Kopf.
„Dann sollten Sie vielleicht drangehen", ermunterte ihn sein jetzt doch etwas enttäuscht wirkender Begleiter.
„Des deedisch jo gärn mache. Awwa wie? Isch hab des graad frisch."
Quaak, quaak!
„Zeigen Sie mal her. Warten Sie, ich helfe Ihnen, ich kenne das Gerät, hat meine Frau auch."
Quaak, quaak!
Ein geübter Handgriff genügte, und das Quaak erstarb.
„Ja, hallo, wer spricht denn dort? – Ach so. Kein Problem! – Verwählt."

Freese schüttelte den Kopf. Seltsam. Die eben gehörte Stimme war zwar durch die lauten Nebengeräusche kaum zu verstehen, aber eines stand fest. Sie sprach hochdeutsch.
Entweder er hatte eine falsche Nummer programmiert, oder Kommissar Günda hatte sich in Windeseile diese für ihn so fremde Sprache angeeignet. Letzteres schien ihm noch unwahrscheinlicher.

Er wandte sich wieder den von offizieller Seite stammenden Informationen zu. Die Buchhandlung Lesbar wurde tatsächlich von den Brüdern Wohlrabe gemeinsam betrieben. Das Gebäude befand sich auf dem von den Eltern geerbten Grundstück, zu gleichen Teilen im Eigentum beider.

Fritjof Freese beschloss, die Lesbar erneut zu besuchen, wollte sich jedoch zunächst vergewissern, dass der Eigentümer diesmal nicht zugegen sein würde.
„Buchhandlung Lesbar, Bettina Schneider am Apparat, was kann ich für Sie tun?"
„Freese, Fritjof Freese. Kriminalpolizei, Sokodo. Schön, dass ich Sie direkt erreiche, Frau Schneider. Hätten Sie heute Zeit für mich?"
„Ja …", Bettina Schneider zögerte. „Ich muss allerdings den ganzen Tag im Laden bleiben. Wenn es Ihnen nichts ausmacht, dass ich gelegentlich Kunden bedienen muss, können Sie gerne vorbeikommen."
„Heute Nachmittag?"
„Perfekt."
Freese war angetan, die Stimme war nicht nur verständlich, sondern darüber hinaus ausgesprochen angenehm. Wie passte das mit diesem raubeinigen Buchhändler zusammen?

Kommissar Günda war drauf und dran, Freeses Geschenk den Wattwürmern zu überlassen, was er aus Umweltschutzgründen natürlich nie getan hätte. Aber eine kleine Abkühlung im Salzwasser würde dem Gerät bestimmt gut tun und ihm die quakenden Späße auf Kosten seines Besitzers vergällen.
Hatte ihm Freese einen Scherzartikel geschenkt? War das gar kein Handy, sondern eine Art quakender Lachsack?
Er zog seinen neuen Bekannten ins Vertrauen.
„Hea, Jürgenne, kannsch du mol gugge, was des is?"
„Wie, was das ist. Was soll das sein?"
„A, Färnbedienung, Härzzschrittmacha, was weeßnisch?"
„Nein", lachte sein Begleiter. „Das ist ein Smartphone, noch dazu kein schlechtes. Damit kannst du alles Mögliche machen."
„Aa SMS?"
„Selbstverständlich."
„Abba. SMS geht net, hawwisch schun prowiat."
„Zeig mal her."
Jürgen Schmittruh besah sich das Gerät und öffnete das SMS-Programm.
„Du hast aber auch komische Sachen geschrieben."
„Hä?"
„Na da, lies mal."
„*Dies?* Des hawwisch net gschriwwe, uff kähn Fall. Des Glumb fälscht mei Wortte. Isch glaab sgeht los."
„Das kann gar nicht sein. Was wolltest du schreiben?"
„Duds?"
„Wie bitte?"
„Obs funzioniere dud, des wolldisch wisse."
„Ach so: tut es?"
„Sachisch doch. Duds?"
„Schön, dann schreiben wir das nochmal."
Er tippte Buchstaben für Buchstaben ein. Das Gerät zeigte an *dies?*
„Sicksch? Des fälscht, uumeglisch."

„Irrtum, das Smartphone erkennt dein Wort nicht und vermutet, du meinst ein anderes."
„Hä, was sollischn annares mähne?"
„Na, zum Beispiel *dies*?"
„Des macht doch kähn Sinn."
„Wie mans nimmt. Und was hast du noch geschrieben?"
„Loss misch mol iwwaleje. Duds net?"
„Kein Wunder, das ist für den Apparat völlig unverständlich."
„Was heeßtn des? Vasteht des kä Deitsch? Hajo, schun klaa, kummt bstimmt vun Schiena[25]."
„Deutsch schon, aber eben keinen Dialekt."
„Dann kannschs glei bhalde."
„Na ja, es ist schon etwas ungewöhnlich, dass jemand seine SMS im Dialekt schreibt."
„Wisso? Isch schreib hald, wie isch schwätze du."
„Na gut, ich zeige dir jetzt mal, wie man mit der Korrekturfunktion arbeitet. Du musst das Wort, das du verwenden willst und das das Gerät nicht kennt, einfach dem internen intelligenten Wörterbuch hinzufügen. So. Jetzt müsste es funktionieren. Probiers mal."
Kommissar Günda tippte mit Bedacht.
„Do binnisch mol gspannt. Doo! A, des gibts doch net, wie bleed is des Ding!"
„*Leerte?* Seltsam. Hast du *Duds?* geschrieben?"
„Nää, nadierlisch net."
„Ja, warum denn nicht?"
„A, was solln des indelligende Käschtl vun mia denke? Dassisch bloß des ähne Wortt kenn?"
„Was hast du denn eben geschrieben?"
„*Leefts?* Un wie isch sehe muss, sleeft net."
„Doch, aber *leeft* kennt er eben noch nicht."

---

[25] China

„Wea ea? Mussisch des Glumb vleischt aa noch mit *Sie, Mössiöh le Käschtl* oospreschle? Denn Mäxwällsmartfoon. Oh, liewi Zeit. Wie weit simmia schun kumme. Weesch, was isch gut finne deed, Jürgenne?“
„Na?“
„Wenn du des äfach eistelle keenntsch.“
„Was?“
„A, die Sprooch. Net bloß Englisch, Franzöösisch, nää, Hessisch, Ballinarisch, des wäa mol ä Sach. Des sott mol ähna afinne. Am beschde glei Heidlbäiigarisch un Monnemarisch.“
„Da gibt es einen Unterschied?“
„Was glaabschn du? Rohrbacharisch, Hendsemmarisch, do lieje Welde dezwische. Odda noch annaschdara: Käärsche.“
„Also, wir machen das jetzt anders, ich deaktiviere die Autokorrektur, dann wird alles genau so übernommen, wie du es eintippst.“
Kommissar Günda runzelte die Stirn.
„Du bist nicht begeistert, was stört dich?“
„A, dann meschts jo kähn Spass mea.“

Bettina Schneider hatte die Lesbar im Griff. Als Fritjof Freese die Lichtschranke passierte, machte sie sich gerade an der kleinen Theke gegenüber dem Eingang zu schaffen.
„Einen kleinen Moment, bitte, ich bin sofort so weit."
Er beobachtete, wie sie einen Cappuccino bereitete und diesen einem Mann brachte, der vor dem Laden an einem Stehtisch lehnte. Sie gefiel ihm. Was für sich genommen nichts Außergewöhnliches war. Fritjof Freese gefielen viele junge Frauen.
„So, jetzt aber, was kann ich für Sie tun?"
Freese zeigte sein Oh-da-würde-mir-schon-einiges-einfallen-Lächeln.
„Sie können sich gerne umschauen, hier vorne ist unsere Regional-Abteilung, da drüben sind die Klassiker, dort hinten finden Sie aktuelle Belletristik, die Krimi-Ecke. Aber vielleicht soll ich Ihnen erst einmal einen Kaffee machen? Sie sind neu hier in Fußheim?"
„Ja und nein. Leider bin ich aus beruflichen Gründen hier, Fritjof Freese, Sokodo, wir hatten telefoniert."
Bettina Schneider wurde schlagartig ernst.
„Tut mir leid. Das konnte ich nicht wissen. Polizisten stellt man sich immer etwas älter vor. Trotzdem einen Cappuccino?"
„Gerne."
Freese folgte ihr unaufgefordert zur Kaffeemaschine, die sie mit geübten Handgriffen bediente. Den kurzen Moment der Stille übertönte das Mahlwerk.
„Erst einmal mein Beileid. Tut mir leid mit Ihrem Patenonkel."
Bettina Schneider schossen Tränen in die Augen.
„Verzeihen Sie, ich habe mich eigentlich sehr gut im Griff, gerade hier im Laden, aber alles ist noch so frisch."
„Ich weiß. Darf ich Ihnen trotzdem ein paar Fragen stellen?"
Sie nickte und tupfte sich mit einem Taschentuch die Tränen ab, was Freese gerne übernommen hätte.
„Wie kommt es, dass eine junge Frau wie Sie in einem … in diesem Buchladen arbeitet?"

„Sie haben den Bruder meines Patenonkels kennengelernt, stimmts?“

Sie gewann langsam die Fassung zurück.

„Allerdings, ja. Der scheint mir vom Schlag doch etwas anders zu sein als Sie. Aber er passt auch ganz gut hier in dieses – verstehen Sie mich nicht falsch – in dieses eher kleinstädtische Umfeld. Wohingegen ich mir Sie sehr gut in einem literarischen Zirkel in Berlin, Hamburg oder Köln vorstellen könnte.“

Bettina Schneider lächelte und zeigte eine Reihe ebenmäßiger Zähne.

„Da müsste ich wohl ein wenig ausholen.“

„Ich bitte darum.“

„Nun, mein Patenonkel ist – also, er war – ganz anders als sein Bruder.“

„Tatsächlich? Inwiefern?“

„Als die beiden Brüder das Geschäft hatten übernehmen sollen, war mein Onkel wohl wenig begeistert. Sein Sinn stand nach Reisen, er wollte raus. Er hat Fußheim gar nicht schnell genug verlassen können und studierte.“

„Literaturwissenschaft in Heidelberg, nehme ich an.“

„Nein, BWL in Mannheim.“

„Aha. Deshalb kam er nach einer Marktanalyse auf die Idee, aus dem ehemaligen Kolonialwarenladen eine Buchhandlung zu machen.“

„Nein, die Idee stammte von seinem Bruder. Der war immer die Leseratte, der ist bis heute ein Büchernarr. Er hat zwar bei seinem Vater eine kaufmännische Lehre gemacht, weil für ein zweites Studium kein Geld mehr da war, aber er hat sich gleichzeitig viel lieber heimlich an der Heidelberger Uni im Germanistischen Seminar getummelt. Mein Onkel hat sich für Bücher nie sonderlich interessiert. Für ihn war das im Grunde eine Ware wie jede andere. Als der Vater der beiden starb und sie vor der Entscheidung standen, was sie mit dem Laden nun anfangen sollten, verschwand mein Onkel erst einmal für sechs

Monate nach Südengland, Brighton. Dort jobbte er bei einem Immobilienmakler. Als er zurückkam, hatte sein Bruder schon Nägel mit Köpfen gemacht."
„Und von da an betrieben die beiden den Laden gemeinsam?"
„Mehr oder weniger. Mein Patenonkel war weiterhin oft unterwegs, er hatte irgendwie keinen Bezug zu seiner Heimat, war hier nie verwurzelt."
„Wohingegen Jakob Wohlrabe immer Fußheimer blieb."
„So kann man das sagen."
„Was man bis heute hört."
„Bei ihm jedenfalls."
„Wieso? Sprach Georg Wohlrabe keinen Dialekt?"
„Selten, in meinem Beisein eigentlich nie. Höchstens, wenn es zu Auseinandersetzungen zwischen den Brüdern kam, dann konnte es schon mit ihm durchgehen."
„Gab es die häufig, diese Auseinandersetzungen?
„Manchmal."
„Worum ging es dabei?"
„Das weiß ich nicht so genau. Da sollten Sie seinen Bruder fragen. Oder seine Frau."
„Ach, Jakob Wohlrabe ist verheiratet?"
Es gelang ihr nicht, ein herzhaftes Lachen zu unterdrücken.
„Und er hat sogar etwas Außergewöhnliches geschafft, seine Frau stammt aus dem Nachbarort."
„Aus Glickerbach?"
„Ganz recht. Und so viel ich weiß, war das nicht irgendeine Glickerbacherin, sondern die, hinter der damals alle her waren."
„Und Sie, sind Sie auch aus Fußheim? Oder etwa aus Glickerbach?"
„Ich? Nein, weder noch. Ich bin aus Hirschhorn."
„Aber Sie wohnen jetzt in Fußheim.?"
„Nein. Ich wohne in Neckargemünd."
„Und wieso arbeiten Sie hier?"

„Nach meinem Studium habe ich keine Stelle gefunden. Und meinem Onkel war es sehr recht, dass ich hier einsteige. So konnte er sich noch mehr aus dem Geschäft zurückziehen und sich auf die Dinge konzentrieren, die ihn mehr interessierten."
„Wie kommt es überhaupt, dass Sie seine Patentochter sind? Also waren."
„Meine Eltern haben sich hier kennengelernt. Der Laden hatte damals wohl einen besonderen Ruf. Es fanden sogar Konzerte in der Scheune nebenan statt. Da sind die Leute von überall hergeströmt. Eben auch meine Eltern."
„Dann wären aber doch im Prinzip beide Brüder als Paten in Frage gekommen."
„Ja. Aber Jakob hatte schon einen Sohn, mein Onkel dagegen hatte keine Kinder. Wollte wohl auch keine."
„Und? War er ein guter Patenonkel?"
„Fabelhaft. Großzügig, witzig. Und geschäftstüchtig. Bloß bei Büchern, da kannte er sich nicht aus."
„Das war Jakobs Sache."
„Genau. Mein Onkel hätte am liebsten aus dem Buchladen eine Bar gemacht."
„Dann stammt von ihm auch der Name *Lesbar*?"
„Ich glaube schon."

Freese hatte sich die wichtigste Frage wohlweislich aufgehoben. Behutsam tastete er sich heran.
„Als Sie das von Ihrem Patenonkel hörten, was haben Sie da gedacht?"
„Wie? Was soll ich gedacht haben? Entsetzlich, furchtbar, ich war schockiert."
„Nein, ich meine, was war ihr erster Gedanke? Dachten Sie an einen Unfall?"
„Ja, was denn sonst?"
Der Uhu meldete sich.
„Verzeihen Sie, ich erhalte gerade eine wichtige Nachricht."

Duds?

Ging das schon wieder los? Freese tippte unwirsch eine Antwort.

Verstehe nix!

Endlich erschien ein sinnvoller Satz.

Tut es tun?

Es tut. Melde mich gleich, bin in einer Zeugenvernehmung.

Wo?

Fußheim

Hä?

In Fußheim

Newedroo vun Gliggabach?

Genau

Es dauerte ein Weilchen, bis die nächste Nachricht kam.

Ha Gnu?

?

Isch mähn: fa was?

Eine Leiche

In Fußheim?

Ja

Hea uff

Ehrlich

Wea?

Der Buchhändler

Mord?

Sieht so aus

Kurz darauf meldete sich der Uhu im Dauerbetrieb.

„Isch bins. Pasööhnlisch. Unn? Kennsch misch noch?"

Froh, die Stimme seines Chefs zu hören, ging Freese für das Telefonat nach draußen.

„Was machschn du fa Sache? Jetz binnisch grad mol ää Woch fortt, schun finsch du ä Leisch. Un aa noch in Fußheim."

„Ja, ich war auch nicht erfreut."
„Was annares, kannsch du mia ä Zimma ressaffiere[26]?"
„Für wann?"
„Am beschde glei mogge."
„Aber Sie sind doch im Urlaub."
„Ualaub? Dea is grad rum. Mia langts eh doo."
Freese war das nicht unrecht.
„Gut, dann suche ich Ihnen ein Zimmer in Fußheim."
Er wusste, dass der Kommissar gerne am Ort des Geschehens übernachtete, selbst wenn sich das unweit seines Heimatortes abgespielt hatte. Es war ein bewährtes Prinzip, dem er treu blieb.
„Ä-ä", Kommissar Günda zögerte. „Ausnahmsweis mol wuannascht."
„Etwa in Glickerbach?"
„Gönau."
„Im Roten Ochsen?"
„Freese, du bischen Fuchs."

Als sich Fritjof Freese, immer noch erfreut über das Kompliment, kurz darauf wieder Bettina Schneider zuwenden wollte, wurde er bereits in der Lesbar erwartet.
„Heb schun gheat. Sie sins widda."
Jakob Wohlrabe stand grummelnd vor der Kaffeemaschine, beide Hände in die Hüften gestemmt.
„Sie misse gaa net gugge, dBettiinaa, die is schun fortt. Unn, hebdan schun vahaft?"
„Wen?"
„A, denn Buchhändlamördda, denn uuheimlische."
Freese ging nicht auf die Spitze ein.
„Apropos, Herr Wohlrabe, gut, dass ich Sie antreffe."
„Moment, Kundschaft."

---

[26] reservieren

Zwei Frauen betraten unabhängig voneinander die Lesbar. Die eine wandte sich den Krimis zu, die andere direkt an Jakob Wohlrabe.
„Ich suche Lernhilfen. Grundschule."
„Fa waas?"
„Drei Mal dürfen Sie raten. Ich gebe Ihnen einen Tipp. Nicht für mich."
Jakob Wohlrabe zog die Augenbrauen hoch.
„Ich wäre Ihnen nun dankbar, wenn Sie mir zeigen würden, wo ich die Lernhilfen finde."
„Do hinne. Drei Regal voll. Mindeschdens."
„Vielen Dank, Sie sind ja ausgesprochen aufmerksam. Sagen Sie Ihrer Chefin, sie habe in Ihnen einen echten Schatz."
„Chefin? Welli Chefin?"
„Die Dame, die hier gestern gearbeitet hat. Freundlich, kompetent. Wie man es sich eben wünscht. Na ja, Sie lernen es vielleicht noch. Ich habe allerdings nicht so lange Zeit, ich komme gerade aus dem Büro. Wo finde ich jetzt die Lernhilfen für die dritte Klasse?"
„Fa waas?"
„Mich beeindruckt Ihr unermüdliches Interesse. Meine Tochter bereitet sich auf das Gymnasium vor, wenn Sie es genau wissen wollen."
„In de dridde Klass?"
„Sie sind ja ein Schnellmerker. Die dritte Klasse haben Sie bestimmt spielend absolviert. Also, wo finde ich was?"
Jakob Wohlrabe zögerte.
„Hören Sie, ich habe nicht ewig Zeit, ich muss heute Abend noch nach Köln, mein Zug geht in einer Stunde. Ich habe eine Lehramtsstudentin mit Liebeskummer zu Hause sitzen, die sich um meine Tochter kümmert. Um zu verhindern, dass sich die beiden mit Videospielen den Abend vertreiben, brauche ich entsprechende Fortbildungsliteratur. Haben wir uns verstanden?"

„A, so, tschuldischung. Jetz isses klaa. Dann hawwisch gönau des Rischdische fa Sie. Moment."
Er ging zu einem Regal, stieg auf den davor stehenden Schemel und fischte aus dem obersten Fach zielstrebig ein Buch.
„Des deedisch Ihne empfehle."
„Dostojewski? *Der Idiot*?"
Die Kundin sah ihn verständnislos an.
„Hören Sie, ich suche keine Schwarten zum Schmökern vor dem Kamin, ich suche Lernhilfen für meine Tochter."
„Isch weeß."
„Aber?"
„Des vakaaf isch Ihne net."
„Bitte?"
„Das va-kau-fe isch Ih-ne a-wa nischt."
„Wieso?"
„Des, des macht bloß moin Bruda."
„Ja, dann schicken Sie mir den mal schleunigst her."
„Des geht net."
„Warum?"
„Dea is hie."
„?"
„Doud, denn hots zalegt."
„Verstorben", bestätigte Freese, der die Pointe hatte kommen sehen, und bugsierte die Konsternierte vorsichtig hinaus.
„Zu viel glernt wahrscheinz!", rief ihr Jakob Wohlrabe hinterher.

Fritjof Freese hatte einige Mühe mit der Kundin, die ihrer Empörung nun lautstark Luft machte.
„Eine Unverschämtheit sondergleichen … noch nie erlebt … Konsequenzen … Boykott … Eltern warnen … der Typ ist ja gemeingefährlich. Sie sind mein Zeuge!" Sie schnappte nach Luft. „Ein äußerst attraktiver Zeuge übrigens, wie ich gerade sehe."

So sehr er seine Wirkung auf Frauen genoss, seine Ausstrahlung auf die jenseits der 40 bereitete ihm zunehmend Sorgen.
„Freese, Kriminalpolizei, bitte, beruhigen Sie sich."
„Oh, dann bin ich schon beruhigt. Verhaften Sie den Mann. Der Typ ist kein Verkäufer, das ist ein Hochstapler. Ich bin Ihr Kronzeuge."
„Der gute Mann ist der Inhaber dieses Buchladens. Tut mir leid. Kann ich sonst etwas für Sie tun? Soll ich Ihnen ein Taxi bestellen?"
„Nicht nötig, ich bin mit dem Auto hier. Wie war Ihr Name gleich?"
„Freese, Fritjof Freese, Sokodo."
„Gut zu wissen, Herr Freese." Sie zwinkerte ihm zu, strich sich durch das kurzgeschnittene blondierte Haar und lief schnurstracks auf den cremefarbenen Zweisitzer zu, der vor der Bäckerei stand. Mit laufendem Motor.

„Soä bleedi Blunz!", stieß Jakob Wohlrabe hervor, als Freese wieder die Lesbar betrat.
„Herr Wohlrabe, ich muss mich auf den Weg machen, aber ich würde gerne bei Gelegenheit noch die Wohnung ihres Bruders und die kompletten Räumlichkeiten der Buchhandlung in Augenschein nehmen."
„Fa waas?"
„Gut, anders gefragt, haben Sie etwas dagegen?"
„Nänää, mache Sie des ruisch. Do kenne Sie aa glei bissl uffroome, Härr Kommissaa. Moin Bruuda, des waa en aiige Schlamba. Dea hot allen Kruscht uffghoowe. Guude Idee."
„Dann auf bald", erwiderte Freese, der beschlossen hatte, den eigenwilligen Humor seines Gesprächspartners zu ignorieren.

Während Freese den Laden verließ, legte die zweite Kundin der Lesbar den Mannheimer Regionalkrimi beiseite, den sie ebenso eingehend begutachtet hatte wie die sechs anderen zuvor.

Jakob Wohlrabe vergewisserte sich, dass Freese außer Sicht war, und schloss die Ladentür.
„A, endlisch! Isch hab schun gedenkt, dea Hannebambl will do iwwanachde. Unn, Dorle? Was hoschen fa misch?“

Eigentlich wollte sich Kommissar Günda zum krönenden Abschluss seines abrupt verkürzten Nordsee-Aufenthaltes bloß eine feine Scholle mit Krabben und Bratkartoffeln gönnen, doch dann fiel sein Blick auf einen Veranstaltungshinweis. Nach Auskunft dieser großzügig verteilten Werbepostkarte war Knut Hellerson ein seit Monaten gefragter Gast in Deutschlands Medienszene. Kommissar Günda hatte noch nie von ihm gehört. Was nicht unbedingt etwas zu bedeuten hatte, er gehörte nicht zu den regelmäßigen Zuschauern der diversen Fernsehtalkshows. Hellerson, so hieß es ebenso schlicht wie verheißungsvoll, werde an diesem Abend aus seinem wegweisenden Bestseller lesen: *70 ist das neue 40.*

Von einem Hochglanzfoto blickte ihn ein selbstzufrieden bleckender, altersloser Feistling mit Teneriffa-Teint an. Angeschmachtet von einer anschmiegsamen Ansehnlichkeit, die Kommissar Günda an die beispielhaft abgebildeten Damen in Prospekten windiger Heiratsvermittler erinnerte.

Er beschloss, den letzten Abstecher zum Strand zu verschieben, denn die Schlange vor dem provisorischen Lesesaal des Tourismus-Centers ließ ihn endgültig neugierig werden.

Die ganze Insel schien auf den Beinen, er entdeckte etliche bekannte Gesichter. Eine Woche in dieser räumlichen Begrenztheit sorgte dafür, dass man sich ständig über den Weg lief.

Als Kommissar Günda endlich an der Reihe war, wurde seine scherzhaft gemeinte Frage nach einer Seniorenermäßigung von einer schlanken Blondine im Hosenanzug mit großer Ernsthaftigkeit abschlägig beschieden. Daraufhin zog er es vor, einstweilen auf die Verheißungen des Verjüngungspredigers zu verzichten, und machte etwas beleidigt kehrt.

„Moin Monn? Dea is in de Singstund.“
„Aha“, entgegnete Freese. „Und wann kommt er für gewöhnlich nach Hause?“
„Ou, des kann dauare. Die hogge als noch zamme. Wenna kummt, schloof isch meischdens schun. Odda …“, Heike Wiesemann zwinkerte Freese zu, „isch du wennischdens so, wie wennisch schloofe deed.“
„Verstehe, kann ich ihn denn irgendwie erreichen?“
„Telefoniere? Ind Singstund? Bloß net, die steije Ihne uffs Dach.“
„Nun, ich müsste ihn schon dringend sprechen. Er ist für uns ein wichtiger Zeuge. Vielleicht kann ich auf ihn warten.“
„Waade? Doo? Bei mia? Hm. Wisso net, isch biggl[27] graad, do kannisch schun bissl Unnahaldung brauche. Vazehle Sie mia mol bissl was. Was hebdan voa?“
„Nein, nein, nicht hier, ich meine natürlich bei der Sing…“
„…stund“, ergänzte Heike Wiesemann hilfsbereit. „Vun mia aus, wenn Sie des liewa wolle.“
„Viel lieber würde ich natürlich Ihnen Gesellschaft leisten“, beteuerte Freese halbherzig. „Aber ich bin mir nicht sicher, wie Ihr Mann das fände.“
„Moin Monn? Ach Gott, dea Sseckl deed des wahrscheinz gaa net meiike.“
„Gut, wie dem auch sei, ich glaube, es ist doch sinnvoller und zeitsparender, wenn ich vor Ort auf Ihren Mann warte.“
„Wie Sie wolle. Gehe Sie ruisch mol dortthie.“ Sie nahm ihn beiseite. „Mia Fraue derfe des jo net.“
„Aha.“
„Die hawwe Geheimnisse voa uns. Weil die schaffe grad am Programm fas Konzärtt. Obwoohl dass die eh imma desselwe singe, die Sseftl.“

---

[27] bügele

Aus der Ferne hörte Kommissar Günda im Strandkorb begeistertes Klatschen und gelöstes Lachen, was das Schwappen des auflaufenden Wassers bei Weitem übertönte und was seine Stimmung stärker drückte, als er es sich eingestehen wollte.

Vor ihm bröckelten die Kanäle und Skulpturen, die emsige Eltern mit ihren Kindern gebuddelt hatten. Lautlos fielen selbst kunstvolle Gebilde in sich zusammen und wurden bald eins mit der pampigen Ebene. Welch Sinnbild für den Lauf der Welt, für die Vergänglichkeit menschlichen Schaffens. Kommissar Günda wünschte, die Jünger nebenan hätten das jetzt vor Augen. Was wollte dieser Hellerson dem schon entgegenzusetzen haben? Welche Methode sollte es geben, den natürlichen Prozess aufzuhalten?

Jungsein hatte ihm nie behagt. Er hatte sich den Anforderungen einfach nicht gewachsen gefühlt. Lausbub, Draufgänger, Klettermax, damit hatte er nie dienen können. Blaue Flecken und blaue Augen, das waren für ihn keine anzustrebenden Trophäen gewesen.
Dazu kam, dass zu seiner Zeit für kleine Jungs kurze Hosen Einheitstracht waren. Nicht aus anschmiegsamem, wärmendem, kleidsamem Stoff, nein, aus gröbstem Leder, dessen Bestimmung darin bestand, die rücksichtslose Verwendung im Gelände zu dokumentieren und demgemäß möglichst bald speckig zu glänzen. Eine selbst dem nichtalpenländischen Buben ungefragt übergestülpte Uniform, weil den zu dieser Zeit angeblich der Berg rief. Nicht nur in der Kinderstunde mit Luis Trenker. Und selbst am Niederrhein.
Kein Hauch von Individualität zwischen Fassonschnitt und karierten Kniestrümpfen in diesen unförmigen Buxen, ausgestattet mit diesem unsagbar peinlichen Latz, der noch nicht einmal eine Attrappe war, sondern Sinnbild der offenbar angeborenen männlichen Entblößungswut.

Auch später hatte er seine Mühe, den Erwartungen gerecht zu werden. Das vorsätzliche Über-die-Stränge-schlagen fiel ihm ähnlich schwer wie die Suche nach lustigen Streichen mit Schleim und Schlimmerem.

Andere trumpften mit frühzeitiger Leberzirrhose auf, als er nicht einmal einen simplen Cola-Rausch vorweisen konnte. Wie oft hatte er einen intensiven Heuschnupfen genutzt, um vorzugeben, er habe wieder einmal wild durcheinandergekifft.

Er hatte einfach immer Schwierigkeiten mit Konventionen. Als er die Rockmusik entdeckte, hatte man die für tot zu halten. Als er endlich wählen durfte, musste man politikverdrossen sein.

So wünschte er sich als Kind, als Jugendlicher und selbst noch lange Zeit als Erwachsener vor allem eines: älter zu werden. Um eines Tages überrascht zu erkennen, wie schnell und wie plötzlich das gelungen war. Nein, er hatte keine Probleme mit dem Älterwerden, im Gegenteil, das klappte von ganz alleine.

Sein Blick fiel auf eine Telefonzelle, die letzte auf der Insel. Noch vor wenigen Jahren hatten hier gewiss Abend für Abend unzählige Touristen davorgestanden. Hatten sich eingereiht in die schier endlose Schlange, argwöhnisch beobachtet, wie der nächste Anrufer die Zelle betrat, die Tür hinter sich zuzog, den Hörer abnahm, das Kleingeld bereits in der Hand, das er nun Münze für Münze in den Schacht wandern ließ. Die Wählscheibe tat ihren Dienst, und die Verbindung kam, so hofften alle, nicht zustande. Vergebens, der Anruf wurde längst erwartet, hatte man doch in weiser Voraussicht ein Zeitfenster mit der Heimat vereinbart. Der Blick der Wartenden wanderte darauf reflexartig zur Armbanduhr, um die Dauer des Gesprächs akribisch zu stoppen. Wurde die Zweiminutengrenze überschritten, genügend Zeit, um der Heimat das Wesentliche über Wetterlage, Wasserverhältnisse und Würstchenwärme zu vermelden, so keimte ein unwilliges Raunen auf, gefolgt von ersten

Rufen *Nun reichts aber! – Hier wollen noch andere telefonieren! – Aufhören! – Schluss jetzt!*
Gnädig wurde ein wenig Aufschub gewährt, wenn Floskeln wie *Also dann, ich muss, hier draußen stehen Leute* durch die Scheibe von den Lippen abzulesen waren, verbunden mit einer beschwichtigenden Handbewegung gegenüber den Wartenden.
Zeigte sich dagegen der Telefonierer unbeeindruckt, warf er gar Münzen nach, so konnte es leicht geschehen, dass ein nachdrückliches Klopfen ihn auf den Ablauf seiner Zeit und die baldige Wiedereinführung der Lynchjustiz aufmerksam machte.

Und nun stand diese Zelle einsam, unbeachtet vor dem renovierungsbedürftigen Kursaal. Erst hatte man das Gehäuse, die Tür, die Scheiben abmontiert, dann den Münzschacht entfernt, durch einen Kartenschlitz ersetzt. Reste des Telefonbuchs für den Kreis Ostfriesland, das nie jemand benötigt hatte, hingen in Fetzen.
Die einstmals einzige Verbindung mit Daheim hatte zwar noch einen Hörer, aber den verband keine Leitung mehr mit dem Apparat, das gekappte Kabel hing ins Leere. Ein verblichener Aufkleber versprach Abhilfe: *Defekt – Ich werde repariert – 8. Juli 2004.*

Ein kräftiger Mann näherte sich dem Automaten, nahm den haltlosen Hörer und begann, in diesen zu sprechen.
„Hoisch! Isch bins, de Horscht."
Kommissar Günda lauschte ungläubig. War das möglich?
„Schää isses. Aiig schää. Nänää, sgeht. Schun viel Leit, awwa svaleeft[28] sisch doo."
Er näherte sich mit zunehmendem Erstaunen.
„Unn, was gibtsn Neies? Was meschtn de Gaade. Die Rose, hosch die aa imma guud gegosse?"

---

[28] es verläuft

„Tschuldischung!" Er tippte dem Scheintelefonierer während einer kurzen Erzählpause vorsichtig auf die Schulter.
Der zuckte zusammen, errötete, selbst in der Dunkelheit erkennbar, und setzte verlegen zu einer Erklärung an.
„Äh … des is, äh, wie willischn saache. Net was Sie denke."
Kommissar Günda kam ihm zuvor.
„Derft isch Sie mol froore – Sin Sie vun doo?"
Die Miene seines Gegenübers entspannte sich.
„Ä-ä. Monnem."
„Drekkt vun de Kwaddraade[29]?"
„Ä-ä, Neggaraa[30]."
„Des hawwischs mia glei gedenkt. Sauwa!"
„Puh!" Der Mann atmete auf. „Jetz binnisch awwa froh, isch hab schun befüaschdet, sie halde misch fa gstöat."
„Wisso?" Kommissar Günda winkte ab. „Weje demm Telefoniere oohne Telefoon. Pf, des vasteh isch voll."
„Ealisch?"
„Hajo. Gell, Sie hawwe bissl Heimweh."
Der Mann nickte.
„Isch aa. So schää des do is, grad owets spür isch des. Un sunscht? Hawwe Sie grad was voa?"
„Ä Bierle?"
„Gönau!"

Nach dem dritten Friesengeist im *Likedeeler* um die Ecke gab es zwar einen kurzen Disput über die korrekte Aussprache des Wortes Eimer im Kurpfälzischen – *Äämа* oder *Ooma* – aber beide waren sich letztlich einig über die glückliche Fügung des Abends.
„Wie lang bleibschn du noch, Günda? Isch hab noch zwelf Daag?"

---

[29] aus den Quadraten
[30] Neckarau, Mannheimer Stadtteil

„Isch? Isch fahr mogge widda."
„Un wie lang waasch dann doo?"
„Ää Woch."
„Bloß? A, des bringt jo nix. Musch du schun widda schaffe?"
„Eigendlisch net. Awwa…"
„Szieht disch hähm, stimmts?"
„Stimmt. Wenn isch des gewisst heed, dass isch disch treff, do wäa isch glatt noch gebliwwe, awwa isch hab jetz schun alles geregelt mit de Pengzioon[31], un die Faaht is aa gebucht. Kamma nix mache. Weesch, mia hawwe bei uns bissl Problähme."
Er erzählte ihm von seinem Beruf – *Geh fortt* –, vom Todesfall in Fußheim – *Hea uff* – und von seinem hochdeutsch sprechenden Assistenten – *Des kennisch. Wenn isch dehähm losleg, vastehe mei Krutze kää Wortt.*
„Weesch was, Horscht, wie isch Disch heit gheat hab, is mias Härzzl uffgange."
„Mia aa, Günda. Mia aa."

[31] Pension

Hätte er geahnt, was auf ihn zukommt, so hätte sich Freese niemals ohne seinen Vorgesetzten zum Gasthaus *Lamm* begeben, in dessen ehemaligem Tanzsaal die Chorprobe des Männergesangvereins *Liederkranz* stattfand.
An der Eingangstür prangte ein Plakat, das auf den Herbstball der Chorgemeinschaft hinwies: *Liederkranz rockt. Vun owwahäwwi*[32] *bis bogglhart*[33] *– Kummt alle!*
Aus dem Innern des Gebäudes hörte er schon die sonoren Stimmen schmettern: *Aim on se Haaiweh tu Häll!*[34]
Das Liedgut der Männergesangvereinszene hatte sich offenbar verändert.

In der Gastwirtschaft verloren sich drei Männer unbestimmbaren Alters, die nach Freeses Einschätzung fest zum Inventar gehörten. Sie musterten ihn eindringlich, als er sich zum Tresen begab, um den Wirt nach der Dauer der Probe zu befragen.
„Halwi Stund, wenn des mol langt", antwortete der Mann mit dem imposanten Schnauzbart, während er ein Geschirrtuch schwungvoll über die linke Schulter warf.
„Awwa gehe Sie ruisch hinnare, die waade schun uff Sie!"
Freese wunderte sich zwar, aber anscheinend hatte sein Besuch im Hause Wiesemann solchen Eindruck hinterlassen, dass die Ehefrau sich doch entschlossen hatte sein Kommen anzukündigen. Ihm war das durchaus recht, nahte so vielleicht bald der Feierabend.
Von hinten erscholl nun Pink Floyd *Wie dount nied nou ädjukejschen.*[35] Was aus den Kehlen erwachsener Männer dem Stück eine ganz neue Dimension gab.

---

[32] oberheavy
[33] steinhart
[34] I'm on the Highway to Hell
[35] We don't need no education

Der Wirt bemerkte Freeses Unentschlossenheit und erbot sich ihn zu begleiten: „Auf, kumm grad mit, isch bring Disch glei hinnare. Ä Bierle?“
„Nein, vielen Dank, nicht bei der Arbeit.“
„Reschbekt. Des nennisch die rischdisch Eistellung. Proffi, hä?“
„Wenn Sie so wollen“, schmunzelte Freese. „Ja, Profi.“
Die beiden Männer durchschritten den geräumigen Flur hinter der Gaststube, vorbei an den Toilettentüren, die der Frauen geschlossen, die der Männer umso weiter geöffnet. Das Knarren der Holzdielen ging in einem Fortissimo unter: *Hej, tietscha, lief as kids äloun!*[36]

Der Wirt machte Anstalten, die Tür zur Probe zu öffnen, aber Freese bedeutete ihm, bis zum Ende des Liedes abwarten zu wollen. Was ihm wiederum ein anerkennendes Kopfnicken und ein raunendes *Proffi hald!* einbrachte.

Kaum war das Stück verhallt, klopfte der Wirt an die Tür, öffnete diese fast zeitgleich und schob Freese vor sich hinein.

„Männas! Do issa. Spoot kummda, awwa ea kummt.“

Spontanes Klatschen und Klopfen. Das war Freese auch noch nicht widerfahren, mit Beifall empfangen zu werden. Hier galt die Kriminalpolizei offenbar noch etwas.
Aus dem Kreis der rund 30 Männer kam einer auf ihn zu, die Ärmel des weißen Hemdes aufgekrempelt, und streckte ihm die Rechte entgegen.
„Härzzlisch willkomme! Isch bin de Dirischend[37] doo, de Dittes, Floorian, awwa alle saache Floo. Mia sin schun gonz gsponnt.“

---

[36] Hey, teacher, leave us kids alone!
[37] Dirigent

Freese setzte zu einer Erwiderung an, aber der Mann kam ihm zuvor.
„Moment!"
Er ging zum nussbaumbraunen Kleinklavier, das in der Mitte des Saales stand, und machte sich an einem Stapel Papier zu schaffen. „Mia hawwes glei!" Freudestrahlend fischte er schließlich ein paar Notenblätter heraus und reichte sie Freese.
Der winkte ab.
„Oohne Noode? Reschbekt."
„Proffi hald", ergänzte der Wirt und erntete für diese Bemerkung allgemeines Kopfnicken.
Der Mann im weißen Hemd zückte aus seiner Hosentasche eine Stimmgabel und brachte sie mit einem kurzen Schlag ans Klavier zum Klingen.
„Mie, mie, mie, mie."
Mit jedem *mie* wurde der Ton höher, den er den Männern vorgab und den diese bereitwillig übernahmen. Schließlich erfüllte ein vierstimmiges *Mieeee!* den Saal.
Ehe Freese Einhalt gebieten konnte, erfolgte der Einsatz und aus 30 Kehlen erscholl: *Baihhh wisse liddl help from mai fränz*[38]*!*

Wäre Kommissar Günda zugegen gewesen, hätte der sofort erkannt, dass es sich um den Beatles-Song in der Version von Joe Cocker handelte. So aber wusste Freese auch in musikalischer Hinsicht nicht, wie ihm geschah.
Erwartungsvoll schauten ihn die Männer an, ohne ihr *Huhuhuhuuuu*, bei dem sie nun schon geraume Zeit angelangt waren, zu unterbrechen.
Der Mann im weißen Hemd bedeutete Freese immer nachdrücklicher, dass nun er an der Reihe sei.
Der antwortete mit einer fragenden Geste, wobei er die Hände erst wenig, dann immer ausladender benutzte, denn der

---

[38] By with a little help from my friends

Männerchor schwoll bedrohlich an. Der Dirigent hob die Arme, und mit einer schnappenden Bewegung seiner Finger auf Augenhöhe erstarb der Chor unmittelbar.
„Äh, wie willischn saache, die Pafoomänz[39], die Muufs[40], einwandfrei. Wie de Cocka pasööhnlisch. Awwa doo!“ Er deutete auf seinen Adamsapfel. „Uff was waadschn? Uff de Frihling? Uff die Kärwe? Auf! Loss mol was heere!“
„Mein Name ist Fritjof Freese, Kriminalpolizei, Sokodo. Es geht um den Tod des Buchhändlers Wohlrabe. Ich suche einen Herrn Wiesemann.“
Stille, die der Wirt nach quälenden Sekunden unterbrach.
„Mooment. Sie hawwe mia doch gsacht, sie wäre de neie Solloo-Tennoa[41]!“
„Der was?“
„Solloo-Tennnoaaa, de neie!“
„?“
„Proffi hald.“

Nachdem endgültig geklärt war, dass Freeses Qualitäten nicht im Gesanglichen lagen – *Bläck Säbbäs, Pärräneid[42], gähngt des wennigschdens?* – und sich die Enttäuschung der Männer gelegt hatte, beschloss man einvernehmlich die Chorprobe zu beenden, um Freese die Befragung seines Zeugen zu ermöglichen.
„Schaad, schaad“, murmelte der Wirt, als er Freese zum Gastraum begleitete. „Aiig schaad. Des wäa dei Schangs[43] gwest.“

---

[39] Performance
[40] Moves
[41] Solo-Tenor
[42] Black Sabbath, Paranoid
[43] Chance

Über ihm funkelten die Sterne. Hier waren sie beträchtlich näher, als er sie jemals irgendwo gesehen hatte. Wobei sich seine Vergleichsmöglichkeiten in Grenzen hielten. Denn auch den allgemeinen Drang, kaum volljährig an die Ufer des Ganges zu ziehen, hatte Kommissar Günda nie verspürt. So war zwar auch er damals wie seine Freunde gen Osten gepilgert, doch für ihn war der bereits erreicht mit dem Odenwald. Und während seine Altersgenossen betagte Mercedes-Limousinen nach Marrakesch überführten, begnügte er sich mit dem Überwinden des Neckars mittels Fähre zwischen Ladenburg und Edingen-Neckarhausen.

Der Himmel über der Kurpfalz jedenfalls war nie so zum Greifen nah wie hier an der See. Er suchte den Großen Wagen, das einzige Sternbild, das er kannte, wartete auf eine Sternschnuppe und stieß prompt auf ein Problem: *Was deed isch mia donn winsche? Bimbes*[44]*? Ä Heisl mit Puul*[45] *am Neggaa? Schääna Audo? Fa waas?*
Wie sang Percy Mayfield im Wissen um die Unbescheidenheit seines Wunsches an den lieben Gott so schön: *If it's not asking too much, please send me someone to love.*
„Gönau, des wäas", flüsterte er gen Himmel. „Schick ma ähni tu laaf."

Eine Möwe, angestrahlt vom Mondlicht, ließ sich so pfeilgerade vom Wind durch den Himmel tragen, dass der unbedarfte Beobachter sie für eine Sternschnuppe halten konnte. Und als solcher fühlte sich Kommissar Günda in diesem Moment ganz und gar.

---

44 Geld

45 Häuschen mit Pool

Das Gespräch mit Klaus Wiesemann verlief informativ, wenn auch nicht ohne Mühe. Denn die Männer vom Liederkranz ließen es sich nicht nehmen, allesamt der Befragung beizuwohnen. Traubenartig hatten sie sich um den Stammtisch geschart. Freese versuchte zunächst, das mit einem Hinweis auf polizeiliche Ermittlungen zu unterbinden. Ihr erstes Argument, *Mia hawwe kää Geheimnisse zuenanna*, ließ er zwar nicht gelten, den folgenden Einwänden: *A, isch waa doch aa debei! – Isch aa! – Isch aa! – Isch aa!* – ergab er sich seufzend.

Es stellte sich heraus, dass Klaus Wiesemann am fraglichen Samstagmorgen mit etlichen seiner Sangeskollegen einen Fahrradausflug zum ehemaligen Steinbruch gemacht hatte. Auch wenn vielleicht nicht alle der nun im Lamm Anwesenden Teilnehmer der Fahrradtour waren, es schien Freese aussichtslos, die Runde daraufhin zu sortieren. Selbst die drei Stammgäste durften schließlich im Raum bleiben, denn die, so waren sich alle Sänger einig, die seien eh *daab*[46] *wie ä Nuss*, was deren ausdrucksloser, seit Freeses Ankunft unveränderter Gesichtsausdruck zu bestätigen schien.

Das ehemalige Steinbruchgelände, etwas außerhalb, aber noch zur Gemarkung Fußheim gehörig, galt gerade für Radfahrer als ideales Ziel. Eine schmale, für motorisierte Fahrzeuge gesperrte, geteerte Betonpiste führte in Serpentinen hoch bis zu einem Plateau, von dem aus man einen beeindruckenden Blick über die Rheinebene hatte. Vor allem aber gab es die verlockende Möglichkeit, zu beiden Seiten des Abbruchgeländes auf Trampelpfaden durch den dichten Fichtenwald *nunnazumbräddare*[47], wofür sich die Männer an diesem frühen Morgen mit ihren Mountainbikes gerüstet hatten.

---

[46] taub

[47] herunterzubrettern

„Desdaweje fahre mia aa frih moggens, do sin noch kää Schleischa im Wald."
„Schleicher?"
„Die wu spaziere gehe, dortt mol gugge, Bliemlin[48] pfligge."
„Odda wokke[49]. Des sin die Schlimmschde!"
Eine in Anbetracht der Gewichtsklasse der Umsitzenden durchaus berechtigte Vorsichtsmaßnahme, wie Freese fand.
„Aber dann entdeckten Sie den Toten."
„Gönau. Befoa dass mia nunnaglitsche, gibts bei uns imma äschda mol ä klähnes Veschba do drowwe. Grieweworscht, Bierle un en schääne Korzze. Un wie mia so gugge bis riwwa in die Pfalz – härrlisch ibbrigenz – sescht de Wegnas Willi uff ähmol *Gugg mol, do drunne, do liegt jo ähna.*"
„Wegner Willi? Wer ist das?"
„De Baritoon."
„Dea doo."
„Bessa gsacht isch", bestätigte der Ausgedeutete, um sogleich wieder in Schweigen zu verfallen.
„Mia hawwe des nadierlisch net glaawe wolle. *Hea, vazehl kähn Babb, Willi,* hawwisch gsacht. *Hosch widda ähna zuviel gepetzt geschdan?* Awwa dann hawwe mia all geguggt un gsehe, dea hot wahrscheinz rescht, dea Sseckl."
„Und dann sind Sie zusammen hinuntergefahren."
„Fahre?" Allgemeine Heiterkeit. „Nunnagedunnat simmia nadierlisch. De Nobbärtt[50], denn hots schia zalegt, korzz befoa dass mia hunne ware."
„Hä? Misch? Zalegt? Isch glaab shackt."
„Awwa woohl. Voll uff die Worzzl bisch du kumme, un donn hots fascht dei Voddaraad varisse."

---

[48] Blumen
[49] walken
[50] Norbert

„Des waa Absischt nadierlisch. Hea, des hawwisch vleischt dräniat[51]?“
Freese unterbrach vorsichtig den Disput der beiden Extremradler.
„Gibt es eigentlich Fotos von Ihrem Ausflug?“
„Foddo? Nää, wie solln des gehe?“
„Wie stelle Sie sich des voa?“
„Oh, liewi Zeit! Im Leewe net.“
Freese wurde nun erläutert, weshalb man bei diesen Radtouren keine Möglichkeit fand, einen Fotoapparat mitzunehmen: „Mia hawwe jo fascht nix oo beim Fahre. Bloß Driggoo[52]. Hauteng. Wejem Luftwiddastand. Do kamma kähn Bolle[53] drunna vasteckle. Des koscht Zähntlsekunne. Vastehsch?“
Freese verstand, jedenfalls das Wesentliche, und hatte die Männer in ihren körperbetonten Anzügen für einen erschütternden Moment vor Augen.
„Doch!“, entfuhr es dem Dirigenten. „De Begge Dieda, isch mähn, dea hot foddograffiat owwe.“
„Stimmt!“
„Stimmt!“
„Stimmt!“
„Hosch rescht. Jetz gedenkt mias aa. Mia hawwe uns noch uffgstellt.“
„Aber der Fotograf ist heute nicht bei der Probe dabei, wenn ich das richtig sehe.“
„Nää. Dea hots im Kreiz. Demm isses neigfahre seit geschdan.“
„Schlimm, des hawwisch aa als.“
„Isch aa.“
„Isch aa.“
„Un isch äschda.“

---

[51] trainiert
[52] Trikot
[53] Klumpen

„Gut, die Fotos werden sich bestimmt auftreiben lassen. Jedenfalls haben Sie dann also den Toten gefunden, unten in diesem Gelände, das heute als Freiluftmuseum dient."
„Gönau!"
„Gönau!"
„Gönau. Do issa gleje, de Schorsch. Denn hots zalegt, awwa wie."
Die Männer beteuerten einhellig, nichts angefasst, nichts verändert zu haben, und weil das zum Gelände gehörende Aufsichtsgebäude erst um 10 Uhr öffnete, sei Klaus Wiesemann schnurstracks in die Stadt zum Polizeiposten gefahren, um den Vorfall zu melden.
„Weil dea so schää schwätze kann. Dea is nämmlisch Frissea[54]. Vun uns allene."
„Vun mia net", widersprach ein kahlköpfiger Sänger und sorgte für eine Lachsalve.
„Der Tod von Georg Wohlrabe scheint Sie aber nicht sonderlich getroffen zu haben. War er nicht sehr beliebt in Fußheim?"
Die Männer reagierten etwas betreten, und Klaus Wiesemann setzte zu einer Erklärung an: „Ach, Gott, wie willischn saache. De Schorsch, dea waa schun ähna vun uns. Fria jednfalls. Awwa dann irgendwann, isch weeß aa net, hot des oogfange, dass dea bissl koomisch worre is. Dann wara viel fortt, hot nix mea mit uns zum du hawwe wolle. Isch glaab, des hot oogfange, wiea uff ähmol bloß noch so koomisch gebabblt hot."
„Wie? Komisch gepappelt?"
„A, so … wie Sie hald."

---

[54] Friseur

„Hosch disch vastecklt?“

Kommissar Günda spähte in das Nebengebäude der Lesbar und entdeckte seinen Assistenten hinter ein Regal gekauert, vertieft in ein Buch. Der so unverhofft Angesprochene fuhr zusammen.

„Kää Ängscht, isch bins bloß. Unn, kennsch misch noch? Isch bins, doin Tschief.“
Fritjof Freese strahlte, erfreut und erleichtert zugleich.
„Tut mir leid, aber wenn ich lese, dann tauche ich manchmal regelrecht ab, dann vergesse ich alles um mich herum.“
„Des kennisch aa. Was hoschn grad glese?“
„Eine Chronik von Fußheim, sehr interessant.“
„Aha. Inwiefärn?“
„Nun, bis vor hundert Jahren lebte der Ort nicht von der Landwirtschaft, die meisten arbeiteten im nahegelegenen Steinbruch. Sogar Kinder. Die waren besonders gefragt als Arbeitskräfte, weil sie auch an unzugängliche Stellen kamen. Tagein, tagaus, stundenlang, zu unmenschlichen Bedingungen. Heute ist das übrigens ein Freilichtmuseum.“
„Indressant. Un was hot des mit uns un unsam Fall zum du?“
„Ganz einfach, die Leiche wurde in diesem Steinbruch gefunden. Von einer Gruppe Radfahrer.“
„Do wärre die schää vaschrocke sei. Fascht so wie du eewe. Hea mol, hawwisch misch eigendlisch so vaännat, dass du jetz imma so zammezugge musch, wenn du misch sehe dusch?“
„Nein, nein“, beschwichtigte Freese. „Keine Sorge, Tschief. Sie haben sich überhaupt nicht verändert, Sie sind ganz der Alte geblieben.“
Diese Antwort schien nicht ganz Kommissar Gündas Wünschen zu entsprechen.
„Mach Sache. Isch hab jo gedenkt, isch bin irgendwie, wie willischn saache, bissl … straffa worre. Insgsamt. Odda net?“
Er reckte sich, um etwaige Zweifel zu zerstreuen.

„Doch, doch, viel straffer, auf jeden Fall."
„Gugg misch mol oo." Er musterte seinen Assistenten scharf. „Liejebeitl! Kumm mol hea, loss disch mol drigge!"

Erstaunlich, dieses in jeder Hinsicht ungleiche Paar hatte binnen kürzester Zeit zusammengefunden. Auch wenn es hier und da gelegentlich hakte, etwa, wenn beide sich uneins waren in der Einschätzung von Zeugen oder Indizien, gerade ihre Unterschiedlichkeit sorgte dafür, dass sie sich ergänzten, ja, inspirierten. Kommissar Günda erstaunte diese Entwicklung immer noch. Er, der Jahrzehnte ein überzeugter Einzelgänger gewesen war, der jede Abstimmung mit Kollegen als lediglich lästig empfunden hatte – *Oh, liewi Zeit, jetz kummt dea Sseckl aa noch oogwacklt* – musste sich eingestehen, dieses smarte *Bärschtl* war für ihn eine wertvolle Bereicherung geworden; er verstand es, mit einem meist völlig anderen Blickwinkel seinen Horizont zu erweitern. Und das, obwohl ihm Fritjof Freese eigentlich zu jung, zu forsch, zu ambitioniert und vor allen Dingen zu hochdeutsch war. Die Hoffnung, dass der jemals des Kurpfälzischen mächtig sein würde, die hatte er ohnehin nie gehegt. Kommissar Günda war der festen Überzeugung, dass man Dialekt nicht lernen konnte wie eine Fremdsprache. Mochte es fürs Verstehen auch bald reichen, die Eindringlichkeit der Laute, der Herzschlag des Hiesigen blieb den Sprechwerkzeugen des Zugezogenen auf immer verwehrt. Egal, ob noch so *schääni Schnuut*, *lousi Labb* oder *gnoddarischi Gosch.*

Was ihn dabei gleich für ihn eingenommen hatte, Freese war gar nicht erst auf den Gedanken gekommen, einen entsprechenden Dialektversuch zu unternehmen. Ganz anders als Kommissar Gündas Vorgesetzter Theisen, der es sich trotz sonst kaum verhohlener Abneigung gegen das Kurpfälzische nicht nehmen ließ, bei Weihnachtsfeiern und Betriebsausflügen seine immergleichen Ansprachen mit einem *Es gibt viel zu tun, gehen wir es gemeinsam an! Oder, wie Sie hier so schön sagen: Backe mirs!* zu krönen. Was die Belegschaft mit stummem Stöhnen hinnahm. Nur Kommissar Günda quittierte Derartiges mit einem kaum hörbaren *Back disch doch selwa!*

Da lobte er sich doch den konsequent im Rahmen seiner begrenzten sprachlichen Möglichkeiten bleibenden Freese.

Es hatte sich darüber hinaus bald erwiesen, dass ein hochdeutsch sprechender Kollege von Nutzen war. Selbst außerhalb größerer Städte traf man infolge florierender Wirtschaft in der Region immer seltener reine Dialektmilieus an, da war Zweisprachigkeit von Vorteil. Überdies genoss Kommissar Günda auch zunehmend die Situation, stiller Beobachter zu sein, wenn sein Assistent mit Zeugen oder Verdächtigen sprach, sei es mit Einheimischen, sei es mit Neubürgern, stets durchdacht und zielorientiert. Und falls der Dialog tatsächlich einmal in eine Richtung driftete, die ihm nicht behagte, so konnte er sich immer noch jederzeit einmischen: *Was vazehlschn du widda fan Kees!*

Aus Kriminalfilmen kannte man bei Ermittlern die Kombination *guter Cop/böser Cop*. Kommissar Günda und sein Assistent ergänzten diesen Ermittlungsstil um eine bedeutsame Variante: *Dummbabbla/Schlaubuggl*. Die jeweilige Rollenverteilung war für das Gegenüber nicht absehbar, weil nie endgültig.

„Was annares, wie kummsch du eigendlisch do druff, dass des kähn Ufall waa? Isch mähn, des kehnt jo sei, dass dea Dabbes bleed gloffe is, vleischt hodda a bissl was gedrunge, waa bissl aiig am Rand vun demm Stoobruch – un zack, issa abgrutscht un denn hots zalegt."
„Komisch, genau das sagt sein Bruder auch."
„Hea uff", schmunzelte Kommissar Günda.

„Sie haben mit dem Bruder schon gesprochen, stimmts, Tschief?"

„Is jo net vabodde, odda? Hajo hawwisch des, du kennsch misch. Wenn do ähna steht un misch glei mol nausschmeiße will, kannisch net annaschda."

„Ja, ein richtiger Charme-Bolzen, der Mann."

„Des stimmt. Zum Knuddle."

„Gegen einen Unfall spricht, es gibt eindeutige Spuren. Das Opfer zeigte erhebliche Verletzungen."

„Isch will Disch mol sehe, wenn du zäh, zwonzisch Meda de Buggl nunnaplotsch, do sitzt dei Frissua wahrscheins a nimmi so. Apropoo, waasch widda bei deim Kwaffea[55]?"

Freese überging die Frage.

„Außerdem war sein Hemd in Mitleidenschaft gezogen, an mehreren Stellen gerissen."

„Do deed isch denn Stoobruch glei mol vaklaache[56]. Dass die net defoa sorje, dass die Stää schää gepolschtat sin."

„Und, Tschief, zwei Hemdknöpfe waren abgerissen."

„Madajaalamiedung[57] wahrscheinz."

„Die Knöpfe wurden gefunden."

„Wasse Glick fa die Ärwe[58]."

„Und zwar oberhalb der Stelle, wo die Leiche lag."

„Du willsch saache, do hawwe zwee ghendlt."

„Wie bitte?"

„Isch mähn, do hawwe sisch zwee vawesche."

„Hm?"

„Rumgebatscht hawwe die sisch."

„Sie meinen eine Prügelei?"

„Sachisch doch. Un gibts noch annare Spure do drowwe?"

---

55 Coiffeur

56 verklagen

57 Materialermüdung

58 Erben

„Ja, Fußspuren, Reifenspuren von den Fahrrädern, oben wie unten, aber nichts Brauchbares. Es sieht jedenfalls alles danach aus, dass oben ein Kampf stattgefunden hat."
„Un dodebei issa runnageplotzt. Aus Vasehe. Odda aa net. Un des Opfa, was waa des fa ähns?"
„Wie meinen Sie das?"
„Isch mähn, waa des leischt, denn nunnazumstumbe."
„Also, von der Statur etwas untersetzt, etwa so …"
„Wie isch wolltsch du saache?", drohte Kommissar Günda mit gespielter Empörung.
„Nein, nein, etwas schmächtiger als …"
„… als wie isch?"
„Nein. Etwas schmächtiger als – sein Bruder."

„Ou, schun Feiaoowet? Sie hawwe sischs jo schää gemietlisch gmacht bei uns."
Wie auf Stichwort erschien Jakob Wohlrabe in der Tür und verzog ungehalten das Gesicht. Fritjof Freese beeilte sich aufzustehen und setzte zu einer Erklärung an.
„Ich habe hier ein interessantes Buch über die Geschichte des Fußheimer Steinbruchs gefunden. Sie sind überhaupt gut sortiert, scheint mir. Wenn ich das richtig sehe, stehen vorne im Laden die aktuellen Titel, und hier finden sich eher die exotischeren Sachen."
„Exoodisch? De Eischedorff? De Fried? De Rilke? A, Sie sin aa son Exoodische."
„Rilke? Kenne ich noch aus der Schulzeit", grinste Freese, „Gedichte, wers mag. Habe ich noch gar nicht hier gesehen. Wo stehen die?"
Jakob Wohlrabe ging wortlos an den beiden Ermittlern vorbei. Sie folgten ihm unaufgefordert durch die labyrinthartige Anordnung von überquellenden Bücherregalen und fanden sich schließlich vor einer alten Holztür wieder. Jakob Wohlrabe

schob den eisernen Riegel zur Seite und öffnete den Verschlag. Das plötzliche Tageslicht ließ die Ermittler die Augen zukneifen.
„Alla! Doo!"
„Was ist da?"
„Frischi Luft."
„Und?"
„De Ausgang."
„Sehr fürsorglich von Ihnen." Freese war mit seinem Anzug an das Tor gekommen und klopfte sich dessen Spuren von der Schulter. „Aber wir ziehen es vor, uns noch ein wenig umzusehen, das Gebäude ist ja weit größer als man vermutet, wenn man es vom Laden aus betritt. Was war das früher?"
„De Schopfe[59]."
„Der was?"
„Isch vakläa des demm", erbot sich Kommissar Günda und schob Fritjof Freese aus der Tür, die, kaum dass sie draußen waren, hinter ihnen geschlossen wurde.
„Auf Wiedersehen, Herr Wohlrabe", rief Fritjof Freese in das dunkle Holz. Wie zur Antwort wurde der schwere Riegel mit einem quietschenden Geräusch wieder in Position gebracht.

„Soen Muffzekopp!", stöhnte Kommissar Günda, nicht ohne Belustigung.
„Ein was? Tschief, entweder ich habe in Ihrer Abwesenheit wieder alles verlernt, oder aber dieser Fall ist der Härtetest in Sachen Dialekt."
„En Muffzekopp, des is, wie willischn saache. Ähna, dea wu … a, wie sollisch des vakläre … A, des heat ma doch schun am Wortt, was des fa ähna is."
„Stimmt", bestätigte Freese. „Und das trifft diesen Herrn sehr genau."

---

[59] Scheune

Kommissar Günda wirkte plötzlich nachdenklich. „Sgibt jo Leit, die saache, isch wäa aa ähna."
„Sie? Ein …"
„… Muffzekopp."
„Nein, keinesfalls", widersprach Fritjof Freese vehement.
„Waa des etwa graad ä Kompliment?"
Freese nickte: „Wenn Sie so wollen, durchaus."
„Willsch du dodemit saache, isch wäa en Schammeeaa[60]?
Die Antwort ließ auf sich warten.
„Des hawwisch nämmlisch aa schun gheat."
„Aha. Oft?"
„Äh Mol. Ealisch gsacht."
„Und bei welcher Gelegenheit, wenn ich fragen darf?"
Kommissar Günda wurde plötzlich ernst: „Freese, es muss aa Geheimnisse geben. Meiik da des mol. Isch weeß, des kennt ia heit nimmi hawwe. Brauchsch gaa net so bedräbblt gugge, loss da des äfach gsacht sei vunneme alde Sseckl."

Schweigend machten sich die beiden Ermittler auf den Weg um die Scheune zum Eingang der Lesbar, dort hatte Kommissar Günda seine Reisetasche deponiert. Zu beider Erleichterung war Jakob Wohlrabe nicht zu sehen. Die Begrüßung durch Bettina Schneider geriet gewohnt herzlich.
„Hallo, Herr Freese!"
„Hallo, Frau Schneider, schön, Sie zu sehen. Das ist übrigens mein Chef, Kommissar Günda."
„Hallo, Herr Kommissar. Ich hatte eigentlich gehofft, die Ermittlungen wären eingestellt, weil sich geklärt hat, dass es doch ein Unfall war."
„Isch weeß noch gaa nix, bin graad ärscht ookumme. Derft isch Sie glei mol froore, wea sin jetz Sie?"
„Georg Wohlrabe war mein Patenonkel."

---

60 Charmeur

„De Pedderisch."
„Ja, so sagt man hier."
"Dud ma leid, des mit Iam Ungl. Awwa vleischt hawwe Sie drotzdähm bissl Zeit fa misch."
„Aber ja, fragen Sie ruhig."
„Jetz deed mias graad net so basse, wäre Sie mogge aa doo?"
„Auf jeden Fall, ich bin eigentlich immer da."
„Dann bis mogge, Frauä ..."
„Schneider, aber sagen Sie ruhig Bettina zu mir, das sagen alle."
„Alle? Des kannisch mia net voastelle", zweifelte Kommissar Günda.
„Stimmt, die meisten nennen mich hier Betsy."
„Ich werde Bettina sagen", merkte Freese an, froh um die Gelegenheit, sich wieder ins Gespräch zu bringen. „Denn ich werde Sie bestimmt auch noch das eine oder andere Mal behelligen müssen."
Bettina Schneiders Lächeln ließ ahnen, dass dies für sie alles andere als lästig sein würde.
„Awwa, Freese, mogge musch du fa misch äschda mol paa annare Sache alleedische, gell? Do misse mia zwee allää auskumme, odda, Frau Betzii?"
„Ja, stimmt. Herr Wohlrabe trifft sich mit einem Autor in Mannheim", erwiderte Bettina Schneider, die den Wink verstanden hatte.
„Sauwa. Bis mogge donn."

„Tschief, was haben Sie damit gemeint?", fragte Freese, als sie das weitere Vorgehen in seinem Dienstwagen besprachen.
„Woomit?"
„Dass ich morgen etwas für Sie zu tun hätte."
„Was weeßn isch. Mach hald irgendwas!"
„Wieso wollen Sie denn das Gespräch mit Frau Schneider überhaupt unbedingt alleine führen?"

„Gugg mol Freese, bei unsam Fall driwwe in Gliggabach, du a-innasch disch.“
„Selbstverständlich.“
„Do hawwisch misch jo bissl vaguggt.“
„In die Blumenhändlerin, ich weiß.“
„Un donn hot sichs rausgstellt, dass die des aa noch waa, wu denn Schorle-Peda abgstoche hot.“
„Ja, und?“
„Isch mähn, schiagaa[61] heedisch dorttmols de Kopf valore, un mia heede uns allää uff disch valosse gmisst.“
„Und was hat das mit Frau Schneider zu tun?“
„A, mähnsch du, isch deed des net sehe, wie du die oogeguggt hosch. Des is doch gönau doin Tipp[62], odda?“
„Wollen Sie damit sagen, Sie halten sie für verdächtig?“
„Hm. Immahien waa des ian Pedderisch. Hot dea eigendlisch Kinna ghabt?“
„Soweit ich weiß, nein.“
„Allo. Wea ärbt donn vun demm wahrscheinz? Hä?“
„Langsam, Tschief, keine Sorge. Es gibt einen entscheidenden Punkt, der mich in jedem Fall von einer Beziehung mit der Verdächtigen Schneider abhalten wird.“
„Nämmlisch?“
„Bettina Schneider ist schon Mitte 30.“

Insgeheim beneidete Kommissar Günda seinen Assistenten, mangelte es dem doch nie an Frauenbekanntschaften. Auch wenn er dessen scheinbar scherzhaft gemeinten Einwand bezüglich seiner Alterszielgruppe für unangemessen hielt. Andererseits, Frauen orientierten sich doch in der Regel an älteren Männern, und wenn 70 das neue 40 war …?
„Schnall disch mol oo, bidde.“

---

[61] beinahe, fast
[62] Typ

„Wieso?"
„Weil ma des misse muss, wemma mim Audo fahre dud."
„Und was ist unser Ziel?"
„Mei! Mei Ziel! Des wäa Gliggabach. Deedsch du misch bringe?"

Wie so oft bei benachbarten Gemeinden waren auch die Verkehrsverbindungen zwischen Fußheim und dem knapp drei Kilometer entfernten Glickerbach dürftig. Kommissar Günda, der sich von einem Streifenwagen aus dem Präsidium nach Fußheim hatte bringen lassen, hatte Buslinien nach Mannheim, Heidelberg, Speyer, Germersheim und Mosbach ausfindig gemacht, aber kein öffentliches Verkehrsmittel fuhr nach Glickerbach. Und selbst wenn eine Route durch Glickerbach führen sollte, ein Halt dort war nicht vorgesehen.

Entsprechend hatte auch die Auskunft des Taxifahrers gelautet, den Kommissar Günda am kleinen Bahnhof von Fußheim angesprochen hatte.
„Taxii?!"
„Wu noo?"
„Gliggabach."
„A, wea willn do hie?"

Die Freude war groß, als Marion Helche von Freese erfuhr, dass Kommissar Günda demnächst ein Zimmer bei ihr beziehen würde. Sie hätte nicht damit gerechnet, ihn so bald wieder zu sehen. Eine gute Woche hatte er damals bei ihr im Haus gewohnt, ehe der Mordfall in Glickerbach gelöst war.
„Unn, Marioon, als noch doo?"
Die Wirtin im Roten Ochsen hatte ihm bei seinem letzten Besuch anvertraut, dass sie eine Ausbildung angefangen hatte. Zur Eventmanagerin.
„Des dauat noch e bissl, bissisch fortt kumm. Enttäuscht?"
„Nänää, isch bin grad froh. Des mit denne Iffents, des gibts doch schun genung. Awwa soen schääne Laade wie de Roode Ochse, des finnsch kaum noch. Niagänds."
„Tässl Kaffee?"
„Gärn."
„Riwwlkuuche heedisch. Gonz frisch, selwa gebagge."
„Sauwa!" Kommissar Günda war entzückt. „Des nämmisch. Un donn hogg disch mol bissl zu ma, Marioon."
Marion Helche erzählte von ihrer Ausbildung, vom neuesten Klatsch und Tratsch in Glickerbach, während sich Kommissar Günda voll des Lobes für den Streuselkuchen zeigte: „Gonz aiig legga!"
Schließlich kamen sie auf den Anlass seines erneuten Besuches im Roten Ochsen zu sprechen.
„Tschief, Sie mache awwa kähn Ualaub bei uns, odda?"
„Ualaub, hea ma bloß uff mit Ualaub, des brauchisch nimmi, des hawwisch grad ghabt."
„Ian Frischling, dea wollt jo net rescht rausrigge, wesweje sie bei uns in de Gegend sin. Is widda was bassiat bei uns in Gliggabach?"
„Nänää", beruhigte Kommissar Günda. „Driwwe, in Fußheim."
„Ealisch? Mia hawwe gaa nix gheat dodefuu."
Das war nicht verwunderlich. Zwischen Glickerbach und Fußheim verlief eine Grenze auf allen Ebenen. Die

verschiedenen Lokalausgaben der für beide Gemeinden zuständigen Tageszeitung ignorierten einander beharrlich. So fand der aufmerksame Leser Neuigkeiten aus aller Welt, jedoch nichts aus der Nachbarstadt. Was immer sich in Fußheim ereignete, Konzerte, Ausstellungen, Bürgermeisterwahlen, davon erfuhren die Glickerbacher nichts. Und umgekehrt. Ohnehin wäre nur eine einzige Nachricht auf Interesse gestoßen: die, dass der Nachbarort endlich verlegt worden sei.
„Allo, Tschief, was issn bassiat in Fußheim?“
Kommissar Günda fasste kurz die Ereignisse zusammen und erntete unerwartet Betroffenheit.
„De Schorsch is gstorwe? Ach Gott, des dauat misch awwa[63].“
„Denn kennsch du? Saach bloß, du gehsch bei demm als Büschas kaafe.“
Marion Helche reagierte mit gespielter Empörung. „Sie wärres net glaawe, Tschief, awwa isch kann schreiwe un lese. Net bloß Speisekadd.“
„Schun klaa, Marioon. Misch wunnat alladings, dass du ausgreschnt dortt Büschas kaafsch.“
Dass der Fußheimer Einzelhandel tatsächlich von Glickerbacher Kunden profitieren sollte, das schien ihm nach allem, was er über das Verhältnis der beiden Gemeinden wusste, mehr als abwegig.
„A, mia hawwe doch kähn Buchlaade doo. Sollisch zum *Duwak un Kruuscht* gehe? Dea hot doch graad drei Büschas. Un die willisch net. Isch brauch schun bissl Auswahl.“
„Un die hot selli Lesbaa?“
„Alladings, Tschief. Unna uns, isch bin soggaa in derre iam Lidderaduakreis.“
„Des derf awwa kähns in Gliggabach afahre, odda?“ Kommissar Günda stupste die Wirtin des Roten Ochsen mit dem Ellenbogen.

---

63 das tut mir aber leid

„Awa! Des is mia graad worscht, solle die doch denke, wassie wolle, die Leit."
„Hosch rescht, Marioon. Des is die rischdisch Eistellung. Äh, was annares, wie kummt ma eigendlisch vun Gliggabach uff Fußheim?"
„Ou. Höckschdens mim Audo."
„Hawwisch net."
„Ja, donn … zu Fuß hald."
„A nää, bidde! Isch muss bissl uffbasse uff mei Haxe."
Marion Helche dachte nach.
„Tschief, isch habs. Des wäa die Lösung fa Sie."
„Hallole zamme!"
Mit Schwung sprang die Tür der Wirtschaft auf, der erste Gast erschien und musterte Kommissar Günda vorwurfsvoll.
„Mia hawwe Stammdisch heit."
„Isch weeß, Maiiguss[64], kä Problähm, dea is jo äschda heit owet, un mia hawwes grad viere. Isch hab bloß korzz ä Tässl Kaffee gedrunge mim Kommissaa."
„Awwa mia hawwe Stammdisch heit. Un isch bin schun mol doo."
„Isch muss eh." Kommissar Günda erhob sich bereitwillig. „Bin bissl mied vun de Reis. Zimma wie letscht Mol?"
„Sebvaständlisch, Tschief."
„Bischen Schatz, Marioon. Bis späda."
Der Stammtischler hob mahnend die Brauen.
„Isch mähn, bis mogge."

Kommissar Günda ging auf sein Zimmer, legte sich in voller Montur auf das frisch bezogene Bett und schlief sofort ein.

Währenddessen bohrte Markus Keller beharrlich.

---

[64] Markus

„Hea, Marioon, was meschtn dea Sseckl widda doo? Hä? Was isn bassiat? Auf, mia kannschs saache."
Marion Helche verwies erst auf ihre Verschwiegenheitspflicht und entschloss sich dann doch, mit der Sprache herauszurücken. Es war ja schließlich kein Geheimnis, was passiert war.
„Ä Leisch? Vleischt en Mordd? Des is jo fuaschbaa. Wea?"
„Kennsch du net."
„Hä, wie kann des sei?"
„Ähna vun Fußheim."
„A so. Bringschma ä Bierle, Marioon? Sei so guud."

Am nächsten Morgen war Kommissar Günda nach erquickendem Schlaf und schmackhaftem Frühstück – diesmal ohne Marion Helche, die hatte alles für ihn an seinem Stammfensterplatz in der Gaststube bereitgestellt – gespannt, welches Fortbewegungsmittel die umsichtige Wirtin wohl für ihn gefunden hatte.
Im Hof unterm Dach, liebe Grüße Marion hatte sie auf einer verblichenen Werbepostkarte des Hauses notiert.
An diesem Ort fanden sich sorgfältig gestapelte Holzscheite, zusammengeklappte Gartenstühle und Tische für die Terrasse, Laubsauger, Hochdruckreiniger, zahlreiche Rechen, ein Mini-Traktor, der als Rasenmäher diente – den konnte sie doch wohl kaum gemeint haben? – und mittendrin, für jeden sichtbar, ein Fahrrad. Genauer gesagt: ein Klapprad. Eines dieser hässlichen zudem, wie man sie in den Siebzigern beim Camping für die Fahrten vom Zelt zu den Sanitäranlagen oder auf Binnenschiffen benutzt hatte, um vom Heck zum Bug zu gelangen. Wollte ihn Marion Helche allen Ernstes mit einem solchen Gefährt zur Arbeit schicken? Ihn, den diensthabenden Kommissar auf Verbrecherjagd? Einen Mann in der Blüte seines Lebens? Voller Abscheu und schlagartig *schlescht druff* besah er sich das Vehikel und entdeckte auf dem Gepäckträger einen Umschlag. Darin steckte eine weitere Karte: *Garage!*

Er fand sie hinter dem Gebäude und öffnete das Tor.
Wäre Marion Helche zugegen gewesen, er hätte nicht umhin gekonnt, sie nach Herzenslust *abzumknuudsche.* Da stand doch tatsächlich eine *Huddl*, wie er sie mit 15 sein eigen genannt hatte. Ein bisschen lädiert, ein wenig verrostet, die alte Tarnfarbe verblasst. *Unne?*[65]

---

[65] Na und?

Auch wenn es bald 40 Jahre her war, jeder Handgriff saß, alles war vertraut, das spotzende Motorengeräusch, der spirrelige Lenker mit der zäh-quietschenden Handbremse. Und schon bald brauste Kommissar Günda mit einem Hochgefühl sondergleichen durch die Straßen und Gassen von Glickerbach.

Sollte je wieder eine Kur vonnöten sein, er würde sie auf diesem Gefährt antreten.

Freese freute sich. Die Überraschung würde ihm gewiss gelingen. Die Sticheleien seines Vorgesetzten vermochten zwar nicht, seine Lebensplanung zu erschüttern, aber so ganz ohne Wirkung blieben sie nicht. Für einen Mann aus Kommissar Gündas Generation schien es undenkbar, mit Mitte 30 noch im mütterlichen Haushalt zu wohnen. *Bitte! Sein Problem!* Die Vorzüge für beide Seiten waren doch unverkennbar. Der Auszug seines Vaters, als er acht Jahre alt gewesen war, hatte ihn und seine Mutter näher zusammengebracht. Gewiss, als Jugendlicher hatte er auch so manche Auseinandersetzung mit ihr gehabt, aber alles in allem hatte sie ihn gewähren lassen. Und so war es nicht verwunderlich, dass man sich am liebsten bei ihm zu Hause traf. Mit Freunden, aber schon bald auch mit Mädchen. Nie hatte sich seine Mutter prüde gezeigt, den Moralapostel gespielt. Zum Leidwesen anderer Eltern, die so manches Mal besorgt angerufen hatten, wenn sie ihre Töchter suchten. *Ja, die ist hier*, lautete die fast schon geflügelte Auskunft seiner Mutter. *Die lernen zusammen.* Was, wie sie wusste, in gewisser Hinsicht tatsächlich stimmte.

Bis heute waren Mutter und Sohn ein eingespieltes Team. Und es war beileibe nicht so, dass er in dieser Hinsicht eine Ausnahme darstellte. Wie sich schon bald gezeigt hatte, gab es etliche seiner Altersgenossen, die immer noch bei ihrer Mutter wohnten. Oder eben wieder, sei es nach einem ernüchternden Beziehungserlebnis, sei es nach einem unerquicklichen WG-Intermezzo. Keiner von den Heimschläfern, die er kannte, machte einen leidenden Eindruck. Wohingegen Freese genügend Männer kannte, die Hals über Kopf und ohne Not mit einer letztlich immer fremd bleibenden Frau zusammengezogen waren, um sich früher oder später eingestehen zu müssen, wie unglücklich sie waren.

Das Zusammenleben mit seiner Mutter, mittlerweile auf zwei Stockwerken, räumlich also durchaus getrennt, funktionierte dagegen reibungslos. Wieso sollte er daran etwas ändern? *Never change a running system.*

Als Kommissar Günda davon erfahren hatte, war er fassungslos gewesen. *Du woohnsch also noch bei de Muddi!* Immer und immer wieder hatte er davon angefangen und wurde dessen einfach nicht müde. Höchste Zeit, es zu einer Begegnung kommen zu lassen.

Er wählte Kommissar Gündas Nummer. Als der sich schließlich meldete, war er kaum zu verstehen.

„Mähen Sie den Rasen, Tschief?"

„Hä?"

„Ich sagte, mähen Sie den Rasen, es ist so laut bei Ihnen."

„Nänää, isch steh uffm Maiiktplatz in Gliggabach. Gradn Moment. A, gibts des?!"

Endlich erstarb das Motorengeräusch.

„Auf dem Marktplatz in Glickerbach? Haben die da seit Neuestem auch einen Stand für Gartengeräte? Hat der Maimarkt einen Ableger?"

„Net direkt."

Voller Stolz betrachtete Kommissar Günda sein Gefährt.

„Des vakläa isch dia annamol. Was gibts?"

„Bevor ich mich gleich auf den Weg nach Fußheim mache, wollte ich Sie einladen."

„Eilade? Fa waas?"

„Zum Essen. Bei mir zu Hause."

„Awwa, Freese, du woohnsch doch noch bei de Muddi." Freese stöhnte innerlich. „Odda hot sisch des geännat, seit isch uff Kua waa. Dann deed jo ä Welt fa misch zammebreschle."

„Nein, nein, alles wie gehabt. Und meine Mutter freut sich, Sie kennenzulernen. Wann wäre es Ihnen denn recht? Heute Abend?"

„Ou, do hawwisch schun was voa. Mogge, gähngt des aa?“
„Bestimmt. Kläre ich gleich. Dann bis später.“
„Tschüssl. Un Freese …“
„Ja, Tschief?“
„Saach mol en Gruß. Fa dei Muddi.“

Bettina Schneider öffnete die Lesbar und entdeckte sogleich Kommissar Günda, der bereits vor der Tür wartete. Etwas an ihm schien sich verändert zu haben. Er bemerkte ihren fragenden Blick.
„Is was?“
„Nein, nein, Sie sehen nur heute irgendwie anders aus.“
„Wie-e?“
„Ja, ich weiß auch nicht, irgendwie verändert.“
„Wuu-e?“
„Das Gesicht … Ich habs, es sind die Haare.“
Unwillkürlich fuhr sich Kommissar Günda über die hohe Stirn und tastete vergebens.
„Weiter oben“, half Bettina Schneider.
„Gradn Moment.“
Er verschwand aus dem Laden und besah sich seine Frisur im kleinen, fast blinden Rückspiegel seines neuen Gefährts. Der Fahrtwind hatte ganze Arbeit geleistet, eine Stromschlagfrisur mit vereinzelten Ausläufern.
Er beschloss, bei nächster Gelegenheit eine Haarbürste zu kaufen – wenn es so etwas heute überhaupt noch gab –, befeuchtete kurzerhand seine Fingerspitzen und glättete den Hochstand notdürftig.

Derweil hatte Bettina Schneider sich den frisch eingetroffenen Büchern gewidmet und sortierte die Bestellungen in eine Schublade.
„Ah, jetzt ist alles wieder so, wie ich es kenne.“
Kommissar Günda war sich nicht sicher, welche Wertung in dieser Feststellung steckte, verzichtete aber auf eine Klärung.
„Jetz heedisch awwa aa mol e Frooch. Misch deed mol indressiere, Ian Pedderisch, wie kummt des eigendlisch, dass dea des worre is?“

„Also, ich habe meinem Patenonkel gewissermaßen zu verdanken, dass es mich überhaupt gibt. Meine Eltern haben sich hier kennengelernt."
„Doo? Im Buchlade?"
„Nein, nebenan in der Scheune. Dort fanden damals Konzerte statt, die mein Onkel mit seinem Bruder organisiert hat."

Kommissar Günda erinnerte sich schlagartig. Ein Gefühl der Vertrautheit hatte ihn schon tags zuvor beschlichen, aber er hatte das seiner Kindheit auf dem großelterlichen Bauernhof zugeschrieben. *DScheia vum Ooba un vun de Ooma* war mit ihren dunklen Winkeln und abenteuerlich steilen Stiegen zu den zahlreichen Zwischenböden ein idealer Tummelplatz für Kinder gewesen. Die Scheune der Wohlrabes jedoch kannte er tatsächlich aus einem anderen Zusammenhang. Es war die Nach-*Huddl*-Zeit, als er sein erstes Auto hatte, einen Käfer Baujahr 60, und Abend für Abend auf der Suche war nach Live-Musik. Neben den Clubs in Mannheim und Heidelberg waren damals überall Auftrittsmöglichkeiten entstanden, selbst in den kleinen Gemeinden, gerade auch in ehemaligen Scheunen. Allerdings bot nicht jede Spielstätte Gewähr für Musik, die Kommissar Günda behagte. Im Gegenteil. Punkbands verwechselten Lärm mit Energie, in modrigen Betonkellern schwadronierten Schwerblüter zu Instrumenten aus dem heutigen Baumarktsortiment, Latzhosen und Wickelröcke gaben sich selbstverzückt mit Flöten und Schalmeien dem vorgeblich wahren Volkslied hin.

Die Gedanken sind frei. Aber was nützte es, wenn diese immerzu aus ihrem Häuschen waren? Das war ein weiterer Aspekt, der ihn damals gerne kehrtmachen ließ. Kommissar Günda war einem Bier nie abgeneigt, aber der bräsig-seligen

Stimmung einer Jemumi[66]-Kifferrunde hatte er sich nie ausliefern wollen. Zu oft hatte er erlebt, wie sich in der Folge gerade die unmusikalischsten Geister des nächstbesten Tambourins bemächtigten und wild drauflos klopften, jeden Rhythmus ignorierend, aber ganz eins mit den übrigen Taktlosen und der von ihnen gerade gemeinsam malträtierten Musik. Bis heute hatte er seine Mühe mit den Alt- wie Jungkiffern, die den Rausch zur Religion und das Recht darauf zur Pflicht erhoben.

Es war nicht zuletzt die Furcht vor dem Kontrollverlust. Ihn hatte schon früh die Sorge getrieben, auch er könnte unter diesem Einfluss zum Tambourinisten werden. Er wusste um sein mangelndes Talent, der Musiker war er nicht, aber umso mehr der Liebhaber.

Bestimmt hatte er in dieser Scheune das eine oder andere Konzert besucht. Und gleich wieder verlassen.
„Herr Kommissar?"
Bettina Schneider tippte ihm auf die Schulter.
„Alles in Ordnung?"
„Äh … Klaro. Jetzt gedenkt mia des aa widda, isch waa jo aa als in derre Scheia uff Konzerdde, dorttmols, wie Ia Eldan."
„Na, dann waren Sie vielleicht sogar an dem Abend dort, als sich meine Eltern kennenlernten. Da spielte eine Gruppe, die sich *Bernies Autobahn Band* nannte. Wie oft musste ich mir später diese Sachen anhören, ich konnte damit, ehrlich gesagt, ja nicht so viel anfangen."

Bernies Autobahn Band! Die einzigen aus diesem Reigen neuer deutscher Niedlichkeit, die er mochte, weil die weder zu derb noch zu doof noch zu dröge waren. Wie hieß sein Lieblingslied damals gleich? *Unterm Sternenzelt.* Erstaunlich, Jahrzehnte her,

---

[66] Jeder muss mitmachen

und augenblicklich hatte man nicht nur die Musik im Ohr, sondern zugleich auch die Hörsituation vor Augen.
„Der neue Schätzing!"
Ein großgewachsener Anzugträger, Ende 30, hatte den Laden betreten und sich ohne Umschweife an Bettina Schneider gewandt.
Kommissar Günda war perplex, wie der Neuankömmling ihr Gespräch derart rüde unterbrechen konnte.
„Den habe ich leider nicht mehr da, ich habe gestern das letzte Exemplar verkauft."
„Dann bestellen Sie ihn. Ich brauche ihn morgen früh, spätestens um 8. Auf Schrag. Ich buchstabiere: S wie SAP, C wie CEO, H wie – ach was, hier haben Sie meine Karte. Nachricht über das Eintreffen der Ware per Mail zwischen 7:15 und 7:30 Uhr."
„Mooment!", meldete sich Kommissar Günda zu Wort. „Mia hawwe grad ä Gspräch, vleischt hawwe Sie des iwwasehe."
Der Kunde lächelte Kommissar Günda herablassend an.
„Sie können ihre nette Unterhaltung auch gleich fortsetzen. Also, können Sie liefern, on time, on the dot?"
„Wir öffnen erst um 9:30 Uhr."
„Tja, dann werden Sie wohl ausnahmsweise etwas früher aufstehen müssen."
„Der Lieferant kommt nicht vor 11 Uhr."
„Alles klar! Schon gut, sparen Sie sich jede Mühe. Ich bestelle übers Internet. Willkommen in der Dienstleistungswüste Deutschland."
Und hurtig, wie er gekommen war, stob er wutschnaubend aus dem Laden.

Kommissar Günda schüttelte ungläubig den Kopf.
„Gibts des eftas, so Hannebambl?"
„Leider ja, seit wir hier am Ort diese neue Ansiedlung von Software-Unternehmen haben, ist der Ton manchmal etwas

gewöhnungsbedürftig. Aber was soll ich machen, wir sind auch auf solche Kunden angewiesen."
„Wisso? Leefts net so mit de Büschas?"
„Da dürfen Sie mich nicht fragen. Also, der Umsatz ist kaum gesunken, aber ich glaube, ohne die Abteilung Non-Books könnte der Laden nicht überleben."
„Non was?"
„Glumb! Bessa gsacht", ließ sich Jakob Wohlrabe vernehmen, der wie aus dem Nichts aufgetaucht war. „Dea Sseftl kann froh sei, dassas mit de Betzii zum du ghabt hot. Demm heedisch soin Schätzing gewwe. Un zwaa mit Karacho. Uff sein Deez[67]. Dea liegt gut in de Hand, dea Schinge. Un des is aa schun des beschde an demm."
Jakob Wohlrabe stapfte von dannen.

„Ich glaube", lächelte Bettina Schneider etwas verlegen, „meine Hauptaufgabe hier im Laden ist es, für Ausgleich zu sorgen und auch mit den etwas, na, sagen wir anspruchsvolleren Kunden auszukommen. Wo waren wir stehengeblieben? Was wollten Sie noch von mir wissen?"
„De Joggl, äh, de Bruda vun Iam Pedderisch, dea is net so de geborene Buchhändla, kamma des so saache?"
„Wie mans nimmt. Für den Kundenkontakt bin ich seit Jahren zuständig, für die geschäftliche Seite mein Onkel."
„Un de Joggl? Dea kassiat bloß un treibt die Leit ausm Lade?"
„Da dürfen Sie sich nicht täuschen, Herr Kommissar. Mein Onkel war der Kaufmann, sein Bruder ist der Literaturexperte bei uns. Er fährt auf die Buchmesse nach Frankfurt und Leipzig, alle Bücher, die hier im Laden stehen, hat er gelesen oder jedenfalls überflogen. Deshalb gab es auch manchmal Auseinandersetzungen. Jakob Wohlrabe weigert sich bestimmte Bücher zu bestellen. *Was alle haben, brauchen wir nicht*, das ist seine

---

[67] Kopf

Devise. Deshalb kommen die Verlagsvertreter auch immer am liebsten, wenn er nicht im Laden ist. Je nachdem, wen sie antreffen, kann es sein, dass sie bei den umliegenden Buchhändlern ihre Bestseller kistenweise verkaufen, bei uns aber kein einziges Exemplar. Er hält sich auf dem Laufenden, liest die Rezensionen in den wichtigen Tageszeitungen. Der Bücherfreak, das war immer er. Auch wenn man ihm das nicht auf Anhieb anmerkt. Er ist viel zu vernarrt in Literatur, ist viel zu belesen, als dass er es ertragen könnte, hier den ganzen Tag im Laden zu stehen. Die Kundenwünsche würden ihn verrückt machen. Seine besondere Leidenschaft ist die Lyrik, nicht gerade ein Verkaufsschlager. Er setzt sich für kaum bekannte Autoren ein, organisiert für die Lesungen, arbeitet mit dem Goethe-Institut zusammen. So hat er sich in der Branche einen guten Ruf erworben. Sein Urteil hat Gewicht. Seit Jahren hat er einen festen Literaturkreis, in dem er regelmäßig über die neuesten Bücher referiert."

Kommissar Günda war nicht wirklich überrascht. Er hatte es oft genug erlebt, dass sich hinter einer durch den Dialekt gemeinhin schlicht wirkenden Ausstrahlung besonders gebildete Menschen verbargen. Westlich des Rheins häufiger als östlich davon. Hier hatte man dem Dialekt in früheren Zeiten konsequent den Garaus gemacht, weshalb der immer noch allzu oft als kennzeichnend für tumbe Gemüter galt. Nicht gerade selten wurde er selbst wegen seiner Sprache nicht für voll genommen. Früher hatte ihn das getroffen, heute belustigte ihn das. Er spielte regelrecht damit, denn es kam ihm in seinem Beruf bisweilen durchaus zupass, wenn ihn die Leute unterschätzten.

„Bettina, ich bräuchte dich kurz – oh Verzeihung, ich habe nicht gesehen, dass du Kundschaft hast."

Durch die Tür mit der Aufschrift *Privat* war eine Frau getreten, hochgesteckte Frisur, weiße Bluse und Jeans, deren Farbe mit ihren roten Haaren korrespondierte.
Alda Schlabbe, befand Kommissar Günda für sich. „Nänää, isch hab Zeit, mache Sie ruisch."
Die Frauen gingen zum Computer und unterhielten sich in gedämpftem Ton.

Während er sich die Grußkarten besah, beobachtete Kommissar Günda die beiden aus den Augenwinkeln. Insbesondere *die Rout*[68] weckte sein Interesse. Und je länger er sie betrachtete, desto sicherer wurde er, diese Frau zu kennen.
„Ruth ... Himmelsberger?"
„Das war mein Mädchenname. Woher kennen Sie den? Und wer sind Sie überhaupt?"
„Kommissar Günda, Ssokodoo."
„Von der Kriminalpolizei", ergänzte Bettina Schneider.
„Schlimm! Sie kommen bestimmt wegen des Todes meines Schwagers. Und woher kennen wir uns, Herr Kommissar?"
„Sie kenne misch wahrscheinz net, awwa isch kenn Sie. Dorttmols. Vun Gliggabach. Vum Heaven."
„Das Heaven ... Ja ..." Sie lächelte. „Das kann schon sein, ich war damals viel mit Älteren zusammen."
„Äh, leida ... äh ... net. Isch bin soggaa bissl jinga als wie Sie."

Kommissar Günda hatte nun endgültig ein Bild vor Augen. Sie mochte damals Anfang zwanzig gewesen sein, für ihn als Sechzehnjährigen jedenfalls unerreichbar. Aber er hatte sie sehr wohl wahrgenommen. Wie jeder, ihr Auftauchen hatte regelmäßig für Furore in der Jungmännerwelt gesorgt.
„Ich erinnere mich, damals war ich noch ...", sie unterbrach sich, „... wie sagt man so schön, jung und knusprig."

---

[68] die Rothaarige

Kommissar Günda setzte an zu widersprechen, aber Freese, der den Laden von allen unbemerkt betreten hatte, kam ihm zuvor.
„Damals waren Sie ein hübsches Mädchen, heute sind Sie eine schöne Frau."
Kommissar Günda verdrehte die Augen.
„So, des langt jetz widda fa heit mim Dummbabble!"
Jakob Wohlrabe bereitete dem Vergangenheitsschwelgen ein jähes Ende. „Ia wollt jo noch en Mördda fange, wenn isch misch rescht a-inna."
„Einen Mörder?" Ruth Wohlrabe schien schockiert. „Sie glauben, mein Schwager wurde ermordet?"
„Wie es aussieht, ja. Wo waren Sie am vergangenen Samstag gegen 8 Uhr?" Freese wurde ernst. „Ich muss Sie das fragen."
„Ich? In der Küche. Kuchen backen für den *Bazzar*."
„Evangelisch", raunte der Kommissar seinem Assistenten zu, der die Federführung auch weiter übernahm.
„Es hat kurz vor dem Todeszeitpunkt einen Anruf gegeben, hier im Haus. Vom Handy Ihres Schwagers. Er blieb jedoch unbeantwortet. Sie haben nichts gehört?"
„Herr Kommissar, am Samstag konnte ich beim besten Willen nichts hören. Bei mir lief Musik, ziemlich laut. Im Radio brachten sie diese Hitparade Top 1000. Da singe ich schon mal mit, wenn eines meiner Lieblingslieder kommt."
„Des stimmt", bestätigte Jakob Wohlrabe. „Wahrscheinz widda Schdährweh tu Häffn[69]. Fuaschbaa. Wie wenns nix annares gewwe deed wie die zwee Kaschba Plim un Plum[70]."
„Und Sie, Herr Wohlrabe, wenn wir gerade dabei sind, Sie haben auch nichts gehört?"
„Isch waa uffm Hochsitz. Drin im Wald."
„Sie jagen?"
„Isch? Nää! Isch les als dortt. Do hawwisch mei Ruh."

---

69 Stairway to Heaven

70 Jimmy Page und Robert Plant

„Dafür gibt es keine Zeugen, nehme ich an."
„Doch, doch, sebvaständlisch. Isch stell misch imma voahea voas Roothaus: *Hea, isch will grad uffm Hochsitz in Ruh bissl lese. Auf, wea willen mitkumme? Awwa fuchzisch Leit höckschdens!*"

„Dieser Wohlrabe kann ja richtig witzig sein, wenn er will.“
„Hm.“
Kommissar Günda wirkte nachdenklich.
„Ich weiß, was Sie sich fragen, Tschief.“
„Hm?“
„Sie fragen sich, ob ich diese Geschichte mit dem Anruf des Opfers bei Wohlrabes erfunden habe.“
„Hmmm.“
„Da kann ich nur sagen: Yep.“
„Hm.“
„Hat man das gemerkt, dass das ein Schuss ins Blaue war, ganz ehrlich?“
„Hea mol, Freese, des is jo en ua-alde Drick. Wea hot denn uffgebrocht? Isch nadierlisch. Do hawwisch schun ettlische droogekriggt.“
„In dem Fall hat es leider nicht funktioniert. Schade. Aber der eigentliche Knüller ist ein anderer. Haben Sie sich eigentlich nicht gewundert, dass sich der Todeszeitpunkt so genau bestimmen lässt?“
„Ä-ä, des kennt ma doch. Ähna plotzt noo, un sei Zwiwwl is hie.“
„Zwiwwel?“
„Des hot ma fria gsacht zuare Dasche-Ua[71], schäänes Wortt, odda? Uff jedn Fall, die Ua bleibt stehe, un ma kann denn Todeszeitpunkt ablese, kwassii.“
„Ja, aber ich muss Sie korrigieren. Die Uhr des Opfers blieb trotz des Sturzes intakt.“
„Mach Sache.“
„Und jetzt fragen Sie sich bestimmt, woher wissen wir trotzdem, wann der tödliche Sturz erfolgte“, fuhr Freese nicht ohne Stolz fort.

---

[71] Taschenuhr

„Hea, des is jetz schun so bissl wie in de Kinnaschul. De Ungl Freese vazehlt Gschischtlin, un de aame, klähne Günda muss andauand irgendwas roode. Deedsch du jetz mol äfach saache, was Sach is? Sei so guud!"

„Ganz einfach, das Opfer hat zwar nicht telefoniert, aber fotografiert. Das letzte Bild zeigt einen Blick über die Rheinebene. Gespeichert mit Datum und Uhrzeit. Auf die Sekunde. Die Daten decken sich mit dem Zustand der Leiche, als sie gefunden wurde. So einfach hat es die Spurensicherung selten."

„Hm."

„Damit haben wir einen ganz wichtigen Punkt geklärt."

„Ähä."

„Das wird unsere Arbeit enorm erleichtern."

„Ubedingt."

„Woran denken Sie, Tschief?"

„Isch iwwaleg als. Die zwee Briida, die solldisch eigendlisch aa kenne vun dorttmols."

„Woher?"

Kommissar Günda erzählte Freese von der Scheune und ihrer früheren Nutzung für Konzerte.

„Und Sie waren da auch? Am Ende noch mit langen Haaren?"

„Sebvaständlisch."

„Davon ist ja nicht so viel übrig geblieben."

„Net fresch wärre Freese. Vleischt waa des en Fehla dorttmols mit demm Bier un denne Aaja.

„?"

„Fa die Hoa."

„Bier und Eier für die Haare?"

„Des waren Tipp vun de Ebstoins Kattl[72].

„Muss ich die kennen?"

„Wunndaa gibt es imma wihidaa …"

---

72 Katja Ebstein

„Keine Ahnung, wovon Sie sprechen, Tschief."
„Egool. Apropoo. Weesch, was misch wunnat?"
„Na?"
„Die zwee Buuwe …"
„Jakob und Georg Wohlrabe."
„Ähn Laade. Aa noch Büschas. Un dodefu wolle die zwee glebt hawwe? Vun demm bissl?"
„Und gar nicht mal schlecht, wie mir scheint. Der Gedanke ist mir auch schon gekommen, Tschief. Sie meinen, es gab und gibt da vielleicht ein paar Nebeneinkünfte, von denen wir noch nichts wissen?"
„Ähä."
„Womit sollte Jakob Wohlrabe wohl Geld verdienen?"
„Beradda?"
„Berater? Für was?"
„Kommunikatioon. Diplomadie. Un nadierlisch flädde."
„?"
„Flädde. Bussiere. Wie ma mit de Fraue oobendlt."
Endlich begriff Freese: „Sie meinen flirten!"
„Gönau. Obwohl, des brauchsch du jo net lärnne, des hosch du druff. Des is jo dei Spezialidäd, so gsacht. Hea mol, vleischt keentsch du mia a mol soen klähne Kräschkuas[73] gewwe."
„Immerhin ist es Jakob Wohlrabe gelungen, diese Ruth zu heiraten."
„Des stimmt. Des is wiaklisch ä Leischdung. Un do waare dorttmols viele hinnahea, hinna derre."
„Das kann ich mir vorstellen. Vielleicht waren die Brüder finanziell interessant, haben geerbt?"
„Vun wemm?"
„Nun, die Eltern hatten immerhin einen Lebensmittelladen. Vielleicht hat der einiges abgeworfen."
„Wahrscheinz, Heinz."

[73] Crashkurs

„Oder Grundbesitz. Gerade hier in der Gegend sind viele zu Wohlstand gekommen, weil sie Bauland hatten."
„Eggalin? Des kannischma net voastelle, so sieht des Heisl net aus. Un alläa de Umbau, was des gekoscht hot. Hosch du mol geguggt, wies beim Schorsch gloffe is, finanziell?"
„Nein, dazu habe ich bisher keine Veranlassung gesehen."
„Freese …"
„Ja, Tschief?"
„Wie oft hawwisch dia schun gsacht, sgibt zwee Sortte vun Leit. Die ähne, die misse allenne zeije, was sie hawwe. Weil die hawwes ärscht frisch gekriggt."
„Neureiche."
„Gönau."
„Un die annare, die due am libschde so, wie wenn sie nix hawwe deede."
„Ja, und?"
„Wenns als Hendl gibt zwische de Leit, donn gehts meischdens um Fraue odda um Geld. Meiik da des mol, Freese."
„Auch innerhalb der Familie, unter Brüdern?"
„A, hosch du Ahnung, grad zwische denne. Des kannsch du net wisse, du bisch jo Einzelkind. Un vor allem – du woohnsch jo noch …"
„Ja, ich wohne noch bei meiner Mutter, das ist ja hinreichend bekannt, Tschief", entgegnete Freese leicht genervt. „Also, ich kümmere mich gleich um die Konten."
„Mach des Freese, un …"
„Ja, Tschief?"
„Hosch du mia nix zum saache?"
„Inwiefern?"
„A, vleischt ä klähni Nachrischt?"
„Eine Nachricht?"
„En Gruß! Vun deinare Muddi!"
„Ach so, ja!"

Freese verzog den Mund zu einem Grinsen, das sich Kommissar Günda nicht erklären konnte.
„Was gibtsn do zum Lache?"
„Nichts, nichts, ich freue mich nur schon, wenn Sie uns besuchen."
„Ou, jetz heedischs halwa vagesse. Was mussischn do mitbringe?"
„Na ja, Tschief, Ihnen als erfahrenem Mann muss ich doch wohl nicht erklären, worüber sich eine Frau freut."

Freese konnte nicht ahnen, dass bei den unzähligen Rätseln in Kommissar Gündas Leben ein paar spezielle ewig ungelöst blieben.

Er erwog gerade, später Marion Helche ins Vertrauen zu ziehen und um Rat zu fragen, als sein Blick auf ein Plakat fiel.
„Denn kennisch, denn Kaschba. Was meschtn dea doo?"
Auch Freese hatte nun das Plakat entdeckt: „Knut Hellerson liest aus seinem aktuellen Bestseller *70 ist das neue 40*. Das ist jetzt am Wochenende, hier in der Mehrzweckhalle."
„Kennsch du denn aa?"
„Ich meine, ich habe den Namen schon mal gehört, aber Tschief, das ist nicht ganz mein Thema, ich bin weder 70 noch 40. Woher kennen Sie den Mann?"
„Kenne du isch denn aa net. Isch weeß bloß, wu isch uff Kua waa, do waa dea mit soim Thääma aa. Gstobbde voll, kannisch da saache."
„Ah ja, und Sie, waren Sie auch bei seinem Vortrag?"
„Isch? Im Leewe net, was sollischn doo."
„Stimmt, Sie sind ja auch weder 70 noch 40. Ich kann ja mal im Internet nachschauen, worum es geht, falls Sie das interessiert."

„Des indressiat misch iwwahaupt net. Awwa was misch indressiere dud, was willn dea doo? In Kuaordde[74] oukey, awwa doo, in Fußheim? Wea solln do hiegehe?"
„Mich würde noch etwas anderes interessieren."
„Nämmlisch?"
„Ich frage mich gerade, wenn 70 das neue 40 ist, gilt das eigentlich auch umgekehrt?"
„Freese, du bischn Fuchs. Des gfellt mia. Hea mol, befoa dass du disch um die Finonze beis Wohlrabes kimmasch, klähna Hunga?"
„Na ja, eine Kleinigkeit könnte ich schon vertragen."
„Isch aa, auf! Isch mähn, mia sin voahien annemme schähne Lade voabeikumme."
„Ja", stockte Freese. „Aber da gibts bestimmt keinen Mittagstisch. Wir können doch auch einfach nach Glickerbach in den Roten Ochsen fahren, wie wärs, mein Wagen steht um die Ecke."
Normalerweise hätte Kommissar Günda diesen Vorschlag sofort mit Freuden angenommen, etwas im Ton seines Assistenten hielt ihn jedoch davon ab und machte ihn neugierig.
„Kumm, loss uns doch mol gugge noch dem Laade, des hot aiig eiladend ausgsehe."
Widerstrebend folgte Freese seinem Vorgesetzten.

„Hawwischs doch gewisst, doo, Middagsdisch vun zwelfe bis zwee, des basst. Un was fan schääne Noome: Lomm[75]."
Sein Begleiter zeigte sich wenig begeistert und nahm einen letzten Anlauf.
„Griechisch-italienisch-deutsche Küche. Also mir wäre eher nach Sushi."

---

[74] in Kurorten

[75] Lamm

„Doo“, Kommissar Günda deutete triumphierend auf die Speisekarte. „Sushi, hawwe die aa. Auf, geh ma mol nei!“
Kommissar Günda ging vor, sein Assistent folgte ihm gesenkten Hauptes.
„Hea mol, hosch du vleischt mol was ghabt mit de Dochda vum Wärtt? Du guggsch so, wie wenn du net akannt wärre willsch.“
„So ähnlich“, gestand Freese, der sofort die drei Stammgäste ausmachte. Deren Mienen blieben unverändert.
Seine letzte Hoffnung, dass der Wirt mittags noch nicht zugegen war, wurde sogleich zunichtegemacht.
„Ou, de anna!“
Kommissar Günda bedachte Freese mit einem anerkennenden Blick.
„Hea, bisch schun bekannt? Reschbekt!“
„Brauchda Kaad?“
„Nein, wir wissen es schon“, beeilte sich Fritjof Freese zu sagen. „Für mich Sushi, bitte.“
„Sushi is aus. Wie wäasn mit Girross?“
„Auf der Karte steht, Sie haben auch etwas Italienisches?“
„Sebvaständlisch“, entgegnete der Wirt.
„Dann nehme ich das.“
„Isch deed des Girross nämme“, ergänzte Kommissar Günda.
Der Wirt ging hinter den Tresen, bückte sich zur Durchreiche und schlug mit der flachen Hand auf eine Klingel.
„Zwee Mol Girroosss. Ää Mol al Fornnoo!“

„Tschief“, Freese setzte an, seinem Vorgesetzten die vollständige Geschichte der Radler-Befragung zu erzählen, bevor der Wirt Gelegenheit haben würde, seine Warte zu schildern, da kam der auch schon mit den Getränken.
„Soot. Ä Bierle un ä Apflschorle fa die Härre.“
Er stellte die Gläser vor seine Gäste, stützte sich mit den flachen Händen auf den Tisch und wandte sich an Freese.
„Unn? Doch noch ähna gfunne?“

Ohne eine Antwort abzuwarten, drehte er sich zu Kommissar Günda, hob und senkte das Kinn zwei Mal hintereinander.
„Isch sach Ihne ähns, die Männas hawwes druff. Des is Ia Schangs."
Kommissar Günda mochte derartige Situationen. Er liebte es, sich auszumalen zu können, was hinter dieser merkwürdigen Aussage wohl steckte. Was hatte Freese angestellt? War es doch bereits zu einem schwerwiegenden Missverständnis mit dem *Nochdeschriftspreschla* gekommen? Hatte er etwa ohne Wissen als Binnenschiffer auf dem Neckar angeheuert?
Unvermittelt klopfte ihm der Wirt anerkennend auf die Schulter.
„Des sieht ma glei, do steckt was dehinna bei Ihne. De anna", er deutete auf Freese, „dea hot jo gaa kää Ffoluuhme[76]. Awwa Sie mit Iam Ronze, äh, isch mähn mit Iam Resonanzkörppa! Unn, hawwe Sie schun fleissisch geiibt?"
„Klaaro", erwiderte Kommissar Günda im Brustton der Überzeugung. „Un wie!"
„Un waas?"
„Wie waas?"
„Odda is des nochä Geheimnis? Auf, mia kannschs saache! Isch varood nix."
„Es muss auch Geheimnisse geben. Nicht wahr, Tschief?", wandte Freese etwas lahm ein.
„Des stimmt. Wu du rescht hosch, hosch du rescht. Dud ma leid. Bissl Geduld. Awwa Sie sin de Ärschde, wus affäat."

Der Wirt kehrte zufrieden zu seinem Tresen zurück, und eine Zeit lang herrschte betretenes Schweigen, bis Kommissar Günda das Eis brach.
„Was hoschn gschafft? Auf, vazehl!"

---

[76] Volumen

Flüsternd und stockend berichtete Freese von der Befragung der Radfahrer und vor allem von deren Vorgeschichte. Unter dem unverhohlen neugierigen Seitenblick ihres Gastgebers.
„Du treibsch Sache, alda Freind.“
„Dabei war alles nur ein Missverständnis. Und ich hatte keine Ahnung, was die mit ihrem *huhuhu* von mir wollten.“
„Jetz kimmasch du disch mol schää um die Finonze bei demm Wohlrabe, am beschde vun beidenne. Sie, Scheff! Mia deede gärnn zahle.“
„Soffort. Geht des zamme?“
„Sebvaständlisch.“
„Achdedreißisch.“
Kommissar Günda hob abwehrend die Hände und deutete auf seinen überrumpelten Assistenten.
„Aa, dann mache Sie bstimmt de Männätscha[77], gell?“

„Wu hoschn dei Audo, Freese?“
„Gleich hier rechts.“
„Alla guud, bis heit oowet.“
Freese bedachte den Kommissar mit einem fragenden Blick.
„Isch … muss noch was aleedische.“
„Soll ich Sie nicht nach Glickerbach fahren?“
„Abba! Isch kumm schun zrescht.“
„Aber bestimmt soll ich Sie heute Abend abholen. Mache ich gerne.“
„Nänää. Alla donn!“
„Na gut, bis heute Abend.“
Fritjof Freese blickte seinem Kommissar hinterher, als der sich beschwingten Schrittes entfernte. Er machte nicht den Eindruck, als würde er sich gleich wieder dem Fall Wohlrabe widmen.

---

[77] Manager

Voller Vorfreude bestieg Kommissar Günda *soi Huddl*, schickte sich gerade an, diese zu starten, da hörte er von Ferne eine gellende Stimme: „Schdopp! Soffortt!!!"

Der durchdringende Tonfall kam ihm bekannt vor.

Und richtig, von der gegenüberliegenden Straßenseite näherte sich Gertrud Menzlerschweikert, deren ohrenstrapazierende Bekanntschaft er bereits in Glickerbach gemacht hatte.

„Sie? Was mache dann Sie doo? Wisso sin Sie net in Gliggabach?"

Die Befragte zeigte keinerlei Absicht zu antworten.

„Isch mache Sie darauf aufmeiiksaam, dass Fahren oohne Helm nischt erlaubt ist. Hände vum Lenga, absteige, awwa subbidoo!"

„Mia kenne uns doch. Sie ware doch in Gliggabach bei de Stadt, Gemeindevollzugsdinscht."

Die Angesprochene reagierte unerbittlich: „Führaschein, Ausweis!"

Stöhnend griff Kommissar Günda in seine Hosentasche und förderte beides zutage. Die Gemeindevollzugsbeamtin betrachtete die Dokumente ausdruckslos: „Günda de Buu. Sin Sie des?"

„A, hea mol, a-innare Sie sisch net on misch? Sie hawwe misch duaschs Heimatmusseum gfiat[78]. Un Sie hawwe misch sellemols soggaa eiglaade uff Ian, wie heeßt des glei, Schrei-Tanz[79]."

„Schreit-t-t-tanz", korrigierte Gertrud Menzlerschweikert ungerührt. „Isch kann misch nischt an jedn Monn aiinnare, dea wu es mal auf misch abgesehen hat. Des macht zwanzisch Euro."

„Bidde? Zwonzisch Euro? Fa waas?"

„Fahren oohne Helm."

„Hea mol, isch bin doch noch gaa net gfahre, isch bin bloß druffghoggt."

---

[78] geführt

[79] s. *De Schorle-Peda*, S. 213 f.

„Jetz fimfezwonzisch Euro."
„Hä?"
„Vasuchda Widastand gegen Vollstreckungsbeamde."
Kommissar Günda zückte seinen Geldbeutel und beglich die Forderung grummelnd: „Sie, so geht des awwa net, isch wärd misch bschwere in Gliggabach."
„Bidde, von mia aus. Aber isch mache Sie darauf aufmeiiksam, dass isch nischt mea für Gliggabach schaffe du. Die Gemeinde Fußheim hat misch abgeworben. Drei Mal dürfen Sie raten wisso. Wegen meiner Vadienste um die Finanzen. Gliggabach? Pff. Da hat man meine Arbeit nischt zu schätzen gewusst. Bidde. Selwa die Schuld."

Kommissar Günda wartete, dass die gestrenge Ordnungshüterin hinter der Ecke verschwunden war. Die aber entfernte sich zwar, drehte sich jedoch immer wieder um und bedeutete ihm mit zwei Fingern, dass er weiter unter ihrer Beobachtung stehen würde. So blieb ihm nichts anderes übrig, als *soi Huddl* zu schieben. Was auch schon damals aus technischen Gründen nicht gerade selten vorgekommen war, ihm aber heute weitaus beschwerlicher erschien. Als Gertrud Menzlerschweikert endlich außer Sicht war, zückte er sein Smartphone – *Jetz langt mias!* – und wählte eine Nummer. „Hoisch, Helle, du musch mia helfe. Isch brauch disch. Hosch du noch doi Maschien?"

Wenig später rollten drei schwere Motorräder nebeneinander blubbernd in Fußheim ein. Der Schriftzug auf den schwarzen Lederkutten wies die Fahrer als Mitglieder des Motorradclubs *Hellebarde* aus. Der Fahrer in der Mitte stieg von seiner Maschine, nicht ohne Mühe, und streckte Kommissar Günda einen Helm entgegen. Der musterte das Mitbringsel. Seine anfängliche Begeisterung schwand, als er den deutlich sichtbaren Totenkopf oberhalb des Visiers erblickte.

„Hea, Helle, hosch du kähn annare? Odda finsch du, des basst zu mia?"

Drei schwarze Gestalten nickten. Dröhnendes Lachen drang dumpf aus den Helmen.

„Wo ist eigentlich Ihre Kollegin?“

Fritjof Freese hatte sich entschlossen, seine Nachforschungen über die Finanzsituation der Beteiligten zunächst in der Lesbar anzustellen. Dass er lediglich Bettina Schneider antraf, kam ihm nicht ungelegen.

„Frau Mühlheimer? Die arbeitet nicht mehr hier. Sie hat es vorgezogen, sich einen anderen Job zu suchen.“

„Fürs Bücherverkaufen war sie nicht so geeignet?“

„Doch, eigentlich schon.“

„Kam Sie bei den Kunden nicht an?“

„Im Gegenteil. Die Leute waren voll des Lobes. Sie hatte sogar einen echten Fan.“

„Der Spezialist für Grill-Literatur?“

„Ja, genau, woher wissen Sie das?“

„Ich war zufällig bei ihrem ersten Verkaufsgespräch dabei. Ich sage nur: Rindswurst.“

Bettina Schneider lachte, worauf es Freese durchaus angelegt hatte.

„Sie war ja ohnehin nur als Vertretung für Sie gedacht, oder?“

„Ja, schon. Aber, verstehen Sie, seit acht Jahren bin ich nun fast täglich hier, von morgens bis abends, samstags inklusive, gerade mal einen Nachmittag habe ich frei. Ich bin mir nicht sicher, ob ich das ewig so weitermachen möchte.“

„Sie wollen sich umorientieren?“

„Ja.“

„Wusste Ihr Onkel davon?“

„Ich wollte es ihm demnächst beichten.“

„So konkret bereits?“

„Mir fehlt die Perspektive. Nicht, dass ich hier nicht gerne arbeite, aber es ist eben nicht mein Laden.“

„Ihr Patenonkel hatte keine Kinder?“

„Nein.“

„Keine Frau?“

„Nein.“

„Mit anderen Worten, man darf davon ausgehen, dass Sie den Anteil ihres Patenonkels am Laden erben."
„Das wäre möglich."
„Aber? Was stört Sie an dem Gedanken?"
„Nichts, es kommt nur so plötzlich, ich habe frühestens in 20, 30 Jahren damit gerechnet. Und dann ist da noch der Sohn von Herrn Wohlrabe."
„Ach! Wohlrabes haben einen Sohn? Davon hat er bisher gar nichts erwähnt."
„Des spielt jo aa kä Roll weidas, deedisch mol saache!" Prompt war zu beider Leidwesen Jakob Wohlrabe aufgetaucht. „Halde Sie schun widda die Leit vun de Ärwet ab?"
Freese ignorierte den unverhohlenen Vorwurf.
„Was macht denn Ihr Sohn, ist der auch Buchhändler?"
„Moin Soohn? Dea? Dea liest nix. Höckschdens Akzjekursse. Dea is Vamögensberadda in Frankfortt. Noch schlimma als wie moin Bruda!"
„Das ist doch toll, klingt nach einer erfolgreichen Karriere."
„Vun weje. Dea is aus de Aart gschlaache. En eschde Sseckl. Des schwarzze Schaaf in de Familljе. Vun mia hot dea des net."
„Dann unterstützt Sie Ihr Sohn bestimmt."
„Hä?"
„Ich meine finanziell."
„Fa waas?"
„Nun, die Lesbar musste ja schließlich zwei Leute ernähren, Sie und ihren Bruder. Das Buchgeschäft ist nicht einfacher geworden. Und die eine oder andere Investition ist auch immer mal wieder fällig."
„Heere Sie", Jakob Wohlrabe kam Freese bedrohlich nahe. „Des is mei Sach, wie isch klaakumm. Des geht Sie gaa nix oo."
„Irrtum, Herr Wohlrabe, das geht mich sogar sehr wohl etwas an. Ich möchte gerne Ihre Geschäftsbücher sehen."
„Wolle wolle viel", entgegnete Jakob Wohlrabe, drehte sich um und ließ Fritjof Freese stehen.

„Ich würde Ihnen ja gerne weiterhelfen“, entschuldigte sich Bettina Schneider. „Aber ich fürchte, dass ich Ihnen keine Auskunft geben darf.“

„Ich möchte Sie auch auf keinen Fall in Schwierigkeiten bringen, wir werden andere Mittel und Wege finden.“

Eine auffallend füllige Frau betrat die Lesbar, für die Witterungsverhältnisse sehr üppig bekleidet.

„Kundschaft!“ Freese nickte in deren Richtung. „Bedienen Sie ruhig, Frau Schneider, ich habe Zeit.“

„Das? Das ist nur unsere Frau Klingbeil. Die kommt jeden Tag, nachdem sie beim Arzt war. Die will nichts kaufen, die besucht uns nur. Gell, Frau Klingbeil? Sie besuchen uns nur.“

Bettina Schneider hatte die Stimme merklich gehoben.

„Pscht!“, mahnte die Angesprochene. „Net so laut. DLisbeth schlooft.“

„Sie schläft“, erläuterte Bettina Schneider Freese. Der nickte teilnahmsvoll.

„Ah ja. Und wer schläft da so schön?“

„Pscht. Bissl leis. Des muss jo net sei, odda? Soen Lääm. Fuaschbaa, wie soll ma do schloofe kenne.“

Freese erkannte nun, dass die Frau gar nicht so beleibt war, sondern etwas vor sich hertrug; er konnte aber beim besten Willen niemanden erkennen. Es musste sich um einen noch sehr kleinen Säugling handeln.

„Ja, ja“, versicherte er. „Wir sind jetzt bestimmt gaaanz leise, dass das Kleine nicht wach wird.“

„Die, die Klää!“

„Ah, ein Mädchen. Wie alt?“

„Zwee.“

„Zwei, wie schön.“

„Schää? Schää wäa annaschda. Die mescht ganz schää Problähme zu mia.“

„Na ja, wie das in dem Alter eben so ist“, wiegelte Freese wissend ab und erntete einen fragenden Blick von Bettina Schneider.
„Eewe net“, verbesserte die Stammbesucherin der Lesbar entrüstet. „Die hots äfach noch net druff.“
„Wie? Was soll sie denn in dem Alter schon drauf haben?“
„A, so rischdisch mit de Buuwe hald, wie sischs gheat.“
„Na, da hat sie ja wohl noch etwas Zeit, oder?“
„Pff, vun weje! Un ob des Zeit wärdd, höckschde Zeit soggaa fa die. Lang gugg isch mia des net oo. Jetz hawwisch schun soen schähne Kärll ausgsucht, un die will als nix vun demm wisse. Un isch, isch hab donn die Ärwet[80] dodemit.“

Freese wunderte sich. Von anderen Kulturen hörte man gelegentlich, dass Mädchen schon im Kindesalter verkuppelt werden. Aber dass es so etwas mitten in Deutschland noch gab?

„Des is des äschde mol, dass mia des bassiat. Isch weeß a net, was die hot.“
„Nun“, gab Freese vorsichtig zu bedenken, „vielleicht sollten sie froh sein. Die Zeiten haben sich geändert, das sind ja durchaus Errungenschaften. Das Selbstbestimmungsrecht ist ein hohes Gut, das kann und sollte jeder für sich entscheiden.“
„Sollischa ähna bagge?[81] A, so weit kummts noch. Des wärd genumme, was doo is. Un wenn net, dann kummt sie fortt. Dass des mol klaa is, dann langt mias graad.“
Freese schüttelte ungläubig den Kopf: „Sie wollen sie weggeben?“
„Nää! Net vaschenke. Schun vakaafe. Do will isch schun was defoa, loggisch.“

---

[80] Arbeit
[81] Soll ich ihr einen backen?

„Verkaufen?" Freeses Unverständnis war längst Empörung gewichen. „Und für wie viel?"
„Pfff, was weeßn isch, zwonzisch Euro rum, deedisch saache."
„Verstehe ich Sie richtig, wenn ich Ihnen 20 Euro gäbe, würden Sie sie mir verkaufen?"
„Klaro. Soffortt. Abgmacht. Doo, nämms!"
Freese konnte es nicht fassen. Diese herzlose Frau streckte ihm tatsächlich für ein paar Euro dieses unschuldige Bündel Leben entgegen, ohne auch nur einen Moment zu zögern.
„A, nemms hald. Awwa net uff Kräditt, baa uff die Krall, dass des glei mol klaa is."
„Sie werden lachen, das mache ich glatt. Aber das werden Sie noch bereuen."
„Des glaawisch net, isch bin grad froh, dassie forttkummt, do waa eh nix reschts droo."
Fritjof Freese fischte aus seinem Geldbeutel einen Zwanzigeuroschein.
„Ich nehme mich ihrer an. Das gebietet nicht nur mein Beruf, das gebietet schon meine Pflicht als Staatsbürger. Aber ich verspreche Ihnen, die Sache hat ein Nachspiel, ich werde mich umgehend mit den Behörden in Verbindung setzen."
Freese nahm das Bündel in Empfang.
„Umdausche is net, gekaaft wie geguggt. Awwa des Dischl, des bleibt doo."
Die resolute Frau zog kräftig am blau-weißen Tuch, das zur Umhüllung diente. Augenblicklich geriet das Bündel in Bewegung, zum Vorschein kam ein schneeweißes Huhn, das sich nun mit aller Macht und lautstark gegen seinen neuen Besitzer zur Wehr setzte.
„Oh, liewi Zeit, kenne Sie net uffbasse?!"
Das Huhn war von seinem Arm geflüchtet und lief nun laut gackernd durch die Lesbar, zahlreiche Federn hinter sich lassend.
„Auf! Do driwwe!"

Freese verharrte regungslos.
„Jetz packs schun, des bleede Hingl."
Etwas linkisch setzte Freese dem Huhn nach, unter den immer lauter gellenden Befehlen der Vorbesitzerin.
„Doo, doo hinne. Hinnam Regaal. Awwa net druffdabbe. Wenn du druffdabbsch, isch gäb da kää Geld zrick."

„Was ischn do lous?"
Im Türrahmen erschien Jakob Wohlrabe, eine Schrotflinte in der Rechten. Freese hob instinktiv die Hände.
„A, dea Dabbes do hot sei Hingl laafe glosst un kanns als net vawische."
„Ich dachte", setzte Freese zaghaft an, „ich dachte, es handelt sich um etwas anderes."
„Schieß! Joggl, schieß doch, do hinne, uff de Kass, do hockt sie. Schieß!"
Jakob Wohlrabe setzte tatsächlich das Gewehr an, aber Bettina Schneider winkte mit Bestimmtheit ab und näherte sich dem Huhn mit Bedacht.
Während sie ohne jedes Problem die Ausreißerin auf den Arm nehmen konnte, wandte sich Jakob Wohlrabe an den weiterhin völlig verdatterten Freese.
„Ähns saachisch Ihne. Wenn Sie des näggschde Mol kumme, losse Sie bloß Ia Hingl dehähm. Sunscht …", er strich zärtlich über den Lauf der Flinte, „kann isch fa nix garandiere."

Das schon etwas verblichene Schild klebte im Innern der Eingangstür zum einzigen Glickerbacher Blumenladen. Eine Gartenschere lag noch auf einem roten Samttuch, ansonsten war das Schaufenster leergeräumt. Kommissar Günda spähte durch die Glasfront. Im Laden war es dunkel, niemand war zu sehen. Eigentlich hatte er vorgehabt, die Blumenfrau, die ihn auf Anhieb derart fasziniert hatte, in der Justizvollzugsanstalt Mannheim zu besuchen. Schließlich hatte er sie, kaum waren sie sich nähergekommen, hinter Gitter gebracht. Aber sie hatte ihn bei ihrem letzten Treffen darum gebeten, davon Abstand zu nehmen, um vielleicht nach ihrer Entlassung ganz von vorne anfangen zu können. Das hatte er schweren Herzens akzeptiert.

Ganz aus dem Kopf gegangen war sie ihm nie, und als Freese ihm mitteilte, er würde im benachbarten Fußheim ermitteln, da hatte er sie unmittelbar wieder vor Augen, und sein Entschluss, den Nordseeaufenthalt vorzeitig zu beenden, war gefasst.
Irgendwie hatte er gehofft, es gäbe eine Nachricht, ein Zeichen für ihn. Sein Helm leistete ihm nun gute Dienste, denn er legte keinen Wert darauf, in dieser Situation erkannt zu werden.
Doch er fand nichts dergleichen und zog schließlich unverrichteter Dinge von dannen, brauste ziellos durch die Straßen von Glickerbach, wo sich seit seinem letzten Besuch nichts verändert zu haben schien.

Als er nach gut einer Stunde im Roten Ochsen eintraf, stellte er sein Gefährt in den Hof und machte sich auf die Suche nach seiner Wohltäterin.
„Hea, Marioon, subba! Äfach subba, die Huddl! Isch sach mol donge!“
„Gärn gschehe, Tschief. Gell, so ähni hawwe Sie aa ghabt, fria.“
„Gönau, fascht die gleisch. Wu hoschn die hea?“

„A, die hot moim Vadda gegheat. Weila als Problähme ghabt hot mit soim Labbe[82], hodda sisch die gekaaft."
„Soen junge Vadda hosch du ghabt, Marioon?"
„Wie mas nimmt, Tschief. Was annares, Ian Frischling hot voahien oogrufe. Swärd nix heit Oowett. Irgendwas wäa mit seinare Muddi."
„Ou, schaad. Awwa oohne die gähngts net."
„Ähäää." Marion Helche ließ ihre Zustimmung fragend klingen.
„Unna uns, de Freese, moin Assischdent, dea woohnt noch bei de Muddi."
„Tschief, des iwwaraschcht mich gaa net", gab Marion Helche zu seiner Verwunderung zurück. „Isch kenn viel Männas so. Dodemit musch du heit leewe als Fraa. Selbscht wenn sie mol vaheiat ware, wenn sie gschiede sin, gehe sie widda hähm zu de Muddi."
„Aha. Mach Sache. Fa misch wäa des nix."
„Fa misch aa net. Apropoo, Tschief, isch hab gheat, Sie ware bissl unnawegs bei uns in Gliggabach? Beim Blumelade?"
„Wuhea weeschn du des schun widda?"
„Des hot sisch rumgsproche bei uns. Un a noch soen schähne Helm solle Sie hawwe."
„Des is net moina, dea is bloß gliehe."
„Kannisch denn a mol sehe?"
„Annamol. Was annares, mia is was uffgfalle, bei dia hängt voa de Dia[83] ä Blagaad[84]."
„Welles?"
„Vun demm."
Kommissar Günda fischte aus seiner Hosentasche einen Handzettel.
„A, des! Klaaro. Do machisch bissl Wärbung fia."

---

[82] Führerschein
[83] Tür
[84] Plakat

„Wie bidde? Awwa des is doch in Fußhoim. Hea, was gibtn des? Du wärsch am End doch net auswannare?“
„Tschief, de Hellassoon, dea is uu…bschreiblisch. Do mussisch hie. Demm sei Buch, des hawwisch bstimmt schun drei Mol glese. Des hot mia schun so gholfe. Un des is die ähnzigschd Lesung bei uns in de Metropoolregioon. Dea kummt net uff Monnem, dea kummt net uff Ludwigshaafe, dea kummt net uff Heidelbäiig. Dea kummt bloß uff Fußhoim.“
„Ähä.“ Kommissar Günda stutzte. Wenn Knut Hellerson bei Marion Helche solchen Anklang fand, sollte er ihm vielleicht doch eine Chance geben.
„Deedsch du mia des Buch mol ausleihe?“
„Klaaro, awwa wenn Sie aa kumme wolle zu demm seinare Lesung, missde Sie sisch b-eile. Weil, des is schun fascht ausvakaaft.“
„Wie viel Leit basse do nei in die Hall?“
„Fuchzähhunnat. Mindeschdens. Moment, isch hols Ihne glei.“

Wenige Minuten später setzte sich Kommissar Günda in den windgeschützten Hof und begann zu lesen.

Ein wenig hatte Fritjof Freese geflunkert bei seinem Anruf im Roten Ochsen. Zwar hatte seine Mutter durchblicken lassen, ihr wäre ein anderer Termin für Kommissar Gündas Besuch lieber, aber er wäre ohne Weiteres in der Lage gewesen, ihre diesbezüglichen Bedenken aus dem Weg zu räumen. Stattdessen bestärkte er sie darin und schlug vor, das gemeinsame Essen auf unbestimmte Zeit zu vertagen. Das hätte er seinem Vorgesetzten auch direkt mitteilen können, doch er fürchtete, auf dessen Nachfragen mit seinen wahren Absichten für diesen Abend nicht hinterm Berg halten zu können. Und so war er auf die Idee gekommen, Marion Helche zu bitten, seine Absage weiterzugeben.
Der Hintergrund hierfür war einfach: Fritjof Freese hatte der Ehrgeiz gepackt. Er hatte den Fall Wohlrabe zunächst alleine übernommen, zu gerne würde er auch als erster mit Erkenntnissen aufwarten können.
Von Bettina Schneider hatte er dann doch noch etwas über die finanzielle Situation der Brüder erfahren. Ohne ins Detail zu gehen, hatte sie durchblicken lassen, dass von beiden Brüdern Georg der weitaus wohlhabendere gewesen war. Von einer unterschiedlichen Vergütung aus den Erlösen der Lesbar war nicht auszugehen. Damit gab es nur eine Erklärung: Georg Wohlrabes Einkünfte speisten sich noch aus anderen Quellen. Fragte sich nur, woraus und in welchem Maße?
Das zu klären, dafür würde er den Abend nutzen, um den Kommissar vielleicht schon am nächsten Tag zu verblüffen. Denn der hatte offensichtlich auch wieder damit begonnen, seiner eigenen Ermittlungswege zu gehen. Nun galt es, in diesem unausgesprochenen Wettbewerb nicht gleich wieder ins Hintertreffen zu geraten.

Er verschaffte sich bei der Spurensicherung den Schlüssel zu Georg Wohlrabes Privaträumen und staunte nicht schlecht. Im Unterschied zu seinem Bruder, der mit seiner Familie in der

Wohnung über dem Buchladen lebte, besaß Georg Wohlrabe ein freistehendes Haus mit Garten, idyllisch etwas außerhalb gelegen. Wenn auch Möblierung, Ausstattung und Zustand deutliche Merkmale einer Junggesellenbleibe aufwiesen – seine Mutter erstickte ähnliche Anzeichen bereits im Keim –, eines war ebenso offensichtlich: der Bewohner verfügte über Geld.
Was sich in den Kontoauszügen nicht widerspiegelte, wie Freese nach Durchsicht der Bankordner herausfand. So konzentrierte er seine Suche auf etwaige Barschaft. Hinter einem knallbunten abstrakten Gemälde, das wie ein Fremdkörper in diesen nüchternen Räumen wirkte, wurde er fündig. Er entdeckte einen Wandtresor.

Die Lektüre von Hellersons Bestseller hatte Kommissar Günda fast die ganze Nacht gekostet und beschäftigte ihn noch immer. Marion Helche bemerkte beim Frühstück seine innere Abwesenheit.
„Schdea[85] isch, Tschief?"
„Hm? Wisso?"
„Sie mache soen nachdenklische Eidruck."
„Isch hab bloß bissl wennisch gschloofe."
„Gell, des belastet ähm schun, die Ärwet. Imma mit denne Vabrescha zum du hawwe. Fa misch wäa des nix. Wann is eigendlisch die Beerdischung?"
„Vun wemm?"
„Isch loss Ihne jetz liewa Ia Ruh, Tschief, mia sehe uns bstimmt heit Owet, un wenn Sie was brauche, melde Sie sisch."
„Des machisch. Äh, un die Huddl, braucht ia die eigendlisch widda?"
„Nänää, die kenne Sie hawwe, solang dass Sie bei uns sin."
„Marioon, bischen Schatz! Hawwisch des schun mol gsacht?"
„Ä-ä, Tschief. Saache Sies nochmol."

Heit net! verkündete das Schild an der Eingangstür. Gerade wollte er kehrt machen, als eine Dame den Frisiersalon verließ. Kommissar Günda war irritiert und klappte das Visier seines Helmes hoch.
„Äh, Sie werre entschuldische. Is doch offe?"
„Blouß priffaat[86]", entgegnete die frisch Ondulierte schnippisch, was Kommissar Günda erst recht veranlasste, den Laden zu betreten.

[85] Störe
[86] privat

„Blouß priffaat", scholl es ihm vielstimmig entgegen. Wandseitig artig aufgereiht blickten die Spezialkunden gleichzeitig von in die Monate gekommenen Zeitschriften auf und musterten ihn tadelnd. An den gegenüberliegenden Waschtischen lugten zwei Frauen neugierig unter Gerätschaften hervor, die auf ihren Köpfen wie überdimensionale Eierwärmer aussahen. Kommissar Günda hatte seinen Stammbarbier, ewig keinen Frisiersalon mehr betreten und benötigte einen Moment, bis er erkannte, wozu diese dienten: *fa die Hoa zum driggle*[87].

Er lüftete seinen Helm.

„Oh liewi Zeit! Was isn des?", staunte der Meister und nahm die Herausforderung an.

---

[87] trocknen

„Oh, das sieht ja lecker aus. Was ist denn das?"
„Des? Raidalin."
„Hm. Wie fein! Das duftet aber! Mundgerechte Brotstückchen mit – ich nehme mal an – Quittengelee?"
„Stimmt."
Jakob Wohlrabe machte sich an der Lichtschranke zu schaffen. Die sonnenbebrillte Neukundin im quietschgelben Sommerkleid war weder mit der Lesbar vertraut noch mit den dort geltenden Gepflogenheiten.
„Das hätte ich auch gerne."
„Des geht net."
„Wie bitte? Aber dort liegen doch noch genügend."
„Ausgschlosse."
Der Buchhändler drückte grüne Knete in die kleine Öffnung im Türrahmen. „Tippisch moin Bruda. Färzz!"
„Ich habe doch gerade gesehen, wie Sie der Dame vor mir zum Kaffee ein solches Rei-ta-dings dazugelegt haben. Wenn ich mich nicht irre, waren es sogar zwei."
„Des waa was annares. Die kriggt des vun mia."
Er fuhr mit der Hand über die soeben geschlossene Lichtschranke. Kein Klicken. Er nickte zufrieden.
„Das erhält also nicht jeder?"
„Gönau."
„Ich zum Beispiel nicht."
Ächzend richtete er sich wieder auf: „Nää."
„Und wenn ich Ihnen das Reidingsbumms bezahle?"
„Geht aa net, des gibts bloß fa umme[88]."
„Aber eben nicht für jeden."
„Ähä. Isch bin schließlisch kä Café, isch bin en Buchlaade."
„Ach so! Bücher verkaufen Sie, die kann man bei Ihnen haben, sogar ich."
„Welles?"

---

[88] kostenlos

„Danke. Mein Bedarf ist soeben gedeckt. Das war das erste und letzte Mal, dass ich Ihren Laden betreten habe. Guten Tag!"

„Jakob, wie oft soll ich dir das noch sagen, so geht man nicht mit den Leuten um. Wenn du so weitermachst, verprellst du uns noch die gesamte Kundschaft."
„Hea mol, die kummt nei, guggt bissl rum, willen Kaffee un dodezu äfach ähns vun deine Raidalin. Isch glaab sgeht los."
„Aber genau dafür mache ich sie ja, um unseren Stamm zu pflegen und neue zu gewinnen. Du kannst doch nicht dem einen Kunden etwas geben, dem anderen nicht."
„Un wie isch des kann. Des is schließlisch moin Laade, do mach isch, was isch will. Un die Raidalin, die muss ma sisch bei mia vadiene."
„Hm, das duftet ja lecker hier! Ich grüße Sie!"
Fritjof Freese sog genüsslich die quittengetränkte Luft ein. Wortlos packte Jakob Wohlrabe den roten Teller mit den Brotstücken und stellte ihn unter die Theke.
„Möchten Sie mal probieren? Habe ich vorhin frisch gemacht."
Ruth Wohlrabe holte den Teller, ohne zu zögern, wieder hervor. Unter den missbilligenden Blicken ihres Ehemannes.
„Danke, da sag ich nicht nein."
„Isch awwa schun. Kummt net in Frooch", beharrte Jakob Wohlrabe und griff ebenfalls nach dem Teller. Die Eheleute hielten ihn nun beide fest umklammert und sahen sich in die Augen. Keiner schien bereit nachzugeben. Schließlich zog Jakob Wohlrabe seine Hände mit einer ruckartigen Bewegung zurück, und sämtliche Brotstücke landeten auf dem Boden. Ruth Wohlrabe hielt den leeren Teller in Händen.
„En Guude!", stieß Jakob Wohlrabe hervor und verließ den Raum.
„Verzeihen Sie bitte", murmelte seine Frau konsterniert. „Mein Mann verliert in letzter Zeit manchmal die Beherrschung."

„… und dann schlug er seiner Frau den Teller fast aus der Hand." In Fritjof Freeses Schilderung schwang bei aller ihm eigenen Sachlichkeit Empörung mit, als sich die beiden Ermittler zu ihrer Lagebesprechung auf der Terrasse vom Lamm einfanden.
„Bissl naffees[89], dea Kärll, gell? Odda hosch du etwa demm Seini oogegraawe, Freese? Gugg misch mol oo."
„Tschief, das würde ich nie tun. Nein, es scheint eine gewisse Spannung zwischen den Eheleuten zu herrschen, die sich aus diesem nichtigen Anlass entlud. Aber was ich Ihnen eigentlich erzählen wollte, ich habe den gestrigen Abend genutzt, mich in Georg Wohlrabes Haus umzusehen. Und raten Sie mal, was ich dort entdeckt habe?"
„Bimbes."
„Was ist das?"
„Bims. Kohle."
„Stimmt, Geld. Woher wissen Sie das, Tschief?"
„Bloß soe Idee. Auf, vazehl!"

Fritjof Freese schilderte seinem Kommissar die Wohnverhältnisse des Opfers und wie er schließlich den Tresor entdeckt hatte.

„Zäähdausend Euro in baa? Alda Schlabbe, des heedisch net gedenkt. Fleißisch, fleißisch."
„Und dabei dürfte er auch noch einiges in die Sanierung des Hauses gesteckt haben, dort finden sich neue sanitäre Einrichtungen, eine fast unbenutzte Einbauküche mit allem Drum und Dran, Topausstattung, auch was Fernsehen, Video, Computer anbelangt. Wir sollten unser Augenmerk darauf richten herauszufinden, wie Georg Wohlrabe zu so viel Geld gekommen ist. Durch die Lesbar bestimmt nicht."

[89] nervös

„Hm." Kommissar Günda wirkte nicht sonderlich interessiert. Freese kannte diesen Gesichtsausdruck.
„Wollen Sie damit sagen, Sie wissen bereits, woher das Geld stammen könnte?"
„Vleischt."
Der Kommissar erzählte ihm von seinem Besuch bei Klaus Wiesemann.
„Bei ihm zu Hause?"
„Nää, bei demm im Gscheft."
„Stimmt, jetzt sehe ich es auch, Sie waren beim Friseur."
„Unn? Wie finschs?"
„Der Schnitt ist etwas kurz, aber bestimmt – praktisch."
„Schun wejem Helm."
„Bitte?"
„Nix, nix."
„Die Farbe ist vielleicht etwas gewöhnungsbedürftig."
„Faab? Welli?[90]"

Welli, dieses Wort hatte Freese lange Zeit Rätsel aufgegeben, bis ihn Kommissar Günda eines Tages aufgeklärt hatte, dass es sich dabei um ein Fragepronomen handelte.
Was Freese an diesem Wort so irritiert, was ihn auf die falsche Fährte gelockt hatte, das war dessen Sprachmelodie. Hatte er doch in der Schule gelernt, dass der Sprecher bei einer Frage mit der Stimme nach oben zu gehen habe. Bei diesem *welli* dagegen hörte man kein Fragezeichen, sondern eher einen feststellenden Punkt.
Des is demm Mischl sei Fraa. – Welli.
Man blieb auf dem Ton oder senkte gar die Stimme. Folgerichtig hielt es Freese erst für einen Ausdruck von Geringschätzung. Vollends verwirrend klang für Freese das in der Region übliche Quittieren von *welli* durch die Nennung eines weiblichen

---

[90] Welche?

amerikanischen Vornamens, der in der Region weit verbreitet schien.
Des is demm Mischl sei Fraa. – Welli. – Sally.
Mittlerweile wusste er Bescheid, kannte nicht nur *welli*, sondern auch die männliche Form davon – *wella* – sowie die sächliche – *welles* – mit ihren Entsprechungen *sella* beziehungsweise *selles* in der Antwort. Und so entfuhr ihm in einem Anflug von Stolz die im Prinzip richtige Antwort.
„Faab? Welli?"
„Selli."

Doch es unterlief ihm bei diesen beiden scheinbar so einfachen Silben ein schwerwiegender Fehler, den Kommissar Günda mit Nachdruck korrigierte.
„*Sssselli, ssselli* heeßt des. Auf, sachs nochmol!"
„Selli."
„Krottevakeat. Geb ma mol dei Hand."
„Welli?"
„Ssselli." Er nahm Freeses Rechte und legte sie mit der Handfläche nach unten auf dessen Kopf.
„Jetz saach des nochmol."
„Selli."
„Meiiksch was?"
„Nein."
„Des brummt. Un wie. Weje deim s. Des brummt."
„Stimmt, denn das ist ein stimmhaftes *s*."
„Sachisch doch, des brummt. Un mia brumme net, vastehsch? Nie."
Freese nickte.
„Sachs nochmol. Awwa desmol oohne Brumme."
„Ssselli."
„Sicksch. Schun bessa. Wie bin isch jetz do druff kumme?"
„Wegen Ihrer neuen Haarfarbe?"
„Faab? Welli."

„Ssselli."
„Des is kää Faab. Isch mol doch mei Hoa net oo. Was denkschn du?"
„Tschief, das ist doch gar nicht schlimm, viele färben sich die Haare, auch Männer."
„Awwa isch net. Des sieht bloß so aus, weil die Hoa so korzz sin. Des bringt moin nadierlische Toon bessa zua Geldung."
„Gelb?"
„Geel? Isch glaab shackt. Hosch dus mit de Aare, bisch du faarweblind? Des is doch net geel, des is strohblond. Des waa isch ibbrigenz schun als klähna Buu. Des kamma bloß net sehe uff denne Foddo, weil isch kumm aus derre Zeit, wu die noch net faawisch ware. Bei uns jednfalls. Un jetz losse mia des mol mit denne Unnastellunge fa mei Hoa."
„Schön, ich werde mich daran gewöhnen. Also, was haben Sie in Erfahrung gebracht? Woher hatte Georg Wohlrabe das viele Geld?"
„Dea hot gschafft newebei."
„Als Friseur?"
„Freese? Jetz bissl obacht, gell!" Kommissar Günda drohte mit dem rechten Zeigefinger. „Dea waa, wie sollischn saache, wenns Hendl gewwe hot …"
„?"
„Streit. Issa dezwische."
„Er war bei der Polizei? Der Sheriff von Fußheim?"
„So ähnlisch. Bloß dassa net duasch die Strooße gloffe is mim Kooboihietl[91] un geguggt hot, ob alles rescht is. Nää, die Leit, die wu Hendl ghabt hawwe middenanna, die sin zu demm kumme. Freiwillisch. Dass dea entscheidet, wu rescht hot. Un dann hodda sisch des oogheat, was de ähne vazehlt un was de anna vazehlt. Un donn hodda bissl sinniert, un schließlisch

[91] Cowboyhut

hodda gsacht *Alla hopp, so wärds gmacht, hugg, isch habe gesprochen! Macht fimfhunnat Euro.*“

„Und die Leute haben seine Entscheidung akzeptiert?“

„Scheinz.“

„Und ihn dafür auch noch bezahlt?“

„Hm. Un net zu knapp.“

„Dann war er eine Art Friedensrichter?“

„Gönau. Des wäa des rischdische Wortt, wenns des noch gewwe deed. Awwa nadierlisch net offiziell.“

„Und das hat Ihnen alles Ihr Friseur erzählt, aus freien Stücken? Während des Haareschneidens?“

„Net direkt“, zögerte Kommissar Günda. „Äschdens hawwisch demm net glei vazehlt, dassisch bei de Bollezei bin. Un zweddens …“

„Zweitens?“

„Mia hawwe bissl Stress ghabt, mia zwee. Isch hab misch bissl uffgeregt: *Des gibts jo net, des kann jo net sei, so kannisch doch net rumlaafe!* Hodda gsacht *Doch! Genau so, des hawwe Sie selwa gsacht, dass Sie des wolle! – Hawwisch net! – Hawwe Sie doch! – Hawwisch net!* Un donn isses demm rausgrutscht: *Dann gehe ma hald zum Schorsch, dea soll des entscheide!*“

„Mit anderen Worten, es ging bei diesem Streit um Ihre Haare.“

„Gönau.“

„Sie waren entsetzt.“

„Awwa tottaal.“

„Wie er Ihre Haare gefärbt hat.“

„Hm? Ä-ä. Abba. Isch waa schockieat, *dass* dea mei Hoa hot färwe *wolle*. Kummt net in Frooch, hawwisch gsacht. Des is mei nadierlisches Blond, un des bleibt.“

„Do hawwe Sie rescht ghabt!“, ließ sich der Wirt vom Lamm vernehmen, der hinzugetreten war. „Narre[92] nix gfalle losse beim Wiese. Dea is als uff Forttbildung, un wenna widdakummt,

---

[92] Nur

mähnda, ea muss jedm ä neii Frissua vabasse. Newebei, was derfsen soi, heit?“
„Zwee Mol Kaffee. Fa miesch mit oohne Zuggaa un bissl Millisch. Äh, un vleischt keende Sie zwischeduasch mol bissl annare Mussisch druffmache. Gähngt des?“

Als der Lammwirt erfahren hatte, dass nicht nur Fritjof Freese, sondern auch sein Begleiter bei der Kriminalpolizei war, hatte er geradezu erleichtert reagiert, für Kommissar Günda ein klares Indiz, dass der Wirt selbst Sangesambitionen hatte. Was sich rasch bestätigte, denn nun lief nicht nur ohne Unterlass Joe Cockers *With a little help from my friends*, der Wirt wurde auch nicht müde mitzuträllern. Beziehungsweise zu gurgeln.
Kommissar Gündas Bitte quittierte er beim Weggehen mit Unverständnis.
„Kähn Gschmack, die Kärll, null. Bidde. Des keenda hawwe.“

Kurz darauf ertönte düstere klassische Musik.

„Wenn ich Sie recht verstehe, Tschief, dann meinen Sie, das Opfer hat erhebliche Summen verdient, indem er hier in Fußheim als heimlicher Friedensrichter gearbeitet hat. Wenn dem so wäre, dann wären ja die hiesigen Anwälte arbeitslos.“
„Soot, Ian Kaffee. Wäas rescht jetzat, die Mussisch?“
„Ah, subba, de Mozzaad, mei Lieblings-Räckwiähm[93].“
Freese sah seinen Vorgesetzten mit kaum verhohlener Bewunderung an.
„Äh, was annares, wennischen Oowalt such, do in Fußheim, zu wemm geh isch donn am beschde?“
„Oowald? Ou, do hawwe mia zwee.“
„Und welchen würden Sie empfehlen?“

---

[93] Requiem

„Do kannisch nix saache, die sin zimmlisch frisch do. Die kennisch net."
„Und von Ihren Bekannten und Freunden, gibt es da jemanden, der Erfahrungen gemacht hat?"
„Nää, net dassisch wisst."
Die Blicke der Ermittler trafen sich.
„Die Fußheimer scheinen ja ein ausgesprochen friedliches, harmoniefähiges Völkchen zu sein, wenn sie so lange ohne Anwalt ausgekommen sind."
„Hm."
„Oder täusche ich mich?"
„Nänää, so simmia."
„Und wovon leben diese beiden neuen Anwälte?"
„Kä Ahnung, do misse Sie die mol froore. Vleicht dass paa vun denne Neigeblackde die als brauche."
„Neubürger, klar. Denn der Fußheimer an sich, der braucht keinen Anwalt, stimmts? Bisher jedenfalls."
„Hä?"
„Ich meine, dass man keinen Anwalt braucht, das könnte sich ja auch mal ändern. Oder bereits geändert haben."
„Isch hab kä Ahnung, was Sie mähne."
„Schön, vielen Dank, Sie haben uns sehr geholfen."

Der Wirt verließ die beiden achselzuckend. Freese wartete, bis er außer Hörweite schien und wandte sich wieder an Kommissar Günda.
„Sieht ganz so aus, als hätten Sie recht. Hier gab es eine Art Schattenjustiz. Aber damit wächst die Zahl der Verdächtigen enorm. Denn bei den Honoraren, die Georg Wohlrabe eingestrichen hat, ging es wohl auch um größere Angelegenheiten, und es könnte ja sein, dass der eine oder der andere mit einer Entscheidung unseres Fußheimer Privatrichters nicht einverstanden war und sich schlicht und ergreifend an ihm gerächt hat."

„Du hoschs afasst."
„Bloß, wie kommen wir an seine Klienten ran? Das System hat ja nur funktioniert durch Diskretion. – Sie grinsen schon wieder, Tschief. Sie haben eine Idee, oder?"
„Vleischt."
„Was haben Sie vor, verraten Sies mir?"
„Du bleibsch jetz doo im Lomm un waadsch bissl. Isch schick da glei mol paa Leit, die wu beim Friednsrischda Schorsch gwest sin."
„Aha. Und Sie?"
„Isch? Isch glaab, isch muss doch nochmol zum Frissea …"

Während Klaus Wiesemann sich erneut an Kommissar Gündas Frisur zu schaffen machte – *Isch hab mias iwwalegt* – vertraute der seinem Haarschneider etwas an.
„Hawwe Sie des eigendlisch schun gheat?“
„Waas?“
„Sie hawwe mia des doch vazehlt mim Schorsch.“
„Tschief, des waa awwa unna uns.“
„Schun klaa. Awwa skeent jo sei, dass mansch ähna net eivastanne waa mit demm seinare Entscheidung.“
„Soll voakumme.“
„Un desdaweje gibts jetz en Fong[94].“
„En Fong?“
„Gönau, en Fong. Jeda, dea wu glaabt, die Entscheidung vum Wohlrabes Schorsch wäa net in Oddnung gewest, dea konn sisch bei mia odda bei moim Assischdent im Lomm melde. Un donn wärd des gekläat, un sgibt ä Entschädischung ausm Fong.“
„Ä Entschädischung? A, des wäa jo net schlescht…“
„Awwa, hoisch, Klaus: Diskrääzjoon!“
„Sebvaständlisch, Tschief, sebvaständlisch. Fäddisch. Wenn Sie mol gugge wolle!“
Er hielt dem Kommissar einen Spiegel hinter dessen Rücken, so dass er seine Frisur von allen Seiten betrachten konnte.
„Unn? Wie finne Sies?“
„Indressant.“

[94] Fond

Eine halbe Stunde später meldete sich die erste Fußheimerin im Nebenzimmer vom Lamm, wo sie Fritjof Freese in gespannter Erwartung in Empfang nahm.
„Was kann ich für Sie tun?"
„Folgendes …"
„Ja?"
Doris Felbermann zögerte. Freese ahnte ihre Bedenken und versuchte, die zu zerstreuen.
„Fritjof Freese, Sokodo, Sie können vollstes Vertrauen zu mir haben, ich bin bei der Polizei. Was haben Sie auf dem Herzen?"
Das war der richtige Ton. Schon sprudelte es aus ihr heraus.
„Isch hab mol ä Hängale ghabt."
Häng-ga-lö, dieser Begriff war Freese noch nie begegnet. So putzig er ihn fand, er hatte keine Ahnung, was damit gemeint sein könnte.
„Ein was?"
„Ä Hängale."
„Tut mir leid, das verstehe ich nicht. Würden Sie mir das bitte erklären?"
Doris Felbermann war irritiert. Wie konnte es sein, dass dieser junge, noch dazu ziemlich attraktive Mann derart prüde war?
„Is Ihne des noch nie begegnt?"
„Nein, tut mir leid. Da habe ich wohl bisher etwas verpasst."
„Des brauch Ihnen net leid du. Mia duds leid, kann isch Ihne saache. Wenn isch des gewisst heed, wie des leeft. Kenne Sie die Fraa Willhuba?"
„Nein."
„Do hawwe Sie nix vabasst."
„Aha."
„Die Orschl[95]!"
Um ihren Erzählfluss nicht zu stoppen, verzichtete Freese auf eine Nachfrage und nickte bestätigend.

---

95 linkische Frau

„Guud, ian Monn, de Peda, dea is jetz aa net grad de Pitts Brädd."
„Brad Pit?"
„Issa net."
„Wer ist das schon."
„Uff jedn Fall, mia schaffe doch zamme. Bei de Spaakass."
„Sie arbeiten also beide bei der Sparkasse. Sie und der Nicht-Brad-Pit."
Doris Felbermann stutzte kurz und fuhr dann fort: „Un bei de Ärwet …"
„Bei der Arbeit …"
„… do hawwisch gemeiikt, de Peda, dea wu moin Schäff is, dea waa manschmol so gedatscht. Is jo kä Wunna, hawwisch gedenkt, bei derre Fraa."
„Bei der Orschel."
„Gönau."
„Un dann is ähns zum annare kumme, Sie wisse, wies is. Ach Gott, nää, Sie wisses jo net. Wie willischn saache, mia sin hald zammekumme."
„Ihr Chef und Sie."
„Gönau."
„Aber ohne Orschel."
„Hea mol, wolle Sie misch utze?"
„Keine Ahnung, was Sie meinen. Und was haben Sie beide dann gemacht?"
„Drei Mol derfe Sie roode. Wie alt sin Sie? A, was ma so macht."
„?"
„Als Fraa un Monn."
„Ach so, jetzt verstehe ich, Sie hatten ein Verhältnis mit Ihrem Chef, eine verhängnisvolle Affäre wie in dem Film mit Michael Douglas."
„Bloß dass meina net de Daggles Maikl waa. Sie kenne des also doch, dann binnisch beruischt."
„Aber ja."

„Hawwe Sie des vleischt a mol ghabt?"
„Ein Verhältnis mit meinem Chef? Ich glaube, davon würden wir beide nichts halten." Freese musste über seinen gelungenen Scherz schmunzeln, sein Gegenüber nicht. „Und wo liegt jetzt das Problem?"
„Die Orschl …"
„Seine Frau."
„Gönau. Die hot des gemeiikt, die is dehinna kumme, weil dea Dabbes zu bleed waa. Un dann hot die gsacht: *Die odda isch*. Mit Uldimadumm. Simmia zum Schorsch gange."
„Mit der Orschel."
„Nadierlisch net. Bloß mia zwee. Mia hawwe uns als gedroffe in de Pfalz. In Kallstadt. Do hot dea ä Feriewoohnung ghabt. Do ware mia als, wies noch guud gloffe is. Hammia demm alles vazehlt, demm Schorsch, un dea hot gfroocht *Sollisch entscheide fa eisch? Wollt ia des?* Hammia gsacht *Ja, Schorsch*. *Alla hopp*, hodda gsacht, *du gehsch zu deinare Fraa zrick*."
„Zur Orschel."
„*Un dodefia kriggt sDorle die Woohnung iwwaschriwwe*."
„Ah ja. Und wie fanden Sie diese Lösung?"
„Net schlescht. Unna uns, des waa mia graad rescht, des waa schun ä Weil nimmi so brigglnd[96]."
„Und wo ist jetzt das Problem?"
„Des kannisch Ihne saache: bei derre Woohnung is die Heizung gabudd[97]."
Fritjof Freese versprach, die Angelegenheit baldmöglichst mit dem Kommissar zu besprechen, und brachte Doris Felbermann zur Tür.
„Hatten Sie eigentlich keine Sorge, dass Ihr Verhältnis in Fußheim bekannt wird, wenn Sie sich an Herrn Wohlrabe wenden?"

---

[96] prickelnd
[97] kaputt

„Uff kähn Fall, do konnt ma sich voll druff valosse, dea waa tipptopp. Was des oogeht jednfalls."
„Aber er kannte doch alle hier in Fußheim, er war doch hier bestens integriert."
„Wenn Sie des mähne."
„Sind Sie anderer Meinung?"
„Isch hab nix gsacht."
Er brachte sie zur Tür. Und wurde dort bereits erwartet, die drei Lamm-Stamm-Männer blickten ihn erwartungsvoll an.
„Auf Wiedersehen, Frau Felbermann. Bitte, kommen Sie doch herein, die Herren, was kann ich für Sie tun?"
„Folgendes: Mia waare mol beim Wohlrabes Schorsch…"
„… un mia hawwe uns iwwalegt …"
„… mia sin all u-zufriede mit seinare Entscheidung."
„Sie haben also die Dienste von Herrn Wohlrabe in Anspruch genommen. Worum gings?"
„Des spielt jo kää Roll."
„Uff jedn Fall simmia uns einisch, dass mia middem Schorsch u-zufriede sin …"
„… un dass mia desdaweje des Geld nämme aus demm Fong."
„Fong?"
„Fong!"
„Ah, Fong", bestätigte Freese, nicht ahnend, worum es ging, aber vertrauend, dass sein Chef schon wusste, was er tat.

Kommissar Günda parkte. Neben den beiden schweren Motorrädern nahm sich sein Gefährt wie deren frisch geschlüpfter Nachfahre aus. Nur rostiger.
„Tschuldischung, isch heede mol ä Frooch."
Die junge Frau an der Theke vom *Fit mit Fun* schaute von ihrem Bildschirm auf.
„Ja?"
„Isch hab oogrufe voahien. Günda de Buu."
„Ach ja, wegen des Probetrainings. Moment, ich rufe jemanden. Sie können sich ja schon umziehen, die Garderoben sind den Gang durch hinten rechts."

Wenige Minuten später erschien Kommissar Günda in einem ausgebeulten, kaum noch grauen Jogginganzug. Er hatte ihn 1990 bei der Betriebsweihnachtsfeiertombola gewonnen, was für ein lautstarkes Echo unter den Kollegen gesorgt hatte – *Ooziehe! Ooziehe! Ooziehe!*
Was er selbstverständlich unterlassen hatte. Er hatte ohnehin den Verdacht gehabt, dass bei der Auslosung nicht alles mit rechten Dingen zugegangen war. Ein Sportdress, ausgerechnet für ihn? Das hatte nach einem Komplott gerochen.
Später hatte er dem Anzug durchaus etwas abgewinnen können, wenn er es sich zu Hause in seinem Lieblingssessel vor dem Radio gemütlich machte. Und so hatte sich der Jogginganzug über die Jahre seiner Figur angepasst.

Er wurde bereits erwartet:
„Hallo! Ich bin die Heike, deine Trainerin! Und? Fit?"
„Hmpf, ach Gott, wie willischn saache …"
„Keine Sorge, das kriegen wir schon hin. Komm grad mal mit, ich gehe vor."
Zweierlei irritierte ihn an dieser Ansprache. Zum einen kam sie von einer jungen Frau. Er war davon ausgegangen, dass sich ein alternder Bodybuilder seiner annehmen würde. Zum anderen

war er es nicht gewöhnt, dass ihn Fünfundzwanzigjährige duzten. Aber unter Sportlern war das wohl so üblich.
„So, als erstes gehen wir mal auf die Waage."
„Oukey. Du zuärscht!"
„Hahahaha! Los, los, auf gehts!"
„Muss des sei?"
„Ich muss mir doch einen Eindruck von deinem körperlichen Zustand verschaffen."
Den hätte ihr Kommissar Günda kurz und knapp zusammenfassen können: *Kaddaschdroof*[98]*!*
Schweren Herzens stellte er sich auf die Waage: 92 Kilogramm.
„Awwa isch hab viel gfriistickt heit."
„Und die Größe? Aha: 1,72 m."
„Hä? Des kann net sei, isch waa imma greeßa. Ä Zeidlang waa isch bei uns soggaa de gröggschde."
„Wann?"
„In de zwedde Klass."
„Da haben wir doch einiges zu tun, fangen wir am besten gleich an. Das ist dein künftiges Fitnessparadies!"
Sie führte ihn in eine ehemalige Industriehalle mit niedriger Decke und verbrauchter Luft. Aus den Lautsprechern dröhnte Musik: *Hips don't lie.*
Der Raum war übersät mit schweren Trainingsgeräten. Kommissar Günda war überrascht, denn er war beileibe nicht der Älteste. Heike wiederum war die Jüngste. Mit Abstand.
„Als erstes machen wir uns warm."
„Äh, des bin isch eigendlisch schun."
„Hahaha", lachte Heike. „Die Muskeln müssen vor jedem Training aufgewärmt werden, um Verletzungen bei den Übungen vorzubeugen."
„Ou. Was mussischn glei mache? Saldo? Des kannsch vagesse."
„Und auf gehts."

---

[98] Katastrophe

Kommissar Günda stellte sich auf das Laufband und wunderte sich über die zahlreichen blinkenden Knöpfe im cockpitartigen Bedienungsfeld vor ihm.
„Un jetzat?"
„Laufen. Zehn Minuten. Stell dir vor, du machst einen tollen Ausflug." Sie drückte verschiedene Punkte am Gerät und auf dem Monitor erschien eine Landschaft, die ihn an diese Heidi-Trickfilme erinnerte. Dann war er wohl gerade *de Alm-Eiii.*
„Es beginnt in der Ebene", erläuterte die Trainerin voller Begeisterung, „später kommen zwei ‚kleine Hügel'" – er hörte die spöttischen Anführungszeichen wohl – „und am Schluss geht es zur Belohnung richtig schön bergab. Alles schon programmiert. Los gehts!"
Sie klatschte überflüssigerweise in die Hände und drückte einen Knopf. Ruckartig setzte sich das Laufband in Bewegung. Er hätte sich gewünscht, dass Heike ihn nun sich selbst und seinem Kampf mit dem unerbittlichen Trimmgerät überlassen hätte. Stattdessen nutzte sie seine augenblickliche Schwächephase aus.
„Dann erzähl mal, was machst du sonst für Sport?"
„Isch räschl[99] als bei mia im Gaade."
„Hahaha, du bist also mehr der Kopfarbeiter."
Kommissar Günda setzte an zu widersprechen, rang aber bereits nach Luft. Er fragte sich, ob die Fragen zum Laufprogramm gehörten. Als Schikane.
„Und weshalb kommst du jetzt zu uns? Hat uns jemand empfohlen?
„Nää."
„Bist du über eine unserer Anzeigen gestolpert?"
„Nää."
Er war froh um diese Art von Fragen, die eine einsilbige Antwort erlaubten.
„Sondern?"

---

[99] harke

„Isch … hab … ä Buch … gleese."
„Ah, lass mich raten: *70 ist das neue 40*, Knut Hellerson. Ja, da bist du nicht der einzige. Das scheint einen regelrechten Boom auszulösen. Gelesen habe ich es noch nicht, nur den Klappentext, aber da steht schon ein ganz wichtiger Satz: Fitness beginnt im Kopf."
„Bei … mia … heats … do … aa … schun … uff."

„Sie schun widda?"
Jede andere Begrüßung hätte Fritjof Freese überrascht.
„Guten Tag, Herr Wohlrabe. Diesmal ist mein Besuch privater Natur. Ich bräuchte eine Eintrittskarte."
„Muss des sei?"
Ich hätte Ihnen auch gerne die Chance erspart, ein Geschäft zu machen, dachte Freese, verbiss sich jedoch die Bemerkung. Stattdessen erwiderte er: „Ich habe es erst übers Internet versucht, aber da sind keine Karten mehr erhältlich. Deshalb bin ich jetzt bei Ihnen."
„Isch bin en Buchlaade, kähn Kiosk."
„Aber Sie verkaufen auch Eintrittskarten."
„Liewa net."
„Bei Ihnen gibt es die Eintrittskarten für die Lesung von Knut Hellerson jetzt am Wochenende in der Mehrzweckhalle. Steht zumindest auf dem Plakat."
„Des hawwisch net gemacht. Des waare die vun demm soim Valaag."
„Wie dem auch sei, verkaufen Sie die Karten?"
„Kann sei."
„Haben Sie noch Karten?"
„Isch hoff net."
„Könnten Sie mal nachschauen?"
„Nää. Betzii? Keentsch du mol kumme. Do is schun widda ähna, wue Kadd will fa denn Hannebambl."
„Komme gleich", ertönte es von nebenan. Kurz darauf tauchte Bettina Schneider auf.
„Ach, Sie sinds, Herr Freese, schön, Sie zu sehen."
„Ganz meinerseits", erwiderte der.
„Was kann ich für Sie tun?"
„Ich bräuchte eine Karte für die Lesung von Knut Hellerson am Wochenende. Haben Sie noch eine?"
„Moment, ich schaue gleich. Aber, wenn ich das anmerken darf, ich weiß nicht, ob das für Sie das Richtige ist, *70 ist das neue 40*."

„Nein, nein, das ist nicht für mich. Die Karte ist für meinen Chef."

„Un wisso kummda dann net selwa? Weila sisch schämmt wahrscheinz, zu demm Kaschba zu gehe", brummte Jakob Wohlrabe aus dem Hintergrund.

„Offen gestanden", Freese beugte sich zu Bettina Schneider, so dass niemand mithören konnte, „unter uns, er hat sich wohl etwas übernommen beim Sport, und da hat er mich gebeten. Ich tue ihm den Gefallen im Übrigen nicht ungern."

Sein spitzbübisches Lächeln erwiderte sie gekonnt verschämt.

„Sie haben Glück, es sind vorhin ein paar Karten zurückgekommen, bitte sehr, 27 Euro."

„Für eine Lesung? Nicht gerade wenig."

„Ja, dieser Hellerson ist ein echter Renner."

„Das Buch habe ich hier noch gar nicht entdeckt. Wahrscheinlich immer vergriffen, oder?"

„Nein", sie senkte die Stimme. „Leider verkaufen wir das Buch hier gar nicht. Herr Wohlrabe weigert sich."

„Aber die Eintrittskarten, die verkaufen Sie?"

„Das war ein echtes Drama. Vielleicht können wir kurz nach draußen gehen. Die Lesung hat mein Patenonkel vereinbart. Als Herr Wohlrabe davon erfuhr, hat er beim Verlag angerufen und versucht, die Veranstaltung noch abzublasen. Wir haben mit Engelszungen auf ihn eingeredet, schließlich hat er eingewilligt, sonst hätten wir eine saftige Konventionalstrafe zahlen müssen."

„Und wieso wollte Jakob Wohlrabe das nicht? Sie verdienen doch auch an den Karten."

„Aus Prinzip. Das gehört nicht zu einem Buchladen, ist sein Standpunkt."

„Ach so, deshalb hängt auch hier im Laden kein Plakat."

„Genau. Und trotzdem haben wir, kaum war das bekannt, an einem Vormittag in zwei Stunden 500 Karten verkauft. Wir mussten dafür sorgen, dass Herr Wohlrabe nicht im Haus war, sonst hätte er die Käufer bestimmt beschimpft."

„Betzii, die Kaffeemaschien, hosch du die schun sauwa gmacht? Des wäa mia aiig rescht, sei so guud. Bussiere kannsch wuannaschda.“
„Tut mir leid, ich muss. Aber …“
„… ja, vielleicht können wir mal …“
„Feiadunnawettlnochemol, Betziiiii!!!“
„Gerne.“

Als Freese die Lesbar verließ, stieg ein junger Mann aus einem älteren Kleinwagen, der schräg gegenüber vor der Volksbank parkte. Er meinte sich zu erinnern, dass das Auto bereits dort gestanden hatte, als er zur Buchhandlung gegangen war. Wahrscheinlich hatte der Fahrer erst die Bank aufgesucht, um sich mit Geld zu versorgen und sich dann an Besorgungen zu machen. Etwas veranlasste Freese, sich umzudrehen und den Weg des Mannes zu verfolgen. Und so erhaschte er einen Blick auf dessen Begegnung mit Bettina Schneider vor der Buchhandlung. Für seine Begriffe verlief die mit diesem blassen, unscheinbaren Geschlechtsgenossen ein wenig zu persönlich. Beide verschwanden in der Lesbar.

Freese machte kurzerhand kehrt und überquerte die Straße in Richtung Bank. Das Fahrzeug des Mannes war auffallend ungepflegt, jemand hatte etwas mit dem Finger in die Schmutzschicht gezeichnet, was sich las wie *Dreggniggl*. Die Karosserie wies etliche Spuren unsachgemäßen Gebrauchs auf, was darauf hinzudeuten schien, dass das Autofahren nicht zu den Stärken des Besitzers zählte. Im Innenraum lagen leere Bierdosen, Pappbecher sowie etliche zusammengeknüllte Tüten einer Fastfoodkette. Aus dem Radiogerät ragte eine Kassette. Der Aschenbecher quoll über, das Armaturenbrett zierten drei Schachteln Zigaretten. Auf dem abgewetzten Beifahrersitz entdeckte Freese ein zerfleddertes Manuskript: *Mondphasen im Dickicht des Ozeans* von Conny Kramer.

Ein Blick in sein Smartphone genügte, um Gewissheit zu erlangen, dass es sich beim Fahrzeugführer um diesen Conny Kramer handelte. Dessen Homepage wies ihn aus als einen überaus sensiblen, vornehmlich elegisch ins Nichts blickenden Poeten. Der unentschlossene Gang, den er gerade hatte beobachten dürfen, komplettierte Freeses Einschätzung. Die abgedruckten Lyrikkostproben waren durchweg in jammerndem Ton gehalten. Was machte dieser Selbstbemitleider bei Bettina Schneider? War das nicht ein wenig zu sehr der Welt zugewandt für einen solchen Klagegeist?

Freese recherchierte und erhielt eine verblüffende Auskunft: der Wagen gehörte nicht etwa Conny Kramer, sondern einem gewissen Gerold Pfeiffer. Alle Achtung, einen Autodiebstahl hätte er diesem passionierten Nietenzieher gar nicht zugetraut. Wer weiß, vielleicht hatte er noch ganz andere kriminelle Energien freizusetzen.

Als der Verdächtige eine halbe Stunde später in seinen Wagen steigen wollte, erwartete ihn eine unangenehme Überraschung.
„Fritjof Freese, Sokodo, Ihren Ausweis, bitte, Fahrzeugschein, Führerschein."
Der Überrumpelte fand auf Anhieb weder noch. Nervös, fahrig und ohne System suchte er, erst in seinen Taschen, dann im Auto. Freese konnte es irgendwann nicht mehr mit ansehen.
„Das reicht, Sie kommen jetzt mit aufs Präsidium, Herr Kramer."
„Kramer? Ich heiße nicht Kramer."
„Ach ja? Sondern?"
„Pfeiffer. Gerold Pfeiffer."
„Das können Sie jemand anderem weismachen, geben Sie mir Ihren Fahrzeugschlüssel. Bitte!"
„Aber ich bin Gerold Pfeiffer. Conny Kramer, das ist mein, äh, eine Art Pseudonym. Ich schreibe. Also … Gedichte."

„Kann das jemand bestätigen?“

Der Blick des Verdächtigen wanderte in Richtung Lesbar. Die Enttäuschung war Freese anzusehen.

„Wie geil ist das denn!“
„Hammer!“
„So geil!“
Nach seinem ersten Probetraining verschnaufte Kommissar Günda noch ein Weilchen an der Sportsbar vom Fit mit Fun. Viel würde heute ohnehin nicht mehr mit ihm anzufangen sein. Die Stunde mit Heike hatte ihm mehr zugesetzt, als er erwartet hatte.
Dafür schien sich sein Hörvermögen verbessert zu haben. Er konnte zwar nicht verstehen, worüber die beiden vielleicht zwanzigjährigen Frauen neben ihm redeten, aber sie vergewisserten sich jedenfalls gegenseitig immer und immer wieder ihrer Begeisterung. Ihn beschlich kurz die Sorge, sie könnten damit sein Probetraining noch einmal Revue passieren lassen.
„Geil.“
„So geil.“
„Hammer.“
Da sie ihn jedoch ansonsten keines Blickes würdigten, beschloss er anzunehmen, dass sich ihre anerkennenden Kommentare auf ihren gewiss alltagslosen Alltag bezogen.
Auch er hatte heute einen wichtigen Schritt in diese Richtung getan. Und wie es der Zufall wollte, hatte er sogar die von Hellerson dringend empfohlene weibliche Trainerin erwischt. Zuerst war ihm dies etwas unangenehm gewesen, aber bald war das für ihn Ansporn. Wie von Hellerson in Aussicht gestellt. Zumal ihn Heike mehrfach bremsen musste, wenn er sie bei der Festlegung der Einstiegsgewichte an den Geräten regelmäßig verblüfft hatte. „So viel? Na, na, na!“ Selbstverständlich hatte er sich stets ihrem Vorschlag gebeugt, selbst wenn sie seine Maßgabe durchweg mindestens halbiert hatte.
Immerhin hatte Heike auch nicht mit Lob für ihn gespart, wenn auch in seinen Ohren etwas tantenhaft klingend: „Das machst du sehr, sehr gut. Toll, ganz toll!“

Weit angemessener hätte er da das Vokabular seiner Nachbarinnen gefunden, das weiterhin deren Gespräch bestimmte.
„Geil."
„Gell?"
„So geil."
„Hammer!
„Na, was möchtest du trinken?"
Eine sehnige Blondine im kurzen Trainingsdress mit dem schreienden Logo *Fit mit Fun* über der Brust hatte sich hinter der Theke zu ihm gesellt.
„Isch? Ä Bierle. Ruisch groß."
„Tut mir leid, Alkohol gibts bei uns nicht. Darfs etwas anderes sein? Vielleicht einer von unseren leckeren Eiweißdrinks in verschiedenen Geschmacksrichtungen. Drachenfrucht?"
Kommissar Günda verzog den Mund.
„Papaya?"
„Hm. Isch weeß net."
„Oder unser Klassiker: Schoko-Sellerie, eine echte Vitaminbombe."
„Ou … Des klingt … äh … legga."
„Kommt sofort!"
Kurz darauf sah sich Kommissar Günda einem Glas gegenüber, aus dem nicht nur ein Strohhalm, sondern auch eine Selleriescheibe lugte.
„Schmeckts nicht?", fragte die Bedienung nach einer Viertelstunde besorgt, als Kommissar Günda nach vorsichtigem Nippen den weiteren Verzehr eingestellt hatte.
„Doch, doch", beeilte der sich zu versichern, „awwa, äh, isch muss noch fahre."

„Hawwe Sie des Suddlwedda[100] bstellt?"
Es hatte bereits heftig zu regnen begonnen, als sich Freese auf den Weg nach Glickerbach machte, um dem Kommissar Bericht zu erstatten. Nun schien es sich eingeregnet zu haben.
„Tässl Kaffee? Sticklsche Kuche? Ian Tschief, dea is noch net doo."

Dankend nahm Freese Marion Helches Angebot an. Wenig später öffnete sich die Tür zur Gaststube im Roten Ochsen, und Kommissar Günda erschien völlig durchnässt. Als er die Jacke auszog, troff selbst das Hemd darunter, lediglich Gesicht und Haare waren trocken, wenn auch etwas aus der Fasson geraten.
„Problähme?", fragte Marion Helche teilnahmsvoll.
„Des kannsch glaawe, mia langts fa heit. Gschowwe hawwisch des Ding, vun Fußheim bis dohea."
„Ou, des dauat misch, Tschief. Des heedisch Ihne saache misse. Des waa schun beim Vadda so, des Ding leeft net, wenns reat."
„Ding? Welches Ding?", erkundigte sich Freese.
„Nix, nix. Äh, hea mol, Freese, isch muss misch grad bissl uffwärme un umziehe. Waadsch du graad uff misch, isch bin glei widda doo, isch bin schun gonz gsponnt, was du mia alles zum vazehle hosch."
Aus irgendeinem Grund zweifelte Freese an dieser Aussage.
„Da gibt es eine ganze Menge. Nur eines vorab, Tschief!"
„Bidde."
„Interessante Farbe."

Als Kommissar Günda nach einer halben Stunde immer noch auf sich warten ließ, ging Marion Helche nach oben, klopfte vorsichtig und öffnete schließlich etwas in Sorge die Tür.
Sie fand Kommissar Günda eingehüllt in ein Badetuch auf dem Bett liegend. Eingeschlafen.

---

[100] regnerisches Wetter

„Langsoom, isch muss bissl voasischdisch sei de Moajä."
„Dö Moje?"
„Heit frih."
„So schlimm?", erkundigte sich Freese mit schlecht gespielter Anteilnahme.
„Isch sachda ähns, des hawwisch noch net alebt. Isch kann misch schia nimmi beweje."
Kommissar Günda führte die Kaffeetasse langsamst zum Mund, zischte gequält und verzog dabei das Gesicht schmerzverzerrt.
„Was haben Sie denn gestern bloß gemacht?"
„Isch? Sportt. Heeßt des jednfalls. Des waa in Wahrheit än gonz brudaale Drill. Wie fa so Elide-Soldaade. Wenn des so weida geht, kannisch glatt zu de Marihns gehe bei de Amerigoona."
„Unna uns, ea waa im Fit mit Fun, do bin isch aa als", erläuterte Marion Helche.
„Ach so, verstehe, Sie waren im Fitnessstudio. Toll, das haben Sie toll gemacht."
„Des hawwisch schun mol gheat."
„Im Ernst, ich muss Sie loben. Wann haben Sie denn das letzte Mal Sport gemacht, Tschief?"
„A, was weeßn isch? Eigendlisch imma. Bundesjugendspiele. Freischwimma. Do waa isch schun aiig aktief."
„Vielleicht sollte ich Sie mal ein bisschen trainieren. Ich laufe jeden Morgen zwölf Kilometer, da nehme ich Sie gerne mal mit."
„Oh, liewi Zeit, bloß net."
„Odda Sie kumme mol mit mia mit, Tschief. Zum Zumba!"
„Zum was?"
„Zumba. Do werre alle Muschkle dräniat. Aa die, die wu sie gaa nimmi kenne."
„Des is nix fa misch. Isch prowia jetz vleischt noch was annares: Yoggaa."
„Aha."
„Weesch aa wu?"

„Keine Ahnung, Tschief, woher soll ich das wissen? Ich bin mehr für handfeste Sachen. Marathon, Ironman."
„*Wolke siwwe* heeßt dea Lade."
„Ah, bei de Ruth."
„Ruth? Doch nicht etwas Ruth Wohlrabe?"
„Doch. Gönau. Die hot soe Yoggaa-Zenda driwwe in Schriese."
„Un des rennt wie bleed, kannisch Ihne saache", ergänzte Marion Helche.
„Ach ja? Dann wissen wir jetzt, wovon die Wohlrabes leben."
„De Joggl kann sisch des alles bloß alauwe, weil demm Seini schafft. Hot deas guud."
„Mooment, Tschief, de Joggl, des is hald än Schööngeischt", ergriff Marion Helche Partei.
„Un was fan schähne."
„Da haben Sie recht, Tschief. Aber ich habe auch einiges herausgefunden, Sie werden staunen."
„Auf, schieß los. Awwa deedsch du mia vleischt voahea denn Weck uffschneide un schmiere?"
„So ein Muskelkater, Tschief?"
„Nänää, isch hab bissl Ängscht, dassisch denn kabudd mach voa lauda Muschkle."

Marion Helche zog sich dezent zurück, als Freese seinem Chef Bericht erstattete.
„Ah, des mit demm Fong, des hawwisch schun gonz vagesse. Des is bstimmt gut gloffe, odda?"
„Jetzt fangen Sie auch noch damit an. Würden Sie mich freundlicherweise aufklären? Was denn für ein Fong?"
Kommissar Günda erläuterte seinem Assistenten, auf welchem Wege er die Klienten des Opfers dazu bringen wollte sich zu offenbaren. Freese hielt diesen Weg nicht für zielführend.
„Ich vermute, da sind wir auf der falschen Fährte. Bisher sind das doch nur Leute, die Geld wittern. Von Groll oder gar Hass auf das Opfer keine Spur."

„Abwaade, Freese“, mahnte Kommissar Günda. „Bissl Geduld. Wie im Leewe als.“
„Ich bin schon einen Schritt weiter. Für mich gibt es einen neuen Verdächtigen.“
„Mach Sache.“
„Ich habe da einen hoffnungslosen Nachwuchs-Autor im Visier.“
„Aha. Kennisch denn?“
„Den kennt keiner. Conny Kramer.“
„Conny Krama? Conny Krama kennisch wohl. *Am Daag, wu de Conny Krama gstorwe is*“, sang Kommissar Günda mit düsterer Stimme. „Kennsch des net? Des waa mol en Schlagga vun de Wäddings Jule.“
„Ein Schlager? Komischer Schlagertext, reimt sich ja überhaupt nicht“, mäkelte Freese.
„A so, nänää, eigendlisch heeßt des *Am Daag, als Conny Krama staab.* Brädärridum[101].“
„?“
„Impafekkt. Hawwe mia awwa net in unsare Sprooch.“
„Na ja, reimt sich auch im Imperfekt nicht richtig.“
„Awwa halwa immahien.“
„Na ja, meinetwegen hat sich dieser Typ nach einem Schlager benannt. Jedenfalls – und jetzt wird es interessant – dieser Conny Kramer ist der einzige Mensch, bei dem ich erlebt habe, dass ihm Jakob Wohlrabe freundlich begegnet.“
„Wisso finsch du denn vadäschdisch?“
„Wer weiß, was sich in so einem depressiven Schreiberkopf abspielt? Allen Grund zur Verzweiflung hat er offenbar, wenn er Jakob Wohlrabe zum Freund nehmen muss. Spaß beiseite. Ich habe mir mal seine Werke angeschaut, gruselig, da geht es immer nur um Liebe und Tod.“
„Awwa, Freese, gehts net imma bloß dodedrum?“

---

[101] Präteritum

Fritjof Freese war irritiert, aber auch ein wenig enttäuscht. Da war sein Vorgesetzter extra für ihren neuen Fall voller Eifer und Tatendrang vorzeitig aus seinem Urlaub zurückgekehrt, um sich nun darauf zu beschränken, Ermittlungsarbeit halbherzig zu delegieren und sämtliche Zwischenergebnisse und Überlegungen mit Achselzucken zu quittieren. So sehr er es begrüßte, dass Kommissar Günda etwas für seinen Körper tun wollte – Freese war schon sein Leben lang ein begeisterter Sportler –, so sehr beunruhigte es ihn zugleich, wie sich sein Chef zurückzog, nur noch mit sich selbst beschäftigt.
Es war nicht der Vorgesetzte, der ihm fehlte, es war der fruchtbare Austausch mit diesem Mann, der durch die Bank anders dachte, kombinierte, anders tickte als er. Das machte sie doch aus als Team, das erleichterte, ja, versüßte ihm die Arbeit in einer Region, die ihm nach wie vor etwas fremd blieb. Hatte er zu Anfang damit gehadert, in der Provinz zu ermitteln, so war ihm Kommissar Günda Dolmetscher, Türöffner und Fremdenführer zugleich. Freese war schon ein wenig stolz, von diesem eigenwilligen Einzelgänger akzeptiert zu werden. Erst geduldet, bald geschätzt. Und jetzt schon allein gelassen?

Denn nun war der Kommissar allem Anschein nach in einer Lebenskrise. Liebäugelte er etwa schon mit dem Rentnerdasein? Gut, das Karriereende hatte er längst erreicht, ein Aufstieg war in der Sokodo nicht vorgesehen. Das schien ihm doch nie etwas ausgemacht zu haben, im Gegenteil. Sein Chef haderte plötzlich mit sich, wollte etwas verändern. Gegen das Alter angehen. Schade, dass ihn genau das überhaupt erst alt machte. Vielleicht stimmte es doch, was der Kommissar neulich im Spaß über sich gesagt hatte: *de Alde wärd halt alt.*
Ob da Sport mit einem durchtrainierten Mittdreißiger eine gute Idee war? Freese ging die Möglichkeiten durch: Squash? Klettern? Rafting?

Er würde das Passende schon finden. Und was die Ermittlungen anbelangte, so würde er in diesem Fall eben in Vorleistung treten. Bis Kommissar Günda wieder ganz der Alte wäre. Schon auffällig, dieser Begriff schien von nun an in diesem Zusammenhang einfach unvermeidbar.

„Da!“

„Was da?“

„Nochen Weck. Bidde. Desmol vun demm Kweddschemuus[102].“

---

[102] Zwetschgenmus

Während sich Fritjof Freese nach dem Frühstück im Roten Ochsen wieder an die Arbeit machte, nahm Marion Helche den Kommissar ins Verhör.
„Dud ma leid."
Ein guter Trick der erfahrenen Inquisitorin, das Gegenüber mit einer Selbstanklage aus der Reserve zu locken.
„Waas?"
„A, dassisch Ihne des Buch gewwe hab."
„Hm?"
„Des vum Hellassoon."
„Wisso?"
Das kurze Zögern bei der Antwort verriet die richtige Fährte.
„A, des is doch nix fa Sie, Tschief. Des brauche Sie doch gaa net."
„Brauchisch net?"
„A, Sie sin doch mit sisch gonz im Roine."
„Stimmt."
„Suvaräähn."
„Hajo."
„Zufriede."
„Ubedingt."
„Sie ruhe gonz in sisch."
„Hm."
Jetzt war der Zeitpunkt gekommen, den Köder auszulegen.
„Odda etwa net, Tschief?"
„Ach Gott, schun. Awwa, des is doch aa indressant, des Buch."
„Ealisch?"
„Bissl."
„Fa Sie?"
„Vleischt."
„Inwiefärn?"
Jetzt schnappte die Falle zu, und Kommissar Günda begann zu erzählen.

Was ihn auf dem falschen Fuß erwischt hatte – *vollischt* –, das war die im Buch enthaltene Analyse. Die Zeit lief ab. So viele Träume, deren Erfüllung man im Laufe der Jahre aufgegeben hatte. Eisern beschworene Prinzipien zur Tarnung von abgewöhnten Bedürfnissen. Ein lebenslanges Herunterschrauben von Ansprüchen an sich und andere. „Fa waas des alles, froorisch misch, Marioon."
„Awwa mia misse doch all."
„Misse? Isch muss gaa nix misse. Isch hab kää Kinna, kää Fraa, un moin Assischdent, dea macht sei Sach so guud, dea brauch misch ball aa nimmi. Was sollischn dann noch misse misse? Misch deed langsom mol indressiere, was isch wolle will."
„Sacht de Hellassoon."
„Gönau! Des sacht de Hellassoon."
„Un was wäa des, Tschief?"
„Wennisch des wisse deed. Du hoschs guud, du willsch was mache mit denne bleede Iffents. Tschuldischung. Mach des narre!"
„Awwa des kenne Sie doch aa mache."
„Iffents? Des langt mia schun bei de Ärwet, do hawwisch Iffents genung."
„Un was hawwe Sie voa jetzat?"
„Des isses jo. Isch hab kä Ahnung. Du?"
„Hm. So guud kenne mia uns jetz aa widda net, dassisch Ihne was roode keent."
„Weesch, was isch iwwalegt hab?"
„Na!"
„Isch deed mol gärn mim Hellassoon spreschle. Isch keent ma voastelle, dea hot ä Idee fa misch."
„De Hellassoon? Awwa dea is doch bissl jinga als wie Sie."
„Sicksch, eewe net. Dea sieht bloß so jung aus."
„Wahrscheinz weje seinare Fraa."
„Mähnsch?"
„Un wejem viele Geld, was dea bstimmt hot."

„Des aa, awwa mähnda[103] vleischt, weila äfach – glicklisch is?"
„Sin Sie des net, Tschief?"
„Gugg mol, Marioon. Net mol des weeß isch. Due?"
„Schun. Irgendwie."
„So bin ischs a. Zum Beispiel grad jetzat, wu mia so schää zammehogge."
„Des is awwa goldisch vun Ihne, Tschief. Wisse Sie was?"
„Hm?"
„Gehe Sie doch äfach mol zu demm."
„Zwemm?"
„A, zum Hellassoon?"
„Isch? Zu demm? Wie sollischn des oostelle? Dea kennt misch doch gaa net."
„Awwa, Sie sin doch de Tschief."
„Unn?"
„De Tschief vun de Bollezei!" Sie zwinkerte ihm zu.
„Marioon, du bisch äfach än – Iffent!"

---

[103] mehr

„Des mescht mei Fraa. Un die is net doo."
Freese bemühte sich, an die Bilder der Radler zu gelangen, aber nach Auskunft des Fotografen war die Kamera nach dem Ausflug sofort wieder an ihren angestammten Platz gelegt worden. Wo der war, das vermochte Dieter Becker aus einem einfachen Grund nicht zu beantworten: „Des mescht mei Fraa."
„Haben Sie die Bilder denn schon gesehen?"
„A, nää, die misse ärschda entwicklt wärre."
„Oh, das ist also noch eine von den guten alten Analog-Kameras, mit richtigen Filmen, verstehe. Haben Sie die Bilder denn schon im Labor abgegeben?"
„Kää Ahnung. Des mescht mei Fraa."
„Wissen Sie denn, was drauf ist?"
„Isch glaab nix."
„Wie kommen Sie darauf? Sie haben doch fotografiert an jenem Morgen bei diesem Ausflug."
„Hawwisch."
„Aber?"
„Awwa blouß, weil isch gmisst hab."
„Von wem aus?"
„A, vun meinare Fraa aus. Die hot gsacht *Hea, Schdinga!*"
Freese zuckte zusammen.
„*Wenn du des näckschde Mol widda uffn Ausflug gehsch, allää, oohne misch, dann willisch awwa wisse, was ia dortt oostellt. Do hoschn Foddo.* Hawwisch gedenkt *Alla guud, prowia ischs hald.*"
„Sie fotografieren sonst nie?"
„Nää. Des mescht ..."
„... Ihre Frau."
„Gönau."
„Vielleicht könnten Sie doch ausnahmsweise mal nachschauen, ob Sie die Kamera finden, es wäre sehr wichtig. Ich würde den Film auch auf unsere Kosten entwickeln lassen."

„Des geht net. Leida. Isch habs aiig im Kreiz, mia isses neigfahre, brudaal. Isch kann nimmi laafe, isch kann nimmi lieje, isch kann bloß stehe, awwa des aa graad krumm."

„Vielleicht sollten Sie mal zum Arzt. Sich eine Spritze geben lassen."

„Donge fa den Tipp. Net needisch. Des mescht schun mei Fraa."

Erst wollte Kommissar Günda ins Präsidium fahren, um seine frühere Mitarbeiterin um Hilfe zu bitten, aber als die *bleed Huddl* schon beim Starten wieder Schwierigkeiten gemacht hatte, griff er kurzerhand zum Telefon.
„Dezernat 4, Yildirim, was kann ich für Sie tun?"
„Äh, isch bins, de Günda."
„Wer spricht dort, bitte?"
„De Günda, äh, bessa gsacht: Kommissaa Günda vun de Ssokodoo."
„Ah, ja. Welche Abteilung sagten Sie?"
„Ssokodoo."
„Die kenne ich gar nicht. Ich bin aber auch noch nicht so lange hier im Haus."
„Des hawwisch mia gedenkt, Frauä …"
„Yildirim, Aisha Yildirim."
„Do gugg noo. Is denn die Sundamonns Eriggaa nimmi bei eisch?"
„Frau Sundermann? Die arbeitet hier nicht mehr."
„In wella Abdeilung issin jetzat? Donn kenne Sie misch glei mol vabinne!"
„Sie arbeitet gar nicht mehr bei uns im Haus."
„Wie, nimmi?"
„Sie hat gekündigt."
„Gekindischt? A nää! Noch derre Zeit? Mia hawwe ball zwonzisch Joa zammegschafft bei de Bollezei."
„Ich weiß auch nichts Näheres. Es heißt, sie wollte auswandern. Richtung Neuseeland."
Erika Sundermann kannte er ewig. Sie war Ende 40, hatte zwei Töchter, beide waren schon geraume Zeit aus dem Haus. Dass sie unglücklich war mit ihrem neuen Chef, wusste er. Ihre Konsequenz überraschte ihn denn doch. Und bestärkte ihn, seinerseits ebenfalls neue Wege zu suchen.
„Aber vielleicht kann ich Ihnen weiterhelfen?"

„Ou, des glaawisch net. Isch wollt, äh, wie willischn saache, die hot als fa misch bissl was reschaschiat. Äh, was annares …“
„Ja, bitte?“
„Isch deed misch mol gärn indressiere, Sie sin net vun doo, Frauä …“
„Yildirim. Wie mans nimmt. Meine Großeltern stammen aus der Türkei, sie sind in den 60ern nach Deutschland gekommen, ich bin in Hockenheim geboren und zur Schule gegangen.“
„In Hoggene? Des heat ma awwa net.“
„Stimmt, den Dialekt habe ich nie gelernt, meine Freundinnen im Kindergarten und in der Schule, die haben alle hochdeutsch gesprochen. Aber verstehen kann ich Ihren Dialekt schon, nur mit dem Sprechen, da hapert es.“
„Do kennisch noch soen Fall. Awwa dodefoa kenne Sie Hochdeitsch bessa als wie isch.“
„Dankeschön fürs Kompliment.“
„Wisse Sie was, wenn isch des näckschde Mol bei eisch bin, kummisch un bring Ihne bissl des Spreschle bei.“
„Gerne. Und wenn ich mal etwas für Sie tun kann, scheuen Sie sich nicht.“
„Fa misch was mache?“ Kommissar Günda überlegte kurz. „Des kenne Sie vleischt doch, wenn isch mias rescht bedenk, des kenne Sie doch …“

„Soot[104]. Des wäa mol die Reschnung. Zwischereschnung, bessa gsacht."
Fritjof Freese nahm den Zettel, legte ihn ungelesen beiseite, zückte seinen Geldbeutel und legte einen Zwanzigeuroschein auf den Tisch.
„Stimmt so. Ich bräuchte allerdings einen richtigen Beleg für meine Spesenabrechnung."
„Hä? Was gibtn des?" Der Lammwirt schaute ungläubig. „Was sollischn mit zwonzisch Euro?"
„Zu viel?"
„Zwennisch!!! Un zwaa aiig zwennisch."
Freese griff sich die Liste und traute seinen Augen nicht.
„643 Euro? Wir hatten drei Kaffee, eine Apfelschorle und zwei kleine Bier. Das kostet doch wohl nicht 643 Euro!"
„Mooment. Isch hab alles uffgschriwwe. Doo: siwwenezwonzisch Halwe, zwelf Korzze, fuchzäh Raddla un fimfedreißisch Girros."
„Wie bitte? Wann soll ich das denn verzehrt haben?"
„Sie net. Awwa die annare."
„Welche anderen?"
„A, do kumme andauand Leit, die wu zu Ihne wolle. Dann sachisch als *Isch weeß net, wann dea Sseckl kummt.* Donn saache die *Mescht nix, mia waade.*"
„Und dann bestellen diese Leute auf meine Kosten?"
„Nänää, net uff Ihre. Des zahlt jo alles sella Fong."
„Reizend."
„Stimmt was net?"
„Ob etwas nicht stimmt? Im Gegenteil, da stimmt überhaupt nichts. Das hat mein Chef nur … Ist ja auch egal."
„Do hawwe Sie aa widda rescht, des is eigendlisch worscht. Hauptsach is, isch krigg mei Geld."

---

104 So

„Das ist ja wohl nicht mein Problem. Das müssen Sie sich eben von denen holen, die hier etwas bestellt und verzehrt haben."
„Hä? Des geht net."
„Warum? Das sind doch alles Leute aus Fußheim, Sie kennen hier doch bestimmt alle und jeden, also, bitte!"
„A, wie stellen Sie sisch des voa? Sollisch rumgeh in Fußheim, *Hea, du waasch doch mol bei mia wejem Kommissaa, do hosch du doch zwee Bierle gedrunge, die musch du jetz awwa schää selwa zahle, weil dea isch pleide, de Fong. Un zwaa vollischt.*"
Freese wog ab, was eine solche Aussage für die künftigen Ermittlungen bedeuten würde, und erklärte sich zähneknirschend bereit, die Forderung zu begleichen.
„Nehmen Sie Kreditkarten?"
„Abba."
„Dann muss ich kurz zur Bank."
Der Wirt zögerte.
„Was ist, was schauen Sie so? Sie müssen sich keine Sorgen machen, Sie bekommen Ihr Geld schon. Ich bin im öffentlichen Dienst."
„Eewe drum."

Als Freese aus der Sparkasse kam, lief ihm Bettina Schneider gesenkten Blickes fast in die Arme.
„Hallo, Bettina, schön, Sie zu sehen!“
„Ach, hallo, Herr Freese.“
Sie hatte die Augen hinter einer Sonnenbrille verborgen, wofür bei dieser Witterung wenig Anlass bestand, schniefte, und Fritjof Freese bot ihr ein Taschentuch an.
„Alles in Ordnung?“
„Doch, doch, es ist nur …“, sie unterbrach sich, „manchmal kommt eben alles wieder hoch.“
„Das verstehe ich. Gerade weil Sie doch so ein gutes Verhältnis zu ihrem Patenonkel hatten.“
„Hm.“
„Sie waren ja im Grunde sein Ein und Alles.“
„Ja.“
„Ein schlimmer Verlust.“
„Das kann man so sagen.“
„Wollen wir vielleicht einen Kaffee trinken, und ich versuche, Sie auf andere Gedanken zu bringen?“
„Nein, vielen Dank, es geht schon, lieber ein anderes Mal. Auf Wiedersehen, Herr Freese.“
„Wiedersehen.“
Sie machte auf dem Absatz kehrt und entfernte sich zügig.
„Bettina?“, rief ihr Freese hinterher.
Sie drehte sich um.
„Wollten Sie nicht gerade in die Bank?“
„Ach, ja. Nicht so wichtig.“

Hätte Freese auf der Sparkasse lediglich Geld geholt, hätte er dort nicht noch ein längeres Gespräch mit Doris Felbermann geführt, wäre er dann nicht noch dem Direktor begegnet, hätte er sich gewiss mit dieser Äußerung begnügt. So aber wusste er, wen Georg Wohlrabe in seinem Testament bedacht hatte. Und wen nicht.

Kommissar Günda war überrascht. Auch wenn die Lesung in Fußheim erst übermorgen stattfand, Knut Hellerson befand sich bereits ganz in der Nähe, in einem Hotel in Schwetzingen.
Er wurde bereits erwartet. Aisha Yildirim hatte alles bestens organisiert und die Angelegenheit dringlich erscheinen lassen. Was sie, genau betrachtet, ja auch war. Kommissar Günda hatte nichts zu verlieren. Außer Zeit.
„Einen Moment, ich melde Sie bei Herrn Hellerson an, Herr Kommissar."
Die junge Frau nahm den Hörer und wählte eine dreistellige Nummer.
„Herr Hellerson, hier ist die Rezeption. Ihr Besuch ist soeben eingetroffen. – Ja, richte ich aus. – Er kommt gleich. Nehmen Sie doch auf unserer Terrasse Platz. Was darf ich Ihnen bringen? Cappuccino?"
„Gärn."

Knut Hellerson sah tatsächlich so gut aus wie auf den Flyern und den Plakaten. Eigentlich sogar noch besser. Ein Mann in seinen besten Jahren. Eine Qualifizierung, die Kommissar Günda bislang stets als kränkend empfunden hatte, die ihm jedoch in diesem Fall tatsächlich passend erschien. Offen, sympathisch, auf Anhieb gewinnend.
„Herr Kommissar? Knut Hellerson, freut mich sehr, Ihre Bekanntschaft zu machen. Was führt Sie zu mir?"
Kein Wort der Verwunderung, kein Anzeichen von Genervtsein. Dieser Mann, der doch bestimmt mehr als genügend Termine zu bewältigen hatte und sich hier in diesem Hotel ein wenig Freizeit gönnte, betrachtete Kommissar Günda nicht als Störung. Oder ließ sich das jedenfalls nicht anmerken.
„Isch, äh …, wie willischn saache …"
„Na, raus mit der Sprache, was habe ich angestellt?"
„Sie? Nix, iwwahaupt nix."
„Na, da bin ich schon mal beruhigt."

Die Bedienung brachte den Cappuccino, Knut Hellerson bestellte eine Apfel-Ingwer-Schorle.

„Möchten Sie etwas essen, der Apfelkuchen ist hier ausgezeichnet.“

„Ach Gott, eh isch misch schlaache loss.“

„Sehr schön. Bitte zwei Stück von Ihrem vorzüglichen Apfelkuchen.“

Einen Moment lang schwiegen die beiden Männer.

„So, nun aber, ich bin schon ganz gespannt. Worum geht es? Brauchen Sie mich als Zeugen?“

„Net direkt. Mea als Expädde.“

„Ah, ich verstehe, Sie haben einen Fall, zu dem ich vielleicht mit meinen bescheidenen Kenntnissen und meiner Erfahrung etwas beitragen kann.“

„So kamma saache.“

„Interessant, das ist für mich Neuland, das muss ich zugeben. Ich weiß nicht, ob ich Ihre Erwartungen erfüllen kann. Wie sind Sie denn überhaupt auf mich aufmerksam geworden?“

„A, duasch Ia Buch.“

„Verstehe. Um was geht es? Mann oder Frau?“

„Monn.“

„Älter?“

„Ähä.“

„Und dieser Mann hat etwas verbrochen?“

„Noch net.“

„Aber er könnte etwas anstellen?“

„Eigendlisch net.“

Knut Henderson musterte den Kommissar eindringlich und legte den Kopf schief.

„Oder es ist genau andersherum, dieser Mann könnte etwas nicht tun. Er könnte etwas unterlassen?“

„Ähä.“

„Etwas versäumen, was ihm bald leid tun würde?“

„Gönau.“

„Ah, da kommt ja unser Kuchen."
„Ou, sauwa, des is jo mol en rischdische Abblgedegglda", nickte Kommissar Günda anerkennend. „Wie sischs gheat."
„Stimmt, genau so muss er sein, der gedeckte Apfelkuchen."
„Fascht wie bei de Ooma."
„Vorzüglich."
„Gonz aiig legga."
„Herr Kommissar, darf ich eine Vermutung äußern?"
„Hm."
„Sie sind bei mir in eigener Sache. Sie wollen meinen Rat für sich."
„Jetz hawwe Sie misch vawischt. Awwa voll. Wuhea wisse Sie des?"
„Nun, Herr Kommissar, Sie sind nicht der einzige. Seit ich dieses Buch veröffentlicht habe, kommen viele Menschen auf mich zu und erhoffen sich einen Ratschlag für ihre weitere Lebensgestaltung."
„Sie simmia net bees?[105]"
„Überhaupt nicht. Im Gegenteil, ich freue mich, dass wir Bekanntschaft gemacht haben, und vielleicht ergibt sich ja eines Tages die Situation, dass ich auch einmal Ihrer Hilfe bedarf. Und nun schießen Sie los!"

Kommissar Günda begann, Knut Hellerson hörte aufmerksam zu, und schon bald entspann sich zwischen den Männern ein von großer Ernsthaftigkeit getragenes Gespräch, was Kommissar Günda verwunderte. So oft geschah es nicht, dass ihn ein Mensch, zumal ein Mann, in seinen Bann zog. Noch dazu einer, der vom Glück mehr als begünstigt zu sein schien. Schon von Berufs wegen musste er misstrauisch sein gegenüber Menschen. Geradezu chronisch war er dies gegenüber solchen, die sich in aller Öffentlichkeit ihrer Selbstzufriedenheit

105 Sie sind mir nicht böse?

hingaben, die sich ihrer Heldentaten bei jeder Gelegenheit brüsteten. *Erfolgreichst im Beruf, owwaglicklisch priffaat* und *pasööhnlisch einwandfrei.* Beseelt von sich, ständig im *Isch-bin-de-Kees*-Modus strahlend, jedes Gegenüber mit ihrer aufdringlichen *Gehts-mir-heute-wieder-fantastisch*-Haltung behelligend und mit einer Erfolgsanekdote nach der anderen aufwartend. Ohne jede Scham sich selbst feiernd und unablässig schwadronierend, wie ihnen immer wieder ihre Mitmenschen huldigten. Immun gegen alle Kritik, frei von jedem Selbstzweifel. Wenn ihm solche Typen begegneten, dann wusste Kommissar Günda, hier lag so gut wie alles im Argen. Nicht, dass er ihnen den Absturz wünschte, der unweigerlich und ohne jeden Zweifel kam, wahrscheinlich sogar in regelmäßigen Abständen, aber diese Menschen nervten eben nicht nur, sie waren schlechthin unerträglich.

Mit einer solchen Mogelpackung, einem bloßen Präsentierer seines mühsam gezimmerten Trugbildes hatte er zwar nicht gerechnet, aber er hätte solches für möglich gehalten, auch wenn ihn dies nach der Lektüre des Buches tief enttäuscht hätte.

Stattdessen fand er in ihrem Gespräch den Hellerson wieder, der ihn in seinen zu Papier gebrachten Gedanken fasziniert hatte. Keine bloße Attitüde, nichts wirkte kalkuliert, er entdeckte keinerlei Anzeichen einer Attrappe, die, kaum ist das Publikum verschwunden, in sich zusammenbricht.

Dieser Mann war in jeder Hinsicht vorbildhaft. Bescheiden, aber bestimmt. Kein Hauch von Besserwissertum. Keine Anmaßung, nur ein tiefes Verständnis für seinen Gesprächspartner. Jede Empfehlung unter dem Vorbehalt des möglichen Irrtums. Und dabei eine Menge frischer Gedanken, überraschender Gedanken, wie man sie nur von einem Seelenverwandten zu akzeptieren bereit ist. *Mesch du Fudduuu?*[106], dachte er bei sich.

---

[106] Machst du Voodoo?

Wann war es ihm das letzte Mal passiert, dass er mit einem Fremden derart auf einer Wellenlinie lag? Er konnte sich nicht erinnern.

Eine auffallend hübsche junge Frau nähert sich den beiden Männern, Kommissar Günda erkannte sie sofort vom Flyer wieder.
„Hi, Darling! Just a minute."
Sie küsste ihn nicht ohne Leidenschaft und verschwand in Richtung Lobby.
„Meine Freundin. Sie spricht leider kein Deutsch, sie stammt aus Moldawien. Wir leben ja eigentlich auf Lanzarote, sie begleitet mich auf meiner Lesereise, ist das erste Mal in Deutschland, da war noch nicht viel Zeit zum Erlernen unserer Sprache."
Kommissar Günda musste Abbitte leisten, was seine ursprüngliche Einschätzung dieser Beziehung betraf. Es war aus jetziger Sicht durchaus verständlich, dass eine kaum Dreißigjährige von diesem etwa doppelt so alten Mann fasziniert war. Und war umgekehrt ihm ein Vorwurf zu machen, wenn er einer jungen Frau erlag und mit ihr den ganzen Schatz seiner Erfahrungen teilte? Dass das Alter in der Liebe keine Rolle spielte, das hatte Kommissar Günda schon oft gehört und als Altmännerphantasie belächelt. Ganze Romane füllten Verbal-Lustgreise mit ihrem Wunschdenken von jungen, ihnen willenlos verfallenen Frauen. Bah! Hier jedoch fand er dieses Konzept endlich einmal überzeugend.

„So, nun muss ich mich langsam verabschieden. Habe ich Ihnen etwas weiterhelfen können?"
„Alladings. Donge. Aa fa denn Abblgedegglde."
„Gern geschehen, Herr Kommissar. Halten Sie mich auf dem Laufenden, ich bin gespannt, was in Ihrem Leben noch so alles geschieht."
„Guggemamol."

„Genau, nichts erzwingen, aber …“
„Isch weeß schun, isch waad uff nix.“
„So ist es recht. Dann auf Wiedersehen, Herr Kommissar.“
„Tschüssl. Ah, ähns noch.“
„Ja?“
„Wisse Sie, was misch bissl wunnat?“
„Na?“
„Sie vastehe misch so guud.“
„Nun, das freut mich. Ich würde sagen, das ist einfach Lebenserfahrung und eine Portion Menschenkenntnis. Was man sich im Laufe der Zeit eben so aneignet.“
„Nänää, isch mähn wejem Dialekt.“
„Ach so? Sie wundern sich, dass ich Ihre Sprache verstehe?“
„Gönau.“
„Darf ich Ihnen etwas gestehen, ich habe eine Zeit lang hier in der Region gelebt.“
„Ealisch? Wonn donn un wue?“
„Ach, keine Ahnung, das ist so lange her, beinahe schon nicht mehr wahr.“
„Un spreschle, kenne Sie des aa?“
„Leider nicht. Das habe ich nie gekonnt. Alles Gute, Herr Kommissar!“

„Na endlich!“ Fritjof Freese machte aus seinem Ärger kein Hehl. „Warum gehen Sie nie ans Telefon, Tschief?“

„Freese? Bisch duus?“

„Ja, klar, wer denn sonst, es sei denn, Sie haben Ihre Nummer auf einer Raststättenklotür veröffentlicht.“

„Na, na, na. Was bischen so naffees? Is was bassiat?“

„Nein, überhaupt nichts. Ich ermittele nur rund um die Uhr in einem Mordfall und kann meinen Chef nicht erreichen. Sagen Sie nicht, der Akku ist immer leer.“

„Nänää, des isses net.“

„Sondern?“

„Willsch des wiaklisch wisse?“

„Allerdings.“

„Alla guud, hoisch zu: des waa alles in Orddnung mit demm Smaatfoon-Käschtl, bissisch uff ähmol soä Nachrischd gekriggt hab.“

„Was für eine Nachricht?“

„A, do hawwisch misch aa gewunnat. Do schreibt mia soä Fraa, sie wäa zweäzwonzisch, gonz aiig einsaam, awwa zum Glick wäa sie graad naggisch. Un an wenn hot sie debei gedenkt? Drei Mol derfsch roode, an misch nadierlisch. Isch soll misch doch glei beiare melde, soffort. Sie deed schun waade.“

„Das ist dieser übliche Müll, den jeder irgendwann bekommt. Sie haben hoffentlich nicht drauf reagiert.“

„Un wie! Derre hawwisch Bscheid gewwe, des kannsch glaawe. Hawwisch glei mol zrickgschriwwe: *Hea, was solln des? Isch kenn Sie jo gaa net. Heere Sie gfälligscht uff mit demm Kees. Wenn isch ebba naggisch sehe will, dann doch net in moim Telefoon!*“

„Ach, du Schande. Und dann?“

„Hawwisch nix mea gheat vun derre. U-meeglisch, kää Entschuldischung, niende.“

„Glück gehabt, das hätte auch schief gehen können.“

„Uff jedn Fall, seitdähm schalt isch des Glumb gaa nimmi oo.“

„Außer jetzt eben.“

„Des waa kwassii bloß aus Vasehe."
„Na, jedenfalls habe ich Sie jetzt mal erwischt. Im Roten Ochsen waren Sie auch nicht, den ganzen Tag hat Sie niemand zu Gesicht bekommen, wo waren Sie denn, Tschief?"
„Wie sachsch du des imma so schää, isch hab bissl reschaschiat."
„In unserem Mordfall, hoffe ich."
„Sebvaständlisch."
„Dann können Sie mir ja mal bei Gelegenheit berichten. Wollen wir uns vielleicht irgendwo treffen? Wo sind Sie eigentlich gerade?"
„Isch? Äh … in äh … Schwetzinge."
„Schwetzingen? Mir ist bislang noch gar nicht aufgefallen, dass unser Fall irgendeinen Bezug zu Schwetzingen aufweist. Worin besteht die Verbindung zum Mordfall Wohlrabe?"
„Net direkt. Also jednfalls net gonz."
„Genauer gesagt?"
„Freese, hea mol, isch vakläa dia des annamol, des is bissl kombliziat, uff jedn Fall, du machsch dei Sach subba."
„Sie haben doch überhaupt keine Ahnung, was ich bisher unternommen und herausgefunden habe, Tschief, wie können Sie da sagen, es sei super?"
„A, isch kenn disch hald, du bischn Fuchs. Du finsch wahrscheinz den Mördda schun ball."
„Heißt das, Sie klinken sich aus unserem Fall aus?"
„Awa, nänää. Alladings graad isses bissl schwierisch."
„Unter uns, Tschief, darf ich Sie etwas Persönliches fragen?"
„Bidde!"
„Hat das wieder mit Ihrer Blumenfrau zu tun?"
„Gönau!", antwortete Kommissar Günda erleichtert.
„Tschief, kann ich Ihnen mal etwas sagen? Von Mann zu Mann?"
„Alla hopp!"
„Die Welt ist voll von tollen Frauen, Sie dürfen sich nicht verkriechen."

„Du määhnsch, isch sott …“
„Genau.“
„Uff dei Va-andworddung.“
„Tschief, da können Sie mir vertrauen, glauben Sie mir, ich weiß, wovon ich rede. Und als erstes müssen Sie raus. Sie kommen zu meiner Mutter und mir zum Essen. Und zwar gleich heute Abend.“
„Alla guud, eivastanne. Un Freese?“
„Ja, Tschief?“
„Du bisch so goldisch.“

Kommissar Günda musste nicht nur unter Menschen, er brauchte eine Frau, dessen war sich Fritjof Freese sicher. Er hing anscheinend immer noch an der Glickerbacher Blumenhändlerin. Vielleicht umso mehr, als letztlich er sie hinter Gitter gebracht hatte. Gewiss eine attraktive Frau, aber völlig unbestimmt, wann sie wieder auf freiem Fuß sein würde. Geschweige denn, was aus einer Beziehung werden sollte, die so begonnen hatte. Dafür sich einer solch langen Wartezeit zu verschreiben? Freese selbst wäre nie der Gedanke gekommen, auf eine Frau zu warten. Und er hatte weitaus mehr Zeit.
Vielleicht sollte er für seinen Chef aktiv werden. Er verfügte neben den zahlreichen sich laufend allerorten ergebenden Bekanntschaften über einen offenen Pool an potenziellen Partnerinnen, denn er hatte sich in einer Single-Börse angemeldet. In losen Abständen traf er sich mit den dort für sich werbenden Frauen, überprüfte, wie es um die Neuzugänge bestellt war. Mal mit mehr, mal mit weniger erfreulichem Verlauf. Warum sollte er nicht für seinen Chef einfach ein Profil anlegen und die paar nötigen Schritte selbst in die Wege leiten? Kein Aufwand und vielleicht ein eleganter Weg, den Kommissar wieder ins Leben und damit ins Ermittlungsboot zu holen. Bis dahin würde er eben auf sich gestellt sein. In Anbetracht dieses harten Knochens von Buchhändler eine besondere Herausforderung.

Auch die nächste Aufgabe hätte er nur allzu gerne seinem Chef überantwortet, aber er kam nicht umhin, selbst ein weiteres Mal den Buchladen aufzusuchen. Er hatte mit Bettina Schneider ein Gespräch zu führen, diesmal leider rein berufsbedingt.
Und nun hatte er auch noch Pech.
„DBettziii? Die is graad net doo. Was wolle Sie schun widda vun derre?“
„Das würde ich ihr gerne selbst erläutern, Herr Wohlrabe.“
„Hoisch, isch sach Ihne jetz mol was im Vadraue.“

„Bitte!"
„Die hot ähna[107]."
„Darum geht es nun wirklich nicht, Herr Wohlrabe."
„Do brauche Sies gaa net ärscht prowiere."
„Ich versichere Ihnen, ich habe keinerlei derartige Absichten."
„Des is en foine Kärll, saachisch Ihne."
„Da habe ich überhaupt keinen Zweifel."
„En gonz foine soggaa!"
„Das freut mich für alle Beteiligten."
Erleichtert registrierte Freese Bettina Schneiders Ankunft.
„Sis alles gschwätzt, Betzii. Isch habs dem jetz glei mol rischdisch vakläat."
„Hallo, Herr Freese. Um was gehts denn?"
„Dass du nix vun demm do wisse willsch."
Sie errötete leicht.
„Weil du nämmlisch schun ähna hosch."
„Herr Wohlrabe, ich glaube, Sie haben zur Genüge Ihre Erklärungen abgegeben. Ich wäre Ihnen sehr verbunden, wenn ich jetzt mit Frau Schneider unter vier Augen sprechen dürfte."
„Alla guud. Awwa Härr Kommissaa, ähns sachisch Ihne noch: Uffbasse!"
Beide atmeten erleichtert auf, als Jakob Wohlrabe endlich hinter der Tür zur Scheune verschwand.
„Er scheint sich ja wirklich Sorgen um Sie zu machen. Man könnte meinen, *er* sei Ihr Patenonkel."
„Ja, rührend, aber manchmal etwas zu engagiert."
„Ich habe noch ein paar Fragen, Ihren Patenonkel betreffend."
„Sie sind also wirklich rein dienstlich hier? Schade."
So routiniert Fritjof Freese im Umgang mit jungen Frauen war, so vorsichtig war er bei dieser. Keinesfalls wollte er sich von einer Verdächtigen einlullen lassen. Und dass es sich bei Bettina Schneider um eine solche handelte, das stand für Freese außer

---

[107] Die hat einen

Frage. Der Ermittler siegte also über den Eroberer, als er ihre Erwiderung kühl überging: „Wo waren Sie am letzten Samstag gegen 8 Uhr?“
„Warum interessiert Sie das?“
„Das ist der mutmaßliche Todeszeitpunkt.“
„Und was soll das mit mir zu tun haben?“
„Ganz einfach, Sie profitieren vom Tod Ihres Patenonkels am meisten.“
„Ach ja?“
„Sie erben.“
Bettina Schneider schaute Fritjof Freese fest in die Augen.
„Ja, ich erbe. Das stimmt. Und wissen Sie, was ich erbe? Eine lumpige Münzsammlung, ein Regal mit Zinnbechern und Kisten voll mit Krempel von einem Mann, der es nicht übers Herz gebracht hat, auch nur irgendwas wegzuschmeißen, worauf sein Name stand. Und sei es die Siegerurkunde vom Tennisdoppel bei der Fußheimer Stadtmeisterschaft 1974. Herzlichen Dank, ich bin gerührt!“
Er war überrascht von der Schärfe, mit der Bettina Schneider plötzlich sprach, und runzelte die Stirn.
„So viel also zu Ihrem Thema.“
Freese schüttelte den Kopf: „Ich dachte …“
„Sie dachten, ich bin scharf auf den Laden und bringe meinen Onkel um? Da hätte ich mich ja schön verspekuliert.“
„Das stimmt. Vielleicht waren Sie einfach ein bisschen zu spät!“
„Wie meinen Sie das?“
„Nun, aus zuverlässiger Quelle weiß ich, dass Sie tatsächlich bis vor kurzem als Alleinerbin von Ihrem Patenonkel eingesetzt waren.“
Bettina Schneider wurde blass. „Woher wissen Sie das?“
„Er hat sein Testament geändert. Vielleicht ahnten Sie, dass er das vorhatte, und Sie wollten dem zuvorkommen.“
„Was wollen Sie damit sagen?“

„Dass ich jetzt gerne erfahren möchte, wo Sie am vergangenen Samstag morgens früh waren."
„Hier."
„Um 8 Uhr, als der Laden noch nicht geöffnet war? Ist das üblich, dass Sie so früh beginnen?"
„Nein. Ich war auch nicht hier, ich war nebenan in der Scheune."
„Was haben Sie dort gemacht?"
„Herr Kommissar, ich weiß wirklich nicht, was das hier zur Sache tut, es handelt sich um eine reine Privatangelegenheit."
„Die Beurteilung müssen Sie schon mir überlassen. Also, was haben Sie nebenan gemacht?"
Schweigen.
„Gibt es Zeugen?"
„Ich war mit Herrn Pfeiffer dort."
„Sie meinen diesen Conny Kramer?"
„Ja."
„Und?"
„Wir haben uns unterhalten."
„Aha."
„Er hat mir eines seiner neuesten Gedichte vorgetragen."
„Ein Gedicht vorgetragen. An einem Samstagmorgen um 8 Uhr in einer Scheune. Für wie naiv halten Sie mich, Frau Schneider? Da müssen Sie sich schon etwas Besseres einfallen lassen."
„Es war ein Heiratsantrag, wenn Sie es genau wissen wollen. Verpackt in ein Gedicht."
„Das klingt romantisch, wird Ihnen aber nicht weiterhelfen. Herr Pfeiffer ist ebenso verdächtig, mindestens, das dürfte Ihnen klar sein. Seine Aussage verschafft Ihnen also nur sehr bedingt ein Alibi. Ich nehme an, weitere Zeugen gibt es nicht."
„Doch!"
Jakob Wohlrabe hatte die Tür aufgestoßen.

„Isch waa aa debei. Vun mia waa die Idee. Mia hot des glangt mit demm Kärll, dea bringt jo nix noo mit de Betzii. Dodebei is des soen …"
„Ein feiner Kerl, ich weiß."
„Awwa dea is so bissl schennant[108]. Der draut sisch net, dea find net die rischdische Wortte. Außa wenna sei Gedischtlin schreibt. Hawwisch gsacht *Hoisch hea, du machsch des folgendamaße.* Un dann hot dea des so gmacht. Misch hodda ibbrigenz voll iwwazeugt. Isch heed denn glatt gheiat."
„Und wo waren Sie genau während dieser ergreifenden Performance?"
„Isch waa hinnedrin ghoggt. Hab mia des ooghoiischt."
„Ich dachte, Sie waren im Wald auf dem Hochsitz."
„Do hawwisch misch gedeischt, des waa ärscht späda."
„Soll ich Ihnen mal etwas sagen, Herr Wohlrabe?"
„Weje mia net."
„Sie lügen. Und Sie haben auch allen Grund dazu."
„Hä? Wisso?"
„Der Alleinerbe Ihres Bruders – sind Sie!"

---

[108] schüchtern

Überstürzt hatte Bettina Schneider die Lesbar verlassen. Jakob Wohlrabe folgte ihr auf dem Fuß.
Freese schaute beiden mit unverhohlener Genugtuung hinterher und machte sich in seinem Smartphone Notizen zum Geschehenen. Als er seine Utensilien wieder verstaut hatte und sich auf den Weg machen wollte, fiel es ihm auf: der Laden war leer. Bis auf ihn. So konnte er schlechterdings nicht gehen. Er linste aus der Tür. Niemand war zu sehen.
„Hallo? Frau Schneider? Herr Wohlrabe?“
Niemand antwortete.
Er verfertigte einen Zettel mit der Aufschrift *Bin gleich wieder da!* und wollte sich gerade zur Privatwohnung der Wohlrabes aufmachen, als ihn eine johlende Schar Kinder wieder in den Laden zurückdrängte und sich in der Lesbar breit machte. Die Anzahl der Kinder schätzte er auf 50 bis 100, deren Alter auf sieben oder dreizehn.
Bei all seinen Frauengeschichten war er in dieser Hinsicht sehr konsequent und ließ sich auf Mütter gar nicht erst ein. Entsprechend fehlte ihm jede Erfahrung im Umgang mit Kindern.
Die hier nahmen von ihm gleich keinerlei Notiz. Einige begannen ohne ersichtlichen Grund im Kreis zu rennen, andere wälzten sich zu mehreren auf dem Boden. Ein Junge entnahm seinem Rucksack ein Lautsprecherpaar und hielt ihm diese entgegen: „Strom!“
„Ja? Was ist damit?“
„Strom!“, insistierte der Knabe. Freese war überfordert. Ihm ging ein einziger Gedanke durch den Kopf: *Frauen ja, Kinder nein!*
Zwei Mädchen setzten sich zu seinen Füßen. Sie wirkten im Unterschied zu den anderen irgendwie normal und zugänglich.
„Was macht ihr denn hier?“, fragte Freese wenig einfallsreich, aber froh um die Zuhörerschaft.
„Wir haben jetzt Vorlesestunde.“
„Aha. Und wer soll euch etwas vorlesen?“
„Keine Ahnung“, flötete die Kleinere. „Sie?“

„Ich? Wer hat euch denn hier hergeschickt."
„Unsere Lehrerin."
„Aha. Und wo ist die?"
„Die kommt gleich, die muss noch mal schnell in die Apotheke, hat sie gesagt."
Der junge DJ hatte sich inzwischen selbst auf die Suche nach einer Steckdose gemacht und räumte ein Regal nach dem anderen aus.
„Was lesen Sie uns denn vor?", fragte wieder die Kleinere.
„Äh, ich bin ja eigentlich nicht der große Vorleser", erwiderte Freese verunsichert und geschmeichelt zugleich.
„Wisso? Kenne Sie net lese?", ließ sich ein stämmiger Rothaariger vernehmen, der ein Spiel mit zwei Stiften entdeckt hatte. Mit dem einen deutete man auf ein Tier, mit dem anderen auf den zugehörigen Namen. Stimmte die Zuordnung, ertönte ein bestätigendes Geräusch, im Fall des Esels ein näselndes *I-aaah!* Eine Belohnung, von der der kleine Tierfreund gar nicht genug bekommen konnte.
„Selbstverständlich kann ich lesen."
I-aaah!
„Un wieso wolle Sie dann net lese?"
„Weil ich gar nicht zu dem Laden hier gehöre."
„Un was mache Sie dann doo in dem Laade? So ganz alläa?"
I-aaah!
„Ich wäre dir sehr verbunden, wenn du hier nicht an allem rumfummelst."
I-aaah!
„Is des dann doch Ian Laade?"
„Nein."
I-aaah!
„Allo."
„Allo, was?! Der Ladenbesitzer ist weg, und so lange ich hier bin, bestimme ich, was gemacht wird, und jetzt ist endlich verdammt nochmal Ruhe! Ist das klar? Ein für alle Mal! Ruhe!!!"

Freeses immer lauter werdende Stimme hatte unerwartet Wirkung gezeigt. Die Kinder verharrten und verstummten. Selbst der Esel schwieg. Die plötzliche Stille verblüffte alle.
„Schön. So ist es gut. Jeder bleibt, wo er ist, keiner bewegt sich. Wir warten jetzt hier alle ganz ruhig. Dann wird alles gut."
„Kuuhl, en Iwwafall!"
„Was?"
„Was ist los?"
„Überfall!", erklärte die Größere der beiden Mädchen geduldig in die Runde.
„Geil."
„Hammer."
„Wie geil is das denn."
„So geil."
„Alter, ich sags dir."
Erstmals in seinem Leben fühlte sich Freese von diesem Begriff irgendwie angesprochen, musste aber feststellen, dass mit *Alter* irgendein Zwerg gemeint war, der auch prompt reagierte.
„Ja, Alter, so geil."
Wenn sich Kinder so ansprachen, wie lautete dann wohl für ihn die korrekte Anrede? Uralter?
Hu-huu! Hu-huu! Hu-huu!
„Wolle Sie net droogehe? Des is bstimmt Ian Komplize."
„Was? Quatsch, das ist die Polizei. Ja, Tschief?"
„Isch nämm Pizza Hawaii un ä Cola! Mit Eis, wenns geht."
„Tschief, Sie glauben nicht, was hier los ist. Moment, hier redet gerade jemand dazwischen. Was erzählst du da für einen Unsinn?"
„A, mia sin doch jetz Ia Geisel. Un des Ärschde, was die vun de Bollezei wisse wolle, was krieje die zum Esse, die Geisel. Allo, Pizza."
„Ich auch!"
„Ich auch!"
„Gibts auch Gyros?"

„Awwa net al forno!“

Ein kleiner Junge fummelte an seinem Telefon. Freese wurde nervös.
„Was machst du da?“
Der Junge fing an zu weinen.
„Ich hab nur meine Mama angerufen, die hat gesagt, ich muss sie immer anrufen, wenn irgendwas ausfällt, und dann habe ich ihr gesagt, dass Vorlesen ausfällt, weil wir jetzt nämlich Geiseln sind.“

„Achtung, Achtung, bessa gsacht: Obacht! Do sprischt die Feiawehr. Des Haus ist umstellt. Sie hawwe kää Schangs. Kumme Sie soffortt raus. Mit de Händ hoch! Beide!“

Vorsichtig lugte Fritjof Freese durch die Eingangstür. Trotz des Megafons vor dem Gesicht und der Uniform erkannte er den Grillgutfan Helmut Riebele sofort. Erleichtert ging er auf ihn zu.
„Bin ich froh, Sie zu sehen, Sie kennen mich, ich bin der, dem Sie damals die Rindswurs…“
Deren Ende ging in einem gurgelnden Geräusch unter.
„So reggle mia so Sache bei uns in Fußhoim“, stellte Helmut Riebele zufrieden fest und rollte den Feuerwehrschlauch langsam wieder ein.

Sie sind also der berühmte Chef meines Jungen, ich habe schon viel von Ihnen gehört, Herr Günda. Wie macht er sich denn so, mein Sohnemann? Wissen Sie, ich war ja anfangs nicht sonderlich begeistert, als er mir erzählt hat, er geht zur Kriminalpolizei. Hat man denn da nicht mit viel Unschönem zu tun, habe ich ihn gefragt? Immer nur diese Verbrecher. Ich meine, man erfährt ja durch die Medien Etliches über dieses und jenes, selbst in unseren zivilisierten Breiten. Werden Sie denn auch einmal in Heidelberg zu tun haben? Ich liebe diese Stadt, mein Mann und ich haben in den Siebzigern einen herrlichen Ausflug ins Neckartal gemacht, Stadtführung, Schloss, Großes Fass, alles, was dazugehört. Aber Sie sind ja eher spezialisiert auf diese Dörfer in der Peripherie. Womit hängt das zusammen? Heidelberg steht ganz oben in der Hierarchie, das wird bei der Polizei nicht anders sein. Da wollen alle hin, stimmts? Sie sind übrigens viel schweigsamer, als ich dachte.

So oder ähnlich hatte sich Kommissar Günda die Begegnung mit Freeses *Muddi* vorgestellt. Eine gouvernantenhafte Erscheinung, gepflegt, dezent geschminkt, Kostümträgerin bei Tag und Nacht, das Alter undefinierbar, dafür im Ton stets mit Bestimmtheit.
Entsprechend irritiert war er, als er einer drahtigen, fast burschikos wirkenden Frau mit hennarotem *Stiffdekopp*[109] gegenübertrat, deren Freundlichkeit sich auf ein abweisendes Lächeln beschränkte.
„Äh, Sie wärre entschuldische, binnisch do rischdisch, Freese suchisch."
„Wenn es neben dem Klingelknopf steht, den Sie allem Anschein nach gedrückt haben, dann halte ich es für möglich, dass Sie fündig geworden sind. Zigarette?"
„Nää, donge, isch raach schun dreißisch Joa nimmi."
„Dann nehme ich an, Sie haben auch keine Zigaretten bei sich. Schade. Einen guten Tag."

---

109 Kurzhaarschnitt

„Äh, Mooment, sin Sie die, wu doo …"
„Ich dachte eigentlich, die letzte Volkszählung hätten wir hinter uns. Hat man Ihnen das nicht mitgeteilt? Machen Sie einfach ein Kreuz für *Nein* bei allen Fragen und gehen Sie Ihrer Wege."
Unversehens fand sich Kommissar Günda wieder vor verschlossener Tür.
Nach kurzem Zögern drückte er erneut den Klingelknopf.
„Bollezei. Drogefahndung, was rieschtn do so koomisch? Ian Soohn? Derft isch denn mol spreschle? Am beschde drin."
„Diese dämlichen Nachbarn, haben nichts Besseres zu tun, als uns anzuschwärzen. Haben Sie einen Durchsuchungsbeschluss?"
Mama Freese schien sich erstaunlich gut auszukennen, wenn es um die Abwehr staatlicher Ermittlungsorgane ging.
„Nää. Awwa isch hab ä Eiladung."
„Ach. Sie sind …?"
„Gönau, isch bins."
„Das trifft sich gut, ich bin es auch."
„Nowett, Frau Freese, freut misch bsunnas."
Er wollte ihr bloß *ä Batschhand gewwe*, doch sie zog ihn näher zu sich, um ihn mit drei angedeuteten Küsschen Wange an Wange zu begrüßen. Was Kommissar Günda wie jedes Mal in solchen Situationen in Schwierigkeiten brachte hinsichtlich Reihenfolge und Ausrichtung.
„Ich bin die Wiebke, komm rein, Günda!"
„Äh. Da!"
„Oh, Blumen! Ich muss mal schauen, ob ich so was wie eine Vase auftreiben kann. Geh doch schon mal ins Wohnzimmer, machs dir gemütlich."

Das erste, was ihm auffiel, war ein Poster über der Couch:
If you can't be with the one you love, love the one you're with.
„Do gugg noo. De Stillze Steffn[110]!", entfuhr es ihm leise.

---

[110] Stephen Stills

„Wer?"
Die Blumen steckten nun in einem Weizenbierglas, Wiebke Freese platzierte beides auf dem groben Esstisch. Kommissar Günda bemerkte das Fehlen jeder Dekoration, es gab nicht einmal eine Tischdecke.
„Krossbie, Stills, Näsch änd Jang[111]. Foa weh Striet[112]."
„Du kennst dich aus, schön! Gib mir einen Moment!"
Sie ging zum Regal, das beinahe die gesamte Breite des Zimmers einnahm. Überall steckten Schallplatten. Es mussten Tausende sein. Kommissar Günda war beeindruckt. Umso mehr, als Wiebke Freese kurz darauf offenbar fündig geworden war, eine Schallplatte aus ihrer Hülle zog und auf einen schweren Plattenteller bugsierte. Eingeleitet durch wohliges Knistern erklang nun tatsächlich der Song, den Kommissar Günda bestimmt 35 Jahre nicht mehr gehört hatte, den er aber immer noch in jedem Detail kannte.
„Mir war Stephen immer der liebste."
„Mia de Niel. Die zwee hawwe sisch als de Frack voll gewwe, hawwisch glese."
„Bitte?"
„Do hots als gerumst zwische denne. Gebatscht."
„Ja, das hat mir Stephen auch erzählt."
„Hä? Sie, äh, du kennsch denn?"
„Ein bisschen."
„Pasööhnlisch?"
„Das kann man so sagen. Da hängt er."
Sie deutete auf ein Gemälde an der Wand. Genaues war nicht zu erkennen, nur eines war klar: es handelte sich um einen nackten Mann.
„Des issa? Naggisch?"

---

[111] Crosby, Stills, Nash and Young
[112] Four Way Street

„Das ist ein Hobby von mir. Ich war ja auf der Kunstakademie, wollte Malerin werden. Das hat dann leider nicht geklappt, weil ich uns irgendwie durchbringen musste, nachdem mein Serge den Abgang gemacht hat."
„Ou, des dud ma leid."
„Nein, so nicht, der ist abgehauen, als ich schwanger war. Da musste ich Geld verdienen, habe in einer Galerie gearbeitet, Kunstausstellungen organisiert. Aber gemalt habe ich immer."
„Un am libschde Männas, naggische."
„Stimmt."
Überall im Wohnzimmer hingen Männerakte. Die Detailtreue bereitete Kommissar Günda leichtes Unbehagen.
„Awwa dea sieht heit aa bissl annaschda aus. Mea wie isch."
„Das stimmt", lachte sie. „Ich war kürzlich auf dem Konzert in Mannheim. Du auch?"
„Nää."
„Ach so, klar, Neil Young war ja nicht dabei."
„Gönau."
„Jetzt setz dich, was willst du trinken?"
„Am libschde ä Bierle, wenn du hosch."
„Klar!"

Kurz darauf kam sie zurück, zwei Flaschen in der einen, zwei klobige 0,4 l-Biergläser in der anderen Hand.
„Exportt, sauwa. Wuhea weesch du des?"
„Kleiner Tipp von meinem Sohn."
„Apropoo, wu stecktan als, dea Sseckl?"
„Moment, ich rufe ihn."
Sie griff sich das Telefon.
„Fritti, unser Besuch ist da! – Ja. Bis gleich."
Kommissar Günda grinste und senkte zugleich vorsorglich den Blick.
„Und? Was machst du so?"
Die Frage brachte ihn etwas aus dem Konzept.

„Äh, ach Gott, isch schaff.“
„Ja. Und sonst?“
„Un, äh, manschmol dringisch ä Bierle. Wie jetzat. Proscht.“
„Ja, Prost, auf uns!“
Es klingelte.
„Das ist er bestimmt. Wir achten hier sehr darauf, dass jeder seine Privatsphäre hat, deshalb klingeln wir immer erst, wenn wir uns besuchen.“
„Klaaro, des vasteh isch voll.“
„Ah, da ist er ja.“
„Hallo, Tschief, wie ich sehe, haben Sie meine Mutter schon kennengelernt. Lasst euch nicht stören, ich kümmere mich mal ums Essen.“
Kommissar Günda meinte zu bemerken, wie sich Mutter und Sohn zuzwinkerten.
„Dein Buu kann koche?“
„Und gar nicht mal schlecht. Durch meine Arbeit war er oft auf sich allein gestellt. Da musste er das zwangsläufig lernen.“

Als Fritjof Freese eine halbe Stunde später aus der Küche kam, fand er die beiden auf dem Sofa, so vertieft ins Gespräch, dass sie ihn zunächst gar nicht wahrnahmen.
„Ich unterbreche nur ungern, aber das Essen wäre fertig.“
Die Stimme klang etwas vorwurfsvoll.
„Schön, schön, Fritti, dann kann ja jeder in die Küche und sich etwas holen.“
„Ach, Wiebke“, setzte er an, und Kommissar Günda hob die Brauen. „Du weißt, ich finde das nicht gut.“
„Was denn? Ist doch alles entspannt.“
„Hättest du nicht wenigstens den Tisch decken können, während ich koche?“
„Nun sei doch nicht so ungemütlich, hier muss es ja nicht unbedingt so steif zugehen wie im Fünfsternerestaurant. Oder?“
Sie schaute Kommissar Günda an.

„Was sagst du dazu?"
„Hmpf."
„Musst du unbedingt an einer festlich gedeckten Tafel essen, damit es dir schmeckt? Hm? Wie ist das bei dir, Günda?"
„Bei mia is uff jedn Fall gedeckt."
„Na, also, siehst du", triumphierte Freese.
„Weil isch nie abroome du."

Kurz darauf saß Kommissar Günda mit Freeses Mutter auf dem Sofa, die Teller mit Lasagne auf ihren Knien.
„Gonz aiig legga, Freese, derfsch efdas koche fa misch."
Der Jüngste unter ihnen hatte es vorgezogen, am Tisch zu essen. Aus den Lautsprechern erklang *When the music's over*, The Doors, *Absolutely live*, ersichtlich nicht ganz Freeses Geschmack.
„Glei kummts!" Kommissar Günda stieß seine Nachbarin an.
„Shut up!", donnerte Jim Morrison und Wiebke Freese sprach die folgende Passage lippensynchron mit: „Is that the way to behave in a Rock'n Roll concert?"
Freese verdrehte gequält die Augen.
„Sach bloß, dia gfellt des net", wandte sich Kommissar Günda an ihn. „Hea mol, isch wäa froh gwest, wenn mei Mudda so Zeigs gheat heed. Weesch was meini imma gwott hot? De Wendlands Geahardd, de Schocks Ruddl un nadierlisch de Hointje. Am Muddadaag hot sie denn imma uffglegt. *Maaamaaa, du sottsch doch net um doinen Jungen kroine.* Un weesch, was des Schlimmschde waa?"
„Na?"
„Des hot sie vun mia mol gschenkt kriggt! Isch schämmisch so, awwa isch waa doch nochen klähne Buu."
„Mach dir nichts draus, Günda", tröstete ihn seine Sitzgefährtin, „meine Mama hat an diesem Tag immer hören wollen *Wenn du noch eine Mutter hast, dann danke Gott dafür.*"

„Obwoohl“, gab Kommissar Günda zu bedenken, „manschmol is do aa was droo. Zum Beispiel doo!“ Er deutete auf *Muddi* Freese, die sogleich ihre Hände abwiegelnd hob.
„Pscht. Glei kummts, des Gschrawwe.“
Da kam er auch schon, Jim Morrisons Schrei, und Freese fragte fast zeitgleich: „Kann ich abräumen, oder will noch jemand etwas?“
„Aber doch nicht jetzt, in diesem Moment, Schatz!“
„Kähn Reschbekt, die Jugend. Fria heeds des net gewwe.“
„Ja, ich weiß, früher war alles besser, Tschief. Das höre ich hier jeden Tag.“
„Dodezu mussisch jetz mol was saache, Freese. Fria waa alles bessa, wie hawwisch denn Satz ghasst. Bissisch gmeiikt hab – dassa stimmt.“
Die beiden Sofasitzer schauten sich an, Kommissar Günda gab seiner Nachbarin *en Bumba*, und beide griffen lauthals lachend nach ihrem Bierglas, während die Jugend sich seufzend dem Küchendienst widmete.

„Manchmal denke ich, ich habe alles falsch gemacht.“
„Awa, dea is schun rescht, doin Soohn, des hosch du schun guud gmacht. Alladings …“
„Ja?“
„Hea mol, Wibbge, jetz mol unna uns, bleibt dea jetzat bei dia? Isch mähn eewisch? Fa imma?“
„Ich weiß, mir war das zuerst auch nicht recht, aber ich habe jetzt ganz klare Bedingungen gestellt. Ich habe meinen Freiraum, keine unangekündigten Besuche, meine Privatsphäre wird respektiert, kein Automatismus, was das gemeinsame Einnehmen der Mahlzeiten anbelangt, und – ganz wichtig – ich werde nicht mehr kontrolliert. Weder wann ich komme und gehe, noch mit wem.“
„Ou, hodda des als gmacht?“

„Eine Zeitlang war das schlimm. Da“, sie deutete auf den Nackten über dem Hocker mit den Räucherstäbchen, „dafür habe ich bald drei Wochen gebraucht, weil Fritti ständig hier auftauchte.“
„Awwa so viel isch weeß hot doin Soohn doch aa als Freundinne. Un des net zu knapp.“
„Ja, das stimmt schon. Aber die hat er dann einfach oben sitzen lassen, bloß um zu sehen, wer bei mir zu Besuch ist. Da konnte ich tausend Mal erklären, das ist nicht mein Freund, das ist nur mein Modell.“
„Eifasischdisch? Uff denn?“
„Also gut, das war immerhin Robert Redford.“
„Ou. Jetz wu dus sachsch, seh ischs aa.“
„Blödmann!“
„Un heit?“
„Ist es besser geworden. Aber manchmal … Achtung, er kommt!“ Sie setzte sich aufrecht. „Und was liest du so, Günda?“
„70 ist das neue 40“, antwortete Freese für seinen Chef, nicht ganz frei von Häme.
„Knut Hellerson. Tolles Buch. Guter Typ.“
„Sag bloß, den kennst du auch, Wiebke?“
„Schatz, für alle über 50 ist das die neue Bibel!“
„Das sagst ausgerechnet du als überzeugte Agnostikerin? Hast du gewusst, dass der gerade auf Lesereise ist?“
„Aber klar, er kommt nach, wie heißt dieser kleine Ort noch, Fußbad?“
„Fußheim“, korrigierte Freese.
„Genau. Übermorgen. Und ich habe auch schon eine Karte.“
„Da bist du nicht die Einzige“, erwiderte Freese und deutete auf seinen Chef. „Man könnte meinen, der Typ beherrscht die Kunst der Gehirnwäsche.“
„Wie mähnschen des, Freese?“
„Ach, kommen Sie, Tschief, als wir uns das erste Mal darüber unterhalten haben, haben Sie sich noch lustig gemacht. Und

jetzt? Pilgern Sie mit wie alle anderen. Dabei haben wir dort, wie Sie wissen, Besseres zu tun."
Kommissar Günda fing den fragenden Blick der neben ihm Sitzenden auf.
„Mord?"
Kommissar Günda nickte.
„An einem Buchhändler. Tödlicher Sturz im Steinbruch."
„Und? Wie weit seid ihr? Habt ihr den Täter?"
„Wir haben immerhin einen Hauptverdächtigen."
Kommissar Günda nahm seinen Assistenten verwundert ins Visier. „Ealisch? Mach Sache. Wea? Wennisch mol froore derft."
Freese zögerte.
„Auf, sachs ruisch, mia sinn unna uns."
„Na, der Bruder."
„De Joggl?"
„Der Einzige, der vom Tod seines Bruders profitiert, er ist der Alleinerbe. Endlich kann er im Laden schalten und walten, wie er will."
„Wie bidde? Dea ärbt alles? Des heedisch jetz net gedenkt. Wisso hosch du mia des eigendlisch net vazehlt?"
„Das wollte ich ja, Tschief, aber Sie sind ja nicht zu erreichen. Für mich ist die Sache klar. Der Jüngere war immer neidisch auf den Großen. Der durfte studieren, der reiste in der Welt herum und ließ es sich gut gehen. Während er in seinem muffigen Buchladen hockte. Das muss ja irgendwann mal aufs Gemüt schlagen."
„Awwa ähns hodda net ghabt, Freese."
„Nämlich?"
„Soä schääni Fraa wie dRuth."
„Eben, ein Grund mehr. Vielleicht hat sein Bruder sogar versucht, etwas mit dieser Ruth anzufangen. Und das hat das Fass zum Überlaufen gebracht."
„Indressant. Un wisso gehe dann die zwee Briidas zamme zum Stoobruch?"

„?"
„Zum Steinbruch", erläuterte Freese seiner Mutter. „Vielleicht war das wie eine Art Duell. Die Spuren einer körperlichen Auseinandersetzung haben wir ja gefunden. Jakob Wohlrabe ist der Stärkere und stürzt seinen Bruder den Steinbruch hinunter."
Kommissar Günda wirkte plötzlich nachdenklich.
„Jetzt habe ich endlich eine Vorstellung, wie mein Sohn arbeitet. Toll. Ich hätte nicht gedacht, dass das überhaupt etwas für dich ist, Kriminalpolizei, aber ich muss sagen, ich habe mich getäuscht, Fritti, alle Achtung."
„Des stimmt, dea is schun guud, doin Friddii. Awwa, Freese, kenne mia des demm aa beweise?"
„Noch nicht, Tschief. Aber ich habe einen kleinen Keil zwischen seine Angestellte und ihn getrieben. Ich denke, da wird die eine oder andere Sache ans Licht kommen. Und so wie ich diesen Wohlrabe einschätze, verliert der irgendwann die Nerven und gibt alles zu. Ein bisserl Geduld, Tschief!"
„Narre net huddle, heeßt des, Freese. Narre net huddle."
Die Gastgeberin legte eine neue Platte auf und orderte den Nachtisch, ihr Sohn begab sich wieder in die Küche, und während Neil Young sang, sann Kommissar Günda darüber nach, welches Wort in Freeses Resümee seine Aufmerksamkeit schlagartig erregt hatte. Als die Geschichte von *Cortez the Killer* zu Ende war, wusste er, welcher Begriff ihn so elektrisiert hatte, es war das *Duell.*

„Tut mir leid, Tschief, wenn ich gestern ein wenig heftig geworden bin. Sie wissen, ich schätze Sie sehr. Nur in letzter Zeit …“
Fritjof Freese saß seinem Chef beim Mittagessen im Roten Ochsen gegenüber. Der hatte wiederum gebeten, ihn abzuholen – *ausnahmsweis*. Was Freese sehr gut nachvollziehen konnte, er hatte sich ohnehin gewundert, wie konsequent der den Weg zwischen Fußheim und Glickerbach zurücklegte, ohne viel Aufhebens darum zu machen – *Kää Problähm, des binnisch alles gloffe*.

Es gab *Weiße Kees mit Gadoffl*, Freese verzichtete nach einem Seitenblick dankend auf eine eigene Portion.
„Du hosch jo rescht, Freese, isch waa schun so bissl newa de Kapp, die letscht Zeit. Was gibtsn Neies?“
„Nicht viel. Vorhin war ich bei Bettina Schneider, ihre Erbschaftskiste hat sie mir ohne Probleme ausgehändigt. Genau genommen sind das drei Kisten, randvoll mit allem Möglichen aus Georg Wohlrabes Leben. Ich habe die Sachen mal grob gesichtet. Was man eben so alles aufhebt, Fotos, Erinnerungsstücke von Reisen, Postkarten, Zeitungsartikel, es könnten auch ein paar Liebesbriefe dabei sein, vielleicht das einzig Interessante. Wenn Sie mich fragen, stinkelangweilig.“
„In de Zeidung waa dea? Fa waas?“
„Ja, das ist ganz witzig. Georg Wohlrabe hat sich mal mit einer Boyband versucht, *Jod S 11* hieß die. Ich habe einen Bericht in der Bravo entdeckt, aber letztlich ist das nichts geworden.“
„Jod S 11?“, wiederholte Kommissar Günda. „Do gedenkt mia was!“
„Sagen Sie bloß, Sie waren ein Fan?“
„Im Leewe net, des wüssdisch awwa! Des wärd soen Kees gwest sei. Wu sinnen die Kischde?“
„Die habe ich im Auto. Soll ich sie in Ihr Zimmer bringen?“

„Nänää, net needisch, isch gugg ma des glei mol uff de Faahrt bissl oo, des langt wahrscheinz.“

Doch da täuschte sich Kommissar Günda. Er las sich fest und blieb vor dem Erstbesten sitzen, was er sich gegriffen hatte: ein Fotoalbum aus Georg Wohlrabes Grundschulzeit. Freese bot ihm schließlich an, die Kisten in ihr Lagezentrum zu schaffen.
„Des wäa ma aiig rescht, isch habs als noch bissl in de Knoche vun voageschdan.“
Im Nebenzimmer vom Lamm nahm sich Kommissar Günda dann den Rest vor: „Korzz, ganz korzz!“

Freese erkannte bald, dass dies länger in Anspruch nehmen würde, und ließ ihn allein.
„Sie?“
Er fühlte sich nicht gleich angesprochen. Drei Augenpaare starrten ihn vom Stammtisch aus unverwandt an.
„Sie? Des mit demm Fong …“
„Ja?“
„Jetz issa jo doo scheinz.“
„Wer ist da?“
„A, de Fong.“
„Hm?“
„Glaawe Sie, mia heede des net gsehe?“
„Was?“
„A, die Kischtlin.“
„Ach so, diese Kisten meinen Sie.“
„Ganz schää schwea.“
„Schää voll, deedisch saache.“
„Gschdobbde voll, bessa gsacht.“
„Ja, das ist einiges an Gewicht.“
„Unn, wie siehts jetz aus?“
„Mia wäre bereit.“
„Fa de Fong!“

Binnen kürzester Zeit hatte Kommissar Günda alles um sich herum vergessen.
Georg Wohlrabe war für ihn ein fremder Mensch, und doch gelang es ihm, mithilfe dieser zahllosen Erinnerungsstücke eine Vorstellung von dessen bald sechs Lebensjahrzehnten zu entwickeln. Da waren die Zeugnisse, durchwachsen, mit einer eindeutigen Präferenz für die Naturwissenschaften. Mäßige Noten in Deutsch, vernichtende in den musischen Fächern, dafür regelmäßige Anerkennungen sportlicher Leistungen. Urkunden für Tennis, Leichtathletik, Hockey. Ein Rugby-Mannschaftsfoto aus Studienzeiten.
Die Diplomarbeit über die Rolle der Primzahlen in der Milchwirtschaft, bewertet mit Auszeichnung. Wohnungsanzeigen eines Maklerbüros in Brighton. Eintrittskarten für etliche Sport-Großereignisse, darunter die Fußball-WM in Frankreich 1998, sämtliche Grand-Slam-Turniere fast jedes Jahr ab 1985. Flugtickets nach Südamerika, Schottland, Südafrika, Guadeloupe. Was Kommissar Günda vermisste, das waren Konzertkarten. Er selbst hatte davon jede Menge, keine einzige hatte er je weggeworfen. Hier entdeckte er schließlich zwei lieblos zerknüllte Tickets für Chris de Burgh. Sah nach einem Pflichtbesuch aus, wahrscheinlich der Vorliebe einer damaligen Freundin geschuldet.

Überhaupt fanden sich etliche Fotos junger Mädchen, später Frauen, meist in der Gruppe, häufig irgendwo am Strand. Älter geworden sah man Georg Wohlrabe dagegen regelmäßig in Begleitung ein und derselben Frau. Es schien sich in dieser späteren Lebensphase um eine feste Beziehung gehandelt zu haben, vielleicht mit dieser Inge Kendler, von der zahllose Briefe stammten, Absender in Wolfsburg. Kommissar Günda entschied, die Briefe erst einmal beiseitezulegen. Es war ihm zu persönlich. Wenn irgend möglich wollte er darauf verzichten, so tief in Georg Wohlrabes Leben einzutauchen.

Weit mehr interessierte er sich für den Zeitungsartikel, von dem ihm Freese erzählt hatte. Schließlich fand er ihn in einem alten Klarsichtordner. Ein stereotyp hingeschnuddelter Bericht über eine wahnsinnig tolle neue Band mit diesem ungeheuer originellen Namen Jod S 11. Die Mitglieder waren auf dem winzigen Foto kaum zu erkennen, der ganze Artikel machte keine halbe Seite aus. Zentral war die Botschaft, dass es sich um ganz, ganz süße Jungs handelte, die schon jetzt allen Mädels den Kopf verdrehten und bei deren Auftauchen eines gewiss war: *do kreische die Weiwa.*

Der guten Ordnung halber wollte Freese Bettina Schneider darüber informieren, dass er die geerbten Kisten noch ein wenig länger brauchen würde. Diesmal beschloss er, auf einen Besuch der Lesbar zu verzichten, auch um den Einsatz der Feuerwehr nicht Revue passieren lassen zu müssen. Sein Verdacht war ohnehin, dass Jakob Wohlrabe dahintersteckte. Er fuhr mit dem Wagen um die Ecke, hielt an und wählte die Nummer der Lesbar.

„Was gibts, wea will was?"

„Hier Freese", er bemühte sich, möglichst förmlich zu klingen. „Frau Schneider, bitte."

„Wea?"

„Freese, Sokodo."

„Ah, de Kidnäbba-Voalese-Ungl[113]."

„Tut mir leid, dass es bei Ihnen diesen kleinen Wasserschaden gegeben hat. Das wäre alles nicht passiert, wenn Sie nicht mir nichts, dir nichts den Laden verlassen hätten. Ich kann mich nur in aller Form – Hallo?"

„Was gibts, wea will was?"

„Freese, Fritjof Freese!"

„Als noch? Isch hab ghofft, Sie hawwe uffglegt."

„Würden Sie bitte Frau Schneider an den Apparat holen?"

„Fa waas?"

„Das würde ich gerne mit Frau Schneider besprechen."

„Bettzii? Dea Hannebambl vun de Bollezei is schun widda droo."

„Schneider." Der Ton war frostig.

„Freese, Fritjof Freese, guten Tag. Ich wollte Sie nur informieren, dass wir die Unterlagen Ihres Patenonkels doch noch ein wenig länger benötigen."

„Die können Sie gerne behalten von mir aus. Ich habe dafür sowieso keine Verwendung. Noch etwas?"

---

113 der Kidnapper-Vorlese-Onkel

„Nein. Das heißt, eines noch. In der Scheune fanden doch eine Zeit lang Konzerte statt. Wohl ganz erfolgreich. Wieso hat das eigentlich irgendwann aufgehört?"
„Das weiß ich nicht. Da müssen Sie Herrn Wohlrabe fragen. Soll ich Sie gleich nochmal verbinden?"
„Nein, nicht nötig. So wichtig ist das doch nicht. Vielen Dank. Auf Wiederhören, Bettina."
„Ja."

Im Verlaufe des Gesprächs war Freese eine Idee gekommen, wie er an diese zumindest für seinen Chef wichtige Information gelangen könnte. Er wählte eine weitere Nummer.
„Frau Wohlrabe? – Fritjof Freese, schön, dass ich Sie erreiche. Ich habe eine Frage …"

Als er das Gespräch gerade beendet hatte, klopfte es an die Scheibe. Freese schaute nach links und erhaschte gerade noch einen Blick auf ein paar dunkle Locken. Er glaubte an einen Kinderscherz im Zusammenhang mit der missglückten Vorlesestunde und entschied sich, nicht zu reagieren. Es klopfte erneut. Wieder war er zu spät. Offenbar duckte sich einer dieser *Krutzen*, wie Kommissar Günda sagen würde, und ließ lediglich die Hand hochschnellen. Er schaltete das Radiogerät ein und konzentrierte sich auf die Nachrichten. Das Klopfen wurde lauter. Er beschloss, den Störer zu stellen, kroch mit einiger Mühe auf die Rückbank und öffnete die Tür hinter dem Fahrersitz mit Schwung. Dabei spürte er erst einen leichten Widerstand und hörte dann ein dumpfes Geräusch, gefolgt von einem unartikulierten Aufschrei.
Nicht ohne Genugtuung stieg er aus dem Wagen und erblickte vor sich auf dem Boden liegend – eine Frau.
„Hea, sin Sie noch ganz sauwa? Was solln des?"
„Verzeihung, ich dachte … Kann ich Ihnen helfen?"

Er streckte die rechte Hand nach ihr aus.
„Lange Sie misch bloß net oo!“
Sie erhob sich langsam und blickte an sich herab. Bis auf ein wenig Staub auf den dunklen Jeans konnte Freese keine Spuren des Sturzes entdecken.
„Scheint nichts passiert zu sein. Zum Glück.“
„Vun weje. Doo!“
Sie streckte ihm vorwurfsvoll ihre Hände entgegen.
„Graad frisch mache glosst.“
Freese sah auf ein paar fleischige, mehrfach beringte Hände. Die Fingernägel schimmerten wie mit Goldstaub überzogen. Lediglich beim rechten Zeigefinger schien etwas abgeplatzt, ein rosiger Fingernagel kam dort zum Vorschein.
„Das tut mir wirklich sehr leid, das war ein Missverständnis, ich werde Ihnen den Schaden selbstverständlich ersetzen.“
„Des willisch aa hoffe. Zweehunnat beim Deifl!“
„Zweihundert was?“
„Euro. So viel hot des gekoscht. Drei Stund hot die gebraucht fa mei Neggl. Alles fa umsunscht, des derf jo net woa sei.“
„Na ja, ganz so schlimm ist es ja nicht, es muss ja nur der eine Nagel lackiert werden.“
„Bloß de ähne? Hawwe Sie Ahnung. Des muss komplett nei gmacht wärre. Wie beim Audo. In ähm Duaschgong. Sunscht sieht ma de Unnaschied. Laggiat, pff“, stieß sie verächtlich hervor, „des is net äfach laggiat. Des is Meddalligg. Hoffntlisch hot die denn Faabtoon iwwahaupt noch. *Matschuu Pitschuu*, drekkt vun Paruu.“
„Nun beruhigen Sie sich. Ich bin sicher, wir finden eine Lösung, ich bin bei der Kriminalpolizei, mein Name ist Freese. Fritjof Freese.“
„Isch weeß. Isch kenn Sie. Zu Ihne wolldisch jo.“
„Ach!“

„Desdaweje hawwisch jo gebumbt an Ia Scheib. Dass misch kähna sieht. Awwa Sie hawwe jo nix gheat. Un jetz hot des wahrscheinz die gonz Welt beobacht."
„Ich sehe niemanden. Keine Sorge. Dann lassen Sie uns doch rasch ins Auto steigen, kommen Sie, ich helfe Ihnen."

„Soe Malea[114]!"
Seine neue Beifahrerin überprüfte erst Frisur und Make-up im Schminkspiegel und betrachtete dann erneut voller Sorge ihren in Mitleidenschaft gezogenen Nagel.
„Un heit oowet mussisch aa noch zuare Dessuupaadie[115]. Wie siehtn des aus?"
Freese hatte eine Vorstellung, behielt diese aber lieber für sich.
„Was führt Sie denn zu mir?"
„A, de Fong."
„Nein!", entfuhr es Freese.
„Hä? Lea? Des aa noch?"
„Nein, nein, erzählen Sie!"
„Allo, isch waa aa beim Schorsch. Weje moim Monn."
„Hm."
„Weil, dea is newenausgange."
„Oh. Schlimm."
„Hot misch net gjuggt."
„Aha."
„Is mia grad rescht."
„Hm."
„Hawwisch mei Ruh."
„Verstehe."
„Bloß mit wemm dea Sseckl newenausgange is, des hot misch gfuchst."
„Ah ja, und wer ist Ihr Mann?"

---

114 Malheur
115 Dessousparty

„Moina, des is de Scheff vun de Spaakass."
„Ach, dann sind Sie die Orschel."
„Hä?"
„Orschel", Freese witterte die Chance, sein Missgeschick wettzumachen. „Ich finde, das passt sehr gut zu Ihnen."
„Was saache Sie zu mia?"
„Orschel", wiederholte Freese, nun etwas zaghafter. „Das sagen aber auch andere."
„Wea sacht des. Hä? Vun wemm hawwe Sie des? Hä?"
Die Fragen klangen für Freese überraschend lauernd.
„Nun, das ist ja kein Geheimnis, das ist doch allgemein bekannt", führte er ins Feld. Doch es war bereits zu spät.
„Sie hawwe iwwa misch gsproche, stimmts? Mit wemm? Isch weeß des genau. Mit derre Blunz, derre bleede. Die hot des uffgebrocht. Wennisch die vawisch!"
„Jetzt beruhigen Sie sich doch, Frau, äh, Orschel!"
Es bedurfte fünfzehn Minuten und Freeses ganzem Charme, um Monika Willhuber wieder halbwegs zu beruhigen.

„Wenn ich das gewusst hätte, ich konnte ja nicht ahnen, was dieses Wort für eine scheußliche Bedeutung hat. Und das ausgerechnet für eine so aparte, reizende Frau wie Sie. Unverzeihlich. Erst der Nagel, und dann noch das. Wie kann ich das nur wieder gutmachen?"
Freese ergriff ihre Rechte, was ihm die endgültige Absolution einbrachte.
„Isch hab misch schun gewunnat, soen schnuggelische Kärrl wie Sie, un donn soe beeses Wortt. Schwamm driwwa. Alleedischt, deedisch saache. Simma widda guud, Härr Kommissaa?"
Sie schob mit Bestimmtheit ihrer beide Hände in Richtung Handkuss. Freese nahm einen stechenden, metallischen Geruch wahr und flüchtete sich in einen Husten.
„Da bin ich beruhigt. Jetzt nochmal zu Ihrem Mann."
„Dea Lumbesseckl!"

„Gewiss. Aber Sie sind weiterhin zusammen?"
„Wea? Die bleed Subb un moin Monn? Wenn des stimmt, dann is dea aleedischt, do kenne Sie ähna druff losse."
„Nein, nein, ich meine, Sie und Ihr Mann, Sie beide sind wieder glücklich vereint."
„A, so aiig deedisch des jetz aa widda net saache. Die Hauptsach is, dea geht nimmi newenaus mit derre."
„Und das hat Georg Wohlrabe entschieden. Beziehungsweise geschafft."
„Gönau. Mia zwee …"
„Ihr Mann und Sie …"
„Mia sin zum Schorsch un hawwe gsacht *Hoisch zu, mia hawwe ä Problähm, du musch uns helfe.* Un donn hot dea gsacht *Alla guud, so mache mas, isch entscheid. Du gehsch nimmi mit derre newenaus, un dodefoa schmeißt disch dei Fraa net naus.*"
„Das hätten Sie gemacht?"
„Des glaabsch awwa."
„Aber dann hätten Sie ja auch einen erheblichen Verlust erlitten, ich meine, Ihr Mann bekleidet immerhin eine gute Position."
„Dea? Dea hot doch nix hinne druff. Des kummt doch alles vun mia. Un wenn moin Vadda net in de Bolledick[116] was zum saache heed, do wäa doch dea des im Leewe net worre. Ähn Ooruf! Ähn Ooruf zu moim Vadda! Bloß ähna!"
„Auf jeden Fall Ende gut, alles gut. Und weshalb wollten Sie jetzt zu mir?"
„Ealisch gsacht, Sie deede mia gfalle."
„Äh …"
„Jetz sin Sie awwa vaschrogge, gell? Klähne Witz. Obwohl … Nänää, kä Ängscht. Folgendes: die schafft imma noch bei demm, die bleed …"
„… Plunz?", ergänzte Freese.
„Sie saaches. Awwa so hammia net gewett."

---

[116] Politik

„Die Frau, mit der Ihr Mann ein Verhältnis hatte, arbeitet also noch bei ihm. Aber das hätte Georg Wohlrabe in seine Entscheidung einbeziehen und unterbinden müssen."
„Dea hot net uffgebasst, gönau! Des wäa demm fria net bassiat."
„Ach ja?" Freeses Interesse war geweckt. „Haben Sie dafür vielleicht eine Erklärung?"
„Pf, dea waa jo gaa net rischdisch bei de Sach sellemols. Kää Wunna. Demm soin Bruda – aa soen Fall fa sisch – dea is jo dauand reikumme. Die hawwe bees Hendl ghabt de Moaje."
„Und weswegen? Wissen Sie das noch?"
„A, weje soare Vaoostaldung. Soe Lesung hald. De Joggl hot gsacht *Des kummt net in Frooch! Dea Hannebambl liest bei mia net!* Un de anna hot allweil degejeghalde *Awwa wohl! Des hosch du net zum entscheide!* Dann is ähns zum annare kumme. Des waa schun indressant."
„Inwiefern?"
„De Joggl hot gsacht *Du hosch doch gaa kää Indresse an unsam Laade, noch nie ghabt. Du liesch doch selwa gaa nix, bloß Zahle, du Analfabeed, du bleeda! Du hosch doch gaa kää Ahnung vun Büschas!* Un de Schorsch hot gsacht *Awwa du, du elenda Vasagga, oohne misch, weesch, wu du jetz wäasch mit doim Laade? Pleide! Längscht. Du bisch doch viel zu dabbisch fas Leewe! Oohne misch, do wäasch du nix!* Des waa schun gonz indressant, mussisch saache."
„Aha. Und alles in Ihrem Beisein?"
„Un vun moim Monn, demm …"
„Seckl?"
„Gönau. Die hawwe sisch oogebrillt, ähna wie de anna, do waa awwa alles zu spoot. Un donn …"
„Dann?"
„Sin sie uffenanna."
„Sie wurden handgreiflich?"
„Schiagaa. Wenn moin Monn net dezwische gange wäa."
„Hätte es eine Prügelei zwischen den Brüdern gegeben."

„De Schorsch hot demm Joggl schun halwa ähni glangt. Donn is moin Mann dezwische un de Joggl is naus. *Waad narre* hodda gschrawwe *Waad narre, des gibt! Mia sin noch net fäddisch, noch lang net!*" Des hodda gschrawwe.
„Hat er also geschrien", bestätigte Freese, nicht ohne Stolz, alles richtig verstanden zu haben. „Und dann haben Sie die Verhandlungen weitergeführt? Waren Sie nicht furchtbar schockiert?"
„Ach Gott, die zwee hawwe doch andauand Hendl ghabt. Schun wie die noch klähne Buuwe waare. Manschmol hald bissl äiiga. Kummt voa unna Gschwischda, odda?"
„Das kann ich nicht beurteilen, ich habe keine Geschwister."
„Sin Sie froh! Isch hab en Bruda, isch kann Ihne saache …"
„Gut, Frau Willhuber, ich kümmere mich um die Angelegenheit."
„A, des wäa prima. Wenn die gfeiat[117] wärdd, des wäa ma schun ä Plässia, des deed mia schun lange."
„Ich werde sehen, was sich machen lässt. Einstweilen vielen Dank für Ihre Offenheit und nochmals: tut mir leid mit Ihrem Nagel."
„Och, was solls! Isch find, des sieht gaa net schleschct aus, irgendwie exoodisch, odda?"
„Auf jeden Fall."
„Schööhnheit kummt vun inne, sachisch imma."
„Sie nehmen mir die Worte aus dem Mund."
„Wu mia grad debei sin …"
„Ja?"
„Weje derre Dessuupaadie …"

[117] gefeuert

„Un donn un donn un donn! Isch bin als noch gonz durschenanna!"
Kommissar Günda erkannte die Stimme bereits, bevor er die Eingangstür zum Roten Ochsen geöffnet hatte. Es war spät geworden, er war tief versunken in Georg Wohlrabes Leben beziehungsweise in das, was sich davon in den drei Kisten befand. Das meiste war achtlos und ohne System hineingewandert, lediglich ein paar Dokumente befanden sich in Klarsichthüllen.

Das war bei ihm anders. Die wenigen Fotoalben seiner eigenen Kindheit waren von Kommissar Gündas Mutter sorgfältig angelegt und geführt worden, Fotoecken hielten die Bilder fest, zu jeder Aufnahme fand sich ein Kommentar in ihrer markanten, fein geschwungenen Handschrift. Manchmal bloß das Ereignis, der Ort, manchmal darüber hinaus ein Kommentar, eine originelle Bemerkung, wie sie einer der Abgebildeten von sich gegeben hatte. Er sollte wieder einmal einen Blick in diese Alben werfen und sich vielleicht auch endlich an die Millionen von Dias machen, die in seiner Jugend Papierfotos abgelöst hatten. Aber er wusste genau, was ihn davon abhielt. Das Betrachten dieser Zeitzeugnisse stimmte ihn immer recht bald melancholisch, ohne dass er hätte erklären können, woran das lag, denn es war weit mehr als die dort so offensichtlich werdende Vergänglichkeit.

Hier nun fanden sich Fotos aus dem Leben eines Menschen, den er nie persönlich kennengelernt hatte. Allenfalls hatte er ihn bei einem Konzert in der Scheune gesehen, ohne dass sich das eingeprägt hätte. Anfangs hatte er Mühe, Georg Wohlrabe auf den Fotos zu identifizieren, vor allem bei Gruppenfotos, mit der Klasse, im Kreis der Konfirmanden, bei irgendwelchen Geburtstagsfeiern und Partys. Aber schon bald war er vertraut mit dessen Gesichtszügen, sodass er das Charakteristische dieses

Mannes schließlich selbst auf den Kinderbildern entdeckte. Wie stark sich doch der Mensch im Laufe der Zeit veränderte, sich das Leben im Erscheinungsbild widerspiegelte. Und zugleich blieb etwas bewahrt *vum klähne Buu*, selbst im Gesicht *vunneme alde Sseckl.* Man selbst, auch das eine Merkwürdigkeit, man selbst war gar nicht recht in der Lage das wahrzunehmen. So wie man auch nie nachvollziehen konnte, wenn Freunde und Verwandte sich uneins waren, wer von den Vorfahren den größten Einfluss auf das Äußere und Innere hatte. *Gonz de Vadda* hieß es da von den einen, *Gonz die Mudda* von den anderen. *Abba,* belehrte darauf der Dritte, *dea geht uff de Ooba naus, awwa voll.* Nur eines stand wohl allezeit fest, jedenfalls wenn es um die Zuordnung negativer Eigenschaften ging: *Vun mia hot dea des net!*

„Tschief, gut, dass Sie kumme. Frauä ...“
„Menzlaschweikat, isch heb sie schun gheat vun drauß, Marioon. Guud Nacht um fimfe!“
„Tschuldischung! Dud ma leid, dass ähna vasucht hot, misch umzumbringe.“
„Ou. Schun widda?“
„Tschief, des sollde Sie sich vleischt doch mol ooheere.“
Marion Helche winkte Kommissar Günda mit sorgenvoller Miene zu sich.
„Alla guud. Was isn bassiat?“
„Folgendes: wie isch fäddisch waa mit de Ärwet.“
„Aame Leit uffschreiwe un denne des Geld aus de Dasch ziehe, schääni Ärwet.“
Gertrud Menzlerschweikert ließ sich nicht aus dem Konzept bringen.
„Dreihunnatfimfedreißisch Euro. Bloß heit in neddemol acht Stund. Moin droizähntbeschde Daag effa[118]!“
„Sauwa. Gradlierda!“

---

[118] ever

„Un des bloß, weil isch heit so großzügisch waa. Zwee Minudde driwwa iwwa die Zeit, hawwisch gsacht, oukey, Knaade[119] voa Rescht. Awwa beim näckschde Mol kennisch nix."

„Jetz kumme Sie mol uff de Punkt. Was isn bassiat?"

„Gradn Moment, des gheat alles dezu. Isch hab gedenkt, Sie sin vun de Bollezei, do misst ma jo wisse, wie wischdisch grad die Detteis[120] sin."

„Bidde. Wenns sei muss. Fahre Sie fortt. Un wenns geht gonz weit."

„Des hawwisch iwwaheat! Uff jedn Fall, isch hab mei Zeigs abgewwe im Roothaus. Hab noch korzz beim Kämmara vobeigeguggt. Dea hot gsacht: *Subba, Frau Menzlaschweikat, Sie sin die bescht!* Wies aussieht wärrisch ibbrigenz Midaaweidarin[121] des Jahres."

Kommissar Günda stöhnte.

„Dann hawwisch mia mei Fahrräddl gschnabbt – isch mähn, isch hab jo an sisch ä Dinschtfahrrad. Des keendisch aa nämme, hawwisch die Alaubnis, vum Bürgameischda pasööhnlisch, awwa isch hab gsacht, nää, des muss alles sei Orddnung hawwe, priffaat nämm isch mei eigenes. Un donn binnisch losgfahre uff Gliggabach. Landstrooß. Weil do gibts jo kähn Fahrradweg, uumeeglisch. Do fahre die Audos als so discht! Soo discht!"

Sie zeigte mit den Händen eine Karottenlänge.

„Isch weeß, isch kenn die Streck."

„Wuhea?"

„A, isch pendl vleischt aa im Moment zwische Gliggabach un Fußhoim, weilisch do zum du hab. Weida."

„Awwa Sie fahre mim Audo."

Kommissar Günda zögerte und sah Marion Helche an.

„Odda net?"

---

[119] Gnade

[120] Details

[121] Mitarbeiterin

„Des spielt jo jetz kä Roll. Weida."
„Uff ähmol, isch bin schun halwa doo, kummt mia soä Audo entgeje. Isch denk noch, a dea fäat jo koomisch. So driwwa iwwam Strisch. Un donn plötzlisch kummt des Audo uff misch zu, drekkt! Isch kann grad noch uffd Seit fahre ins Grääwl. Dea heed misch voll vawischt. Doo!"
Ihre Hose wies tatsächlich mehrere Grasflecken auf.
„Dea wollt misch umbringe, des sachisch Ihne. So waah isch do steh."
„Un wisso? Wahrscheinz widda en Seriekilla, odda?"
„Mache Sie sisch bloß luschdisch. Eines Tages ligg isch drunne, unna de Erd, un donn is des Gschrei groß *Heede ma narre uff sie gheat, schaad um die aam Fraa, un sie hot uns imma gwarnnt. Jetz isses zu spoot.* Wisso? Des kannisch Ihne genau saache. Isch glaab, des waa ähna vun denne Raudies, die wu isch uffgschriwwe hab."
„Hm. Un wie hot des Audo ausgsehe?"
„A, wie soe Audo hald aussieht. Die sehe jo eh all gleisch aus heitzudaag. Isch hab fria mol en Käffa[122] ghabt, des waa mei ärschdes Audo. Des waa noch ä Audo. Des hoddä Gsischtl ghabt un Scharagda[123]."
Kommissar Günda hätte ihr an dieser Stelle eigentlich ausnahmsweise zugestimmt, fürchtete jedoch eine weitere Ausdehnung ihres Vortrags.
„Noch was?"
„Greeßa waas."
„En Kombi?"
„Keent sei."
„Faab, welli?"
„Bloo. Odda schwarzz. Uff jedn Fall dungl. Was weeßnisch, do guggisch doch net druff uffm Rad."
„Fahra odda Fahrarin?"

---

[122] Käfer
[123] Charakter

„A, was sollisch Ihne noch alles liffere? De Noome, die Adress, des Kondoo? Fa was hawwe mia die Bollezei. Isch muss schließlich aa gugge, wie isch mei Ärwet gschafft krigg."
„Nänää, des langt mia. Des is subba. Dann is des kä Problähm. Irgendä Audo, irgendä Faab. Denn hammia bstimmt glei vawischt. Värdelze[124] Stund deedisch saache. Höckschdens."
Gertrud Menzlerschweikert kniff die Augen zusammen und legte den Kopf schief.
„Un wennisch doch noch was hab?"
„Waas?"
„Des Kennzeische vleischt."
„Des hawwe Sie?"
„Teilweis wennigschdens. Irgendwas mit M. Was misch bissl wunnat."
„Wisso?"
„Vun Minsche hawwisch noch gaa kähna vawischt. Die fehle mia noch uff meinare Lischt."
„Wasse Gligg!"
„Apropoo, ibbrigenz …"
„Noch ebbes?"
„Nänää, net fa Sie. Des wäa mähna was fa unna uns Fraue."
Sie zwinkerte Marion Helche verschwörerisch zu. Kommissar Günda sah die Wirtin fragend an und erntete ein Achselzucken.
„A, des, wufuu mias ghabt hawwe. Voahien."
„Hä?"
„Isch sach bloß: Ka Ha …"
„Ah!" Marion Helche nickte anerkennend.
„Kaha? Was solln des sei?", mischte sich Kommissar Günda ein.
„Denn kenne Sie net, dea is nix fa Sie."
„Hosch du Ahnung", korrigierte Marion Helche, „de Tschief, dea is aa en Fäähn. Gell?"
„Fäähn, vun wemm?"

---

124 Viertel

„A, vum Hellassoons Knuud, stimmts?“
„Isch sach mol nix.“
„Wenn des so is, donn zeig isch Ihne mol was.“
Gertrud Menzlerschweikert griff in ihre Handtasche und förderte eine Autogrammkarte zutage.
„Doo. Fa misch pasööhnlisch. Gonz pasööhnlisch.“
Kommissar Günda streckte die Hand danach aus, doch die stolze Besitzerin zeigte sich unerbittlich.
„Die Griffl[125] bleiwe fortt, dass des mol klaa is!“

[125] Finger

Fritjof Freese war erschüttert. Ein solches Chaos inmitten ihres Lagezentrums. Der Boden war übersät mit Devotionalien aus Georg Wohlrabes Leben. Noch war er kein einziges Mal bei seinem Chef zu Hause gewesen, aber nun hatte er eine Vorstellung, wie es dort aussah. Auch dessen scherzhaft klingende Aussage, er räume nie den Tisch ab, erschien hier in einem anderem Licht.

Nur zu gerne hätte er einfach alles wieder in die drei Kisten gepackt, aber er war sich nicht sicher, ob diese Unordnung nicht doch einem System folgte, das sich allerdings nur einem einzigen Menschen erschloss: seinem Chef.

„Was gibts, wea will was?"

Am Telefon meldete sich eine unwirsche Stimme.

„Herr Wohlrabe?"

„Ä-ä."

„Tschief?"

„Hajo, wea sunscht."

„Hab ich einen Schreck bekommen, ich dachte, schon, ich hätte mich verwählt. Ich bins, Freese. Ich stehe hier gerade im Nebenzimmer vom Lamm."

„Nix oofasse!"

„Nein, nein, keine Sorge, ich fasse nichts an. Die Putzfrau war allerdings schon da. Und die Sperrmüllabfuhr. – Scherz!"

„Gottseidong."

„Sagen Sie mal, können Sie mit dem Zeugs irgendwas anfangen? Bringt uns das irgendwie weiter in unserem Fall?"

„Ealisch gsacht, isch bin so bissl u-sischa. Rischdisch was gfunne hawwisch noch net. Awwa mia gfällt des, bissl rumkruschtle. Langsoom weeßisch aa, was des fa ähna waa, de Wohlrabes Schorsch. Un du, was hosch du gschafft? Hosch widda en Groß-allaam ausgleest?"

„Nein, heute muss ich Sie leider enttäuschen. Dafür habe ich eine Zeugin aufgetrieben, die bestätigen kann, dass es kurz vor dem Mord eine besonders heftige Auseinandersetzung zwischen den Brüdern gegeben hat. Beinahe wäre es sogar zu Handgreiflichkeiten gekommen. Auf jeden Fall hat Jakob seinem Bruder mit solchen gedroht."

„Hm. In demm Zammehang, hältsch du denn eigendlisch fa gfäalisch, unsan Joggl?"

„Sie meinen überhaupt, auch für andere, also gemeingefährlich?"

„Ähä."

„Also eine Gefahr für die allgemeine Stimmungslage, für den Konsumklimaindex, das ist er auf jeden Fall, dieser Muffelekopf."

„Muffzekopp heeßt des, Freese, Muffzekopp! Soä schäänes Wortt fa soen Bruddlische. Obwoohl, wahrscheinz is dea im Härzzl gonz sensibbl. Wie isch."

„Mag sein, aber das kann er dann wirklich gut verbergen. Wieso fragen Sie?"

„A, du a-innasch disch on denn Schäärwe vun Glickabach?"

„Den was?"

„Die mit derre Stimm!"

„?"

„Die Stimm wie die Drombeede vun Järrischoo[126]."

„Ah, Sie meinen die Glickerbacher Gemeindevollzugsbeamtin."

„Gönau. Die schafft jetz in Fußheim."

„Oh, da muss ich aber aufpassen beim Parken."

„Uff jedn Fall, die waa grad doo bei mia."

„Sehr gut, meine Rede, Tschief, Sie brauchen eine Frau."

„Hea mol, Freese, hosch du was gedrunge, dass du so uffgegratzt bisch?"

„Nein, ich hatte nur auch gerade eine Begegnung mit so einer Art Scherbe von Fußheim."

„Freese? Du ma die Lieb: losses! Des dud ma weh, wenn du des sachsch. Du bischn liewe Kärll, awwa vasuchs bidde net mit unsare Sprooch. Schäärwe! Des wäas gwest. Schäärwe! Allo,

---

[126] die Trompeten von Jericho

moin Schäärwe, dea hot mia grad vazehlt, sie wäa schiagaa umgfahre worre vunemme Audo. Midde uff de Strooß."

„Und Sie glauben, das könnte im Zusammenhang stehen mit unserem Mordfall?"

„Isch? Isch glaab gaa nix. Un du?"

„Für mich klingt das eher nach einem telefonierenden Autofahrer, der nicht aufgepasst hat."

„Gönau. Iwwahaupt, mia gfellt des alles net. Insgsamt. Fa misch basst des alles net zamme."

„Sie zweifeln daran, dass hinter dem Mord ein Bruderzwist steckt?"

„Du kennsch Wördda, Freese. Zwist, wie des klingt. Vun mia aus hawwe die soen Zwist ghabt, soen eewische. Un desdaweje bringt de äh de anna um? Uff ähmol? Noch ball seschzisch Joa – wejem Dauazwist?"

„Kann doch sein? Den Brudermord kennen wir seit Kain und Abel."

„Hosch du mol droo gedenkt, Freese, dass des vleischt irgendähna waa?"

„Sie meinen ein Fremder?"

„Gönau. Dea wu denn Schorsch gaa net gekennt hot. En Raiwa[127]. En Iwwafall, en gonz nommaale. De Schorsch is bissl spaziere gange, uff ähmol kummt ähna, will demm sei Geld. Desdaweje hawwe sie donn soen Zwist, un de Raiwa gibt demm Schorsch en Bumba, un dea blotzt nunna, un hie issa. So äfach."

„Ich weiß nicht. Für mich deutet alles auf den Bruder hin. Und wenn ich das richtig einschätze, bin ich ihm auf den Fersen. Viel fehlt nicht mehr, Tschief, und dann haben wir ihn."

„Hm. Äh, was annares, hosch du eigendlisch was rausgfunne weje de Scheia?"

„Ach ja, ich habe mich erkundigt bei einer kompetenten Quelle."

„Wea?"

---

[127] Räuber

„Frau Wohlrabe.“
„DRuth? Waasch du bei derre? Wie siehtsn do aus? Des deed misch mol indressiere. Bstimmt is des alles wie gleckt.“
„Nein, ich habe es vorgezogen sie nur anzurufen, und sie hat mir die Geschichte erzählt.“
„Unn? Jetz machs hald net so spannend.“
„Tschief, ich weiß wirklich nicht, wieso das wichtig ist.“
„Fa misch, Freese. Bidde!“
„Also gut, die Sache ist einfach. Die Konzerte liefen gut.“
„Des weeßisch, isch waa jo dortt. Weida.“
„Aber auch damals gab es schon …“
„… Zwist, des hawwisch mia glatt gedenkt.“
„Fürs Programm war Jakob Wohlrabe zuständig. Die Organisation lag bei Georg. Und immer häufiger war der nicht mit der Programmauswahl einverstanden, vor allem, als das Interesse der Leute an dieser Volks- oder Folkmusik nachgelassen hat. Georg Wohlrabe hat sich in die Programmgestaltung eingemischt und wohl auch ein paar Bands engagiert, die für seinen Bruder qualitativ nicht gut genug waren, aber Publikum gezogen haben. Jakob dagegen hat gerne experimentiert, irgendwelche Avantgardesachen veranstaltet.“
„Fa zwonzisch Leit. Schun klaa, wie heit aa. Un irgendwonn waas hald rum, die Sach.“
„Nein, es gab einen echten Bruch. Georg Wohlrabe hat angefangen, die Scheune zu vermieten für geschlossene Veranstaltungen, was sein Bruder unmöglich fand, aber Geld gebracht hat. Es gab wohl irgendwann eine Geburtstagsfeier von irgendeinem hohen Tier bei der Plattenindustrie, und von da an hatte Georg Wohlrabe gute Kontakte dorthin. Es gab Exklusivkonzerte von Bands in der Scheune nur für ausgewähltes Publikum, das war für Jakob der pure Kommerz.“
„Hodda rescht ghabt.“
„Und dann hat Georg seinerseits begonnen, Musik zu machen.“
„Jod S 11.“

„Wohlgemerkt, ohne ein Instrument spielen zu können – Frau Wohlrabe hat durchblicken lassen, dass beide Brüder nicht gerade musikalisch veranlagt waren. Damals war die Plattenindustrie wohl sehr offen für alles Mögliche."
„Gonz aiig offe soggaa. Neue deutsche Welle hot des gheeße. Fuaschbaa. Ähns schlimma wies annare. Mit gonz wennische Ausnoohme. Do bisch du zu jung, des kennsch du net, sei froh!"
„Von wegen, Tschief, wenn ich mit meinen Freunden Ski fahre, gibt es immer mal wieder solche NDW-Partys. *99 Luftballons*, *Sternenhimmel*, *Ich will Spaß*, richtig tolle Gute-Laune-Musik."
„Eewe", seufzte Kommissar Günda. „Do binnisch aa imma glei aiig guud druff, wennisch des hea. Weida!"
„Georg hat die große Musikkarriere versucht, Jakob hat sich davon distanziert und schließlich die Scheune für den Buchladen genutzt und zum Antiquariat gemacht."
„Des langt mia schun, jetz weeßisch Bscheid. Donge."
„Gerne. Aber wissen Sie, was ich tatsächlich interessant fand?"
„Waas?"
„Georg Wohlrabe hat nicht nur organisiert, er hat auch vor Ort dafür gesorgt, dass alles funktioniert. Technik, Einlass, aber auch Ruhe und Ordnung. Der Mann war schon damals eine Respektsperson. Er musste auch gar nicht groß eingreifen, es genügte seine Anwesenheit. Er war wohl, wie man das so schön sagt, eine natürliche Autorität."
„Wie isch. Gell, Freese?"
„Anders, Tschief. Etwas anders."
„Un wisso finsch du des indressant?"
„Nun, es erklärt, wieso Georg Wohlrabe als Friedensrichter Erfolg hatte."
„Des stimmt alladings, Freese, bisch dochen Fuchs. Des nitzt nix, wenn du soe salomoonisches Uadeil fälle kannsch, un kähns hält sisch droo. Dea hot jo kä Bollezei hinnedroo ghabt, die wu defoa soiigt, dass des gemacht wärd, was de Schorsch sacht. Des hot misch schun imma bissl gwunnat, dass des funzioniat. Die

Leit misse denn schun rischdisch reschbekdiat hawwe, des stimmt, do sachsch du was."
„Sein Bruder dagegen blieb immer lieber im Hintergrund. Wenn es Ärger gab, war Georg zur Stelle, Jakob hat groß gemeckert, aber ist dann verschwunden. Im Grunde wie heute auch. Und das alles hat dieser Mann über die Jahrzehnte in sich hineingefressen, ist doch klar, dass die Bombe irgendwann platzt."
„Äh, was annares."
Freese seufzte, er hatte sich immer noch nicht daran gewöhnt, dass sein Chef im Gespräch gerne abrupt das Thema wechselte.
„Hosch du eigendlisch mol ä Audo gsehe middeme Kennzeische M?"
„Wie kommen Sie jetzt darauf? Aus München, klar, jede Menge."
„Aa doo? Bei uns?"
„Kommt vor, gar nicht mal selten."
„Turischde[128]?"
„Oder Mietwagen."
„Mietwaare? Guggemoldoo."

---

[128] Touristen

„Sie?“
Freese hatte sich an diese offenbar ortsübliche Ansprache gewöhnt und drehte sich gelassen zum Lammwirt um, dessen Rufen ihn beim Hinausgehen soeben noch erreicht hatte.
„Ja?“
„Isch wollt Ihne bloß saache, mogge misse Sie bissl uffbasse. Do wolle sie bei uns bleddlä.“
„Interessant.“
„Isch wollts bloß gsacht hawwe, net dasses heeßt, isch heed Ihne nix gsacht.“
„Aha. Und wer wird das tun?“ Freese wollte sich keine Blöße geben, aber gleichzeitig mehr erfahren, denn es schien sich doch um einen bedeutsamen Hinweis zu handeln.
„Kää Ahnung, die kumme jo heit vun iwweraal hea.“
Jetzt war es klar, es handelte sich um ein volkstümliches Fest, offenbar ein Ereignis für die gesamte Region.
„Aber da darf nicht jeder mitmachen, oder?“
„Beim Bleddlä? Wisso? Wolle Sie des aa?“
„Nun“, antwortete Freese jovial, „das würde ich schon hinkriegen. Ein bisschen vorschlafen, gute Laune mitbringen und los gehts.“
„Heede Sie Indresse?“
„Woran?“
„A, am Bleddlä.“
„Wieso nicht?“
„Alla guud, Reschbekt, des heedisch net awartt vun Ihne. Sauwa. Isch kimma misch. Isch schwätz glei mol mim Bellmes Walda, dea wäa zustännisch.“
„Prima, wann gehts los?“
„A, isch schätz um halwa de siwwene. Spädeschdens.“
„18:30 Uhr, ist notiert.“
„Mooment. Moggens.“
„Oh, mal was anderes. Das kenne ich von Basel, da gibt es ja auch den traditionellen Morgenstreich.“

„Pff, Moggestreisch, des hawwe mia schun long. Bei uns wärd imma glei moggens gstrische. Was mia hawwe, des hawwe mia. Alla!“

„Einen angenehmen Abend noch, dann machen Sie aber heute nicht mehr so lange, oder?“

„Hä? Wisso?“

„Na, wenn es morgen so früh losgeht. Sie sind doch bestimmt auch dabei?“

„Isch? Beim Bleddlä? Bin isch dabbisch. Awwa wenn Sie debei sin, gugg isch uff jedn Fall späda bissl zu.“

Kommissar Günda beschloss, den Abend bei einem Bier im Roten Ochsen ausklingen zu lassen. Seine Hoffnung, in der Gaststube Marion Helche anzutreffen, erfüllte sich zu seinem Leidwesen nicht. Und so beschloss er, einen Spaziergang durch Glickerbach zu machen, auf den Spuren der alten und jüngsten Vergangenheit. Sein Weg führte ihn zu den Orten, die er kannte, zum ehemaligen Heaven, zum Rathaus, zum Duwak & Kruscht, zum Friedhof und erneut zum Blumenladen. Der eine oder andere registrierte ihn verwundert, manch einer grüßte nicht ohne Neugier, aber Kommissar Günda war viel zu sehr in Gedanken, als dass er sich auf ein Gespräch hätte einlassen wollen.

Seltsam, wie sich Lebenswege kreuzen, wie Entscheidungen fallen, die im Nachhinein besehen von ungeheurer Tragweite sind, weil sie alles verändern und das künftige Leben bestimmen. In dem Moment, da sie getroffen werden, erscheinen sie zufällig, beiläufig. Was hatte Georg Wohlrabe veranlasst, seinem erlernten Beruf den Rücken zu kehren? Wieso hatte er keine Frau, keine Kinder? Warum hatte er sich trotz allem nie vom gemeinsamen Buchladen gelöst? Aus welchem Grund hatte er sein Testament geändert? All diese Fragen beschäftigten Kommissar Günda an diesem wunderbar lauen Sommerabend nicht mehr. Längst hatten sie sich verwandelt in Fragen, die er sich zu seinem eigenen Leben stellte und die in einer gipfelten: *Wenn mach isch mol zu moim Ärwe?*

Ein Werbeplakat führte ihn schließlich zurück zum Mordfall Wohlrabe: *Haben Sie auch noch alte Filme auf Super 8 oder VHS, aber keine Geräte zum Abspielen? Kein Problem, wir zaubern aus Ihren Schätzen eine DVD! Schallplatten-Willi, Beethovenstraße 8.*

Es war zu spät für ein Telefonat, aber noch nicht für eine SMS. *Bisch du noch doo? frägt doin Tschief*

Es dauerte keine zwei Minuten, und er erhielt er die Antwort.
Yep
Isch bräuscht was
Was?
VHS-Rekorder
Wird schwierig, kümmere mich morgen früh
Ä-ä
Wieso nicht?
Froog äfach dei Muddi, ia habt ähna, hawwisch gsehe
Okay, ich frage sie. Morgen.=)
Hä?
Besuch!
Du odda die Muddi?
Beide
Sauwa
Kommen Sie morgen auch so früh?
Hä?
6:30 Uhr
Zwee Mol Hä?
Darf mitblättele
Häääää?
Oder heißt das bleddsche?
Mähnsch du bleddlä?
Yep

Kurz darauf klingelte Freeses Handy.
„Tschuldischung, awwa des mussisch genaua wisse. Du schaffsch fa die, bei denne? Was hoschn schun widda oogstellt?"
„Schaffen? Sie meinen arbeiten?"
„Bleddlä, des heeßt Plat-ten va-le-gen? Kennsch des net, meiik da des mol, skamma als brauche."
„Oh!" Freese konnte die Enttäuschung nicht verbergen. „Ach so, ich dachte, es handelt sich um einen volkstümlichen Brauch, ein Volksfest. Dann war das wohl ein Missverständnis."

„So kanns gehe, wenn isch mol net debei bin. Aldale, Aldale, imma schää uffbasse. Gdnacht. Un Freese?“

„Ja, Tschief?“

„Bleddlä kannsch bei mia aa. Jedazeit.“

Wie stellt man es an, sein Leben zu verändern, wenn man nicht einmal weiß, in welche Richtung? Wie hatte das dieser Hellerson geschafft? Oder war der schon immer seiner Sache, seines Weges so sicher? Bestimmt nicht. Wahrscheinlich hatte es einen Auslöser gegeben, einen Wendepunkt. Kommissar Günda forschte in seinen Erinnerungen. Hatte er für sich diesen Moment verpasst? Warum war diese Stelle im Leben auch nicht entsprechend deutlich markiert? Oder hatte es genügend Fingerzeige gegeben, die er nur übersehen hatte? An Ratschlägen und Empfehlungen, an Bitten, Wünschen und Forderungen hatte es nie gemangelt. Stets hatte es jemanden gegeben, der etwas von ihm wollte, ob er etwas tun sollte oder unterlassen. Manchmal gab es gleich mehrere, die an ihm schoben und zerrten, waren die Interessen durchaus widerstreitend, und er hatte sich für die eine oder andere Seite zu entscheiden. Hatte es je eine Entscheidung gegeben, die er nur für sich, ganz alleine um seiner selbst Willen getroffen hatte? Was hatte es zu bedeuten, dass ihm spontan keine einzige einfiel? Oder ging das gar nicht, weil wir immer und überall in Beziehung zu anderen stehen, ihnen gehorchen, vertrauen, sie fürchten oder lieben?

Wenn man jung ist, erliegt man immer wieder der Vorstellung, bald alles tun zu können, stark und unabhängig zu sein. Er erinnerte sich gut an dieses Jetzt-gehts-los-Gefühl der Freiheit, immer dann, wenn etwas zu Ende ging. Die Schule, die Ausbildung, eine Liebe. Und jedes Mal war er enttäuscht worden, denn sofort taten sich neue Verbindlichkeiten auf.
Aber wieso witterte er ausgerechnet jetzt die Chance, endlich sich zu folgen, soim Härzzl, soim Ronze[129]? Vielleicht, weil es die letzte Gelegenheit war? Nein, ganz einfach, weil er keinem mehr etwas beweisen musste. Zumal der Beweis keinen mehr interessierte. Weil niemand mehr etwas von ihm wollte,

---

129 Bauch

abgesehen von ein bisschen Pflichterfüllung. *Schaff was, kaaf was, Günda, hald die Gosch! Des langt.* Ihm reichte das nicht mehr.
Und da kam nun einer, der ihn ermunterte, ermutigte. Wie sehr hatte er sich immer einen väterlichen Freund gewünscht, der es absichtslos gut mit ihm meinte. Dieser wildfremde Mann schien genau das zu sein. Und er musste ihm noch nicht einmal gegenüber sitzen, nein, es genügten dessen Gedanken in einem Buch, 238 Seiten, 19 Euro 90. Keine quälend-konstruktiven Diskussionsprozesse, keine rotweingetränkten Analysen, garniert mit Selbstmitleid. In diesem Buch gab es Antworten auf Fragen, die er sich tatsächlich jetzt und erstmals so stellte. Wie konnte das sein? Saß er einem raffinierten Guru auf? War er plötzlich labil? Hatte er sich auf seine alten Tage seiner Kritikfähigkeit begeben? Dagegen sprach vor allem eines: dieser Hellerson wollte nichts von ihm, er ließ ihn in Ruhe, ließ ihn einfach er selbst sein.
Zu gerne wäre er jetzt mit diesem Mann irgendwo am Meer *uffm Bengl ghoggt* und hätte in den Himmel geschaut. Und am Ende der Zeit würde der ihm zum Abschied auf die Schulter klopfen: *Du machsch des schun, moin Liewa!*

Vor Kurzem hatte ihm Freese Zugang zum Internet verschafft. Nachdem er sich erst lange gesträubt hatte, verbrachte er nun ganze Nächte damit, nach den Helden seiner Jugend zu forschen, nach verschollenen Mitgliedern seiner Lieblingsbands. Oder er verlor sich gleich stundenlang in der Musik, saß gebannt und *bissl uffgreegt* vor Konzertmitschnitten in Schwarz-Weiß, von denen er ohne das Internet nicht zu träumen gewagt hätte, dass es sie überhaupt gab.
Über Knut Hellerson fand sich viel, über sein Vorleben wenig. Vor seinem Bestseller hatte er wohl als Kolumnist für namhafte Zeitungen geschrieben, dabei vorwiegend im Ausland gelebt. In die breite Öffentlichkeit war er erst vor Kurzem getreten mit Erscheinen seines Buchs. Aus dem Nichts gewissermaßen. Doch

wie bei jedem Prominenten fanden sich auch zu Hellerson jede Menge Einträge, auf den Verlagsseiten, aber auch in irgendwelchen obskuren Foren. Dort wurde spekuliert, kolportiert und bisweilen auch übel nachgeredet, wie stets, wenn man Menschen die Chance dazu gibt. Es hielt sich auch hartnäckig das Gerücht, Hellerson sei nicht sein wirklicher Name. Na und? Hatte man die Verpflichtung, der Welt alles über sich und sein Leben preiszugeben, wenn man plötzlich ein bisschen prominent war? Und war das nicht im Kern sowieso bloß blanke Neugier der Leute ohne echtes Interesse am Menschen? Auch von seinem jetzigen Privatleben erfuhr man nicht viel, sah man von seiner attraktiven Begleiterin ab. Was solls! Hatte er nicht alles Recht dazu, nur das zu offenbaren, was er wollte? Glücklich, wer gewillt und in der Lage war, das zu steuern.

Vielleicht wäre das sogar auch etwas für ihn. Für alle Welt war er seit ewigen Zeiten *de Günda*, für einige auch *de Tschief*. Wieso sollte man den nächsten Lebensabschnitt nicht mit einem neuen Namen starten? Bob Dylan, Sting, Willy Brandt, viele hatten sich einen anderen Namen zugelegt, aus welchen Gründen auch immer. Nicht, dass er mit seinem Namen unzufrieden wäre, aber er hatte dieses höchstpersönliche Kennzeichen schließlich nicht selbst gewählt. Sich eben nur wie alle anderen daran *gegwööhnt*.

Freeses *Muddi* war ein Schatz. Selbst der bald 25 Jahre alte Videorekorder war gepflegt und verrichtete problemlos seinen Dienst, wenn auch unter leisem Quietschen. Freese hatte zudem einen tragbaren Fernseher mitgebracht, ähnlich alt, so gab es keine Anschlussprobleme.

Kommissar Günda saß andächtig vor dem Bildschirm. Das Band mit der Aufschrift *Jod S 11 im TV* begann mit einer Ansagerin. Das waren Zeiten! Die Abendschau folgte, drittes Programm. Kommissar Günda spulte, Kultur kam immer am Schluss. Im Schnelldurchlauf hasteten die Bilder durch Landtag, Weinberge, Industriehallen, Fußballstadien, zwischendurch Menschen in Tracht, der Bodensee. Da! Zuckende Leiber, das musste es sein. Er spulte zurück. Der Moderator schlug den Bogen von einer aufsehenerregenden Ausstellung in der *Kulturmetropole Stuttgart* zu einem *Musikprojekt in der Provinz*. Die Ansage mündete in ein süffisantes Lächeln.
„Sseftl", kommentierte Kommissar Günda aus vollem Herzen.
Der Bericht begann mit Musik. Synthie-Bässe, Bombast-keyboards, der typische Schlagzeugsound jener Tage. Eine Mischung aus OMD, Spandau Ballett und New Order. Kommissar Günda wunderte sich, dass ihm diese Bandnamen überhaupt noch geläufig waren, denn mit deren Musik konnte man ihn jagen. Schon immer. Schlimm, was sich unser armes Hirn so alles merkte.
Man schien alles zusammengeklaut zu haben, was damals erfolgreich war, bis hin zu diesen merkwürdig hüftsteif staksenden Leibern, die immer von einem Bein aufs andere hüpften und dabei die grundlos angewinkelten Arme möglichst unkoordiniert in die Gegend deuten ließen. All das im blitzenden, die Kameras überfordernden Scheinwerferlicht, in allen möglichen Farben, aber bevorzugt in einem giftigen Grün, das Kommissar Günda an den Titel eines Festivals jener Zeit erinnerte: *die Chlorleichen*. Der Song selbst bestand nur aus einem

ständig wiederkehrenden Refrain, dessen kinderliedhafte Melodie sich stark an *Häschen in der Grube* orientierte und der sicherheitshalber nicht nur gesungen, sondern auch von einem schwülstigen Keyboard gespielt wurde. Die Musik wurde leiser, eine Stimme setzte den Zuschauer in Kenntnis, dass es sich um den ersten öffentlichen Auftritt einer neuen Band namens Jod S 11 handelte. Die Frontmänner würden von ihrer Plattenfirma als zwei obercoole Jungs angepriesen, die sich nun anschickten, London und New York mit ihrem ultraneuen Sound aufzumischen. „Und das aus unserm Ländle", so der Sprecher, „das wollten wir genauer wissen." Eine langmähnige Blondine im kurzen Uschi-Nerke-Kleid erschien und erklärte, dass die Jungs von den Plattenaufnahmen und den Tourvorbereitungen völlig erschöpft seien und deshalb prinzipiell vor ihrem geplanten Auftritt bei *Top oft the Pops* keine Interviews gäben. Sie selbst sei als ihre persönliche Betreuerin die letzten vier Wochen rund um die Uhr mit ihnen zusammen gewesen, und sie könne nur sagen, es handele sich um absolute Ausnahmetalente, die Entdeckung des Jahrzehnts, und trotzdem seien die beiden Boys ganz bescheiden geblieben und überhaupt unheimlich süß.

Es folgten Aufnahmen vom Fotoshooting in einer ehemaligen Industrielandschaft, bei denen sich die Jungs an Bagger, Tröge und Kettenzüge lehnten, mal mit, mal ohne Sonnenbrille, ohne dabei je eine Miene zu verziehen. Kommissar Günda fühlte sich an etwas erinnert. Möglicherweise hatte er damals doch diesen Bericht gesehen.

Nun erschien ein Typ, den er auf jeden Fall wiedererkannte, hatte der ihn doch bei jedem Auftauchen im Fernsehen oder Radio *workssе glosst*[130]. Mit dem ihm eigenen affektiert-ironischen Unterton, seine chronisch-schwitzige Nervosität mit Arroganz überspielend erklärte er, man habe die beiden „Shootingstars"

---

[130] Brechreiz ausgelöst

doch noch aufgetrieben. Schnitt. Tatsächlich tauchten nun die beiden auf.
„Hey, Leute, ich bins, euer Lieblings-DJ!"
Die Jungs wirkten verdattert und schauten hilfesuchend um sich.
„Ihr beide seid ja sehr cool, hab ich recht?"
„Des stimmt schun", lächelte der eine, und alle Coolness, die er jemals besessen haben sollte, fiel mit einem Schlag von ihm ab. „Mia sin halt kuhl, mia zwee. Stimmts, Schorsch?"
„Das haben wir schon gemerkt. Was ist denn das Neue, das Besondere an eurer Musik?"
„Äh …, mon konn donze dezu …"
„Tanzen, das ist ja mal was Neues, supertoll. Und was wollt ihr euren Fans in aller Welt sagen? Ein Satz, was ist eure Botschaft an eure Millionen Fans da draußen?"
Er hielt dem anderen das Mikrofon unter die Nase.
„Kaaft unsa Blatt[131]!"
„Darauf hat die Welt gewartet", erklärte der Glibbrig-Gleißende in einem letzten Anflug von Selbstgefälligkeit. „Mal schauen, ob sich das Schicksal nicht doch noch erbarmt und das Blatt sich wendet. Pardon, ich meine natürlich: die Platte. Hehehe."
„Bleeda Owwaseftl, bleeda!", brummte Kommissar Günda. „Awwa was solls, denn kennt heit aa kähna mea."

---

131 Kauft unsere Platte

Während sich Kommissar Günda nicht von Georg Wohlrabes wechselhafter Biografie lösen konnte und sich das Jod-S-11-Video nun bereits zum dritten Mal anschaute, machte sich sein Assistent wieder auf zur Lesbar. Er hatte sein Auto in einer Nebenstraße geparkt und sorgfältig darauf geachtet, dem Lammwirt nicht zu begegnen. Denn noch wusste er nicht, wie er dem sein Fehlen an diesem Morgen erklären sollte. Doch vielleicht würde der Fall Wohlrabe schon sehr bald zum Abschluss kommen und damit alles andere vergessen lassen.
Die Staatsanwältin hatte er bereits informiert, ein Haftbefehl schien denkbar. Für Freese stand außer Frage, auf wen der ausgestellt sein sollte.

„A, nää, jetz langt mias. Isch muss mei Ärwet schaffe. Hawwe Sie nix zum du?"
„Doch, doch. Sogar jede Menge. Nur führt mich meine Arbeit leider direkt zu Ihnen, Herr Wohlrabe. Können Sie sich vorstellen, warum?"
„Hm, vleischt weil Sie doo aa was bleddlä wolle?"
Freese ließ sich nicht aus dem Konzept bringen: „Für mich steht fest, dass Sie etwas mit dem Tod Ihres Bruders zu tun haben."
Jakob Wohlrabe schnaubte verächtlich.
„Weil isch des bissl ärb, wofia isch moin Leebdaag schun gschafft hab?"
„Das *bisschen* ist gut."
„Alles annare is doch eh nix weat."
„Nun, da ist immerhin das große Haus Ihres Bruders."
„Schulde bis owwehie! Dea hot sisch vaspekuliat, dea Dabbes. Un wahrscheinz hängt moin Soohn aa mit drin, dea vakeeft jo so Zeigs, Akzje, Fongs." Freese erschauderte bei diesem Begriff. „Glumb halt. Moim Bruda? Demm gheat nix. Des Ähnzische, was dea noch net vapfändet hot, des waa soin Andeil an unsam Laade, weil, wenna des aa noch vajuxt heed, dann deed sisch de Vadda im Grab rumdrehe."

„Es gibt Zeugen, die bestätigen, dass es zwischen Ihnen und Ihrem Bruder im Vorfeld der Tat massive Auseinandersetzungen gegeben hat.“
„Unne? Nommaal.“
„Sie sollen ihn angegriffen haben.“
„Weeßisch nimmi. Kann sei.“
„Bedroht.“
„A, hea doch uff! Isch hab misch hald uffgregt weje demm. Mei Lebdaag. Dea hot imma bloß an sisch gedenkt.“
„Und ans Geschäft.“
„Awwa nie ans Gschäft wie sischs gheat. Hauptsach Kohle. Egool wuhea. So geht des doch net. Des hawwisch demm hald eigschenkt. Imma widda.“
„Dieser letzte große Streit hat sich entzündet an der heutigen Lesung.“
„Wea sacht des?“
„Das spielt keine Rolle.“
„Ah, isch weeß schun, die Orschl. Die zarreißt sisch doch iwwa jedn des Maul. Ian aame Monn. Obwohl, dea is jo selwa schuld, wenna sisch so ähni nimmt.“
„Also, wieso gab es Streit um die Lesung von diesem Hellerson?“
„Ärschdens: des is doch kää Buch, kää rischdisches. Des isn Raatgewwa. Fa Leit wus needisch hawwe. Vunemme abgfeimde Gscheftlinmacha. Des is doch kää Lidderadua.“
„Es ist immerhin ein Bestseller.“
„Eewe drum. Do siehschs doch schun droo, Bestsella, pff, des kann jo nix sei. Vun so was machisch doch kää Lesung. Sonst lossisch demnäckscht glei Dudde voalese.“
„Na, das ist ja wohl etwas übertrieben.“
„Wisso?“
Freese spielte seine umfassende Dialektkenntnis aus. „Aus Tüten vorlesen?“
„Oh, liewi Zeit, wea hottn Sie losglosst, Sie vastehe jo gaa nix.“

„Bitte, dann klären Sie mich mal auf."
„Des", Jakob Wohlrabe zog aus einer Schublade eine Plastiktüte, „des is ä Dudd. Un des", er deutete auf das oberste Regal, in dem sich die Nachschlagewerke befanden, „des is alles vum Dudde."
„Na schön, da haben Sie mich ja mal belehren können. Meinen Glückwunsch! Das ändert nichts daran, dass Ihr Bruder gänzlich anderer Meinung war, was die Lesung betrifft."
„Wenns noch demm gange wäa, do heede mia alles gmacht, am End soggaa Kochbüschas voalese. Un außadähm", er senkte die Stimme eindringlich, „außadähm gheat ä Lesung net in die Mehrzweckhall. Do kenne sie ian Fasching mache, ian Sportlaball vun mia aus, awwa doch kää Lesung."
Freese meinte kurz, seinen Chef zu hören. Diese Aussage würde der gewiss voll und ganz unterschreiben.
„1500 Leute sehen das anders, die kommen heute Abend."
„Isch net, isch brauch denn net sehe, denn Hannebambl."
„Oh, doch. Mein Chef legt großen Wert darauf, dass Sie heute Abend dabei sind."
„Wisso?"
Die Frage brachte Freese kurz aus dem Konzept.
„Die Fragen stelle ich. Es ist wichtig."
„Kää Luscht."
„Herr Wohlrabe, meine Geduld ist nicht unbegrenzt, ich kann auch ganz andere Saiten aufziehen. Ich kann auch gerne einen Haftbefehl beantragen."
„Vun mia aus, kummisch hald, hawwisch wenigschdens was zum Lache. Fuchzähhunnat bleede Schoofhamml un ian Wolf."
„Dann kommen wir doch mal zur Sache: wieso haben Sie Ihren Bruder bedroht?"
„Was heeßtn do bedroht, des hawwisch doch bloß so gsacht, jetz nemme Sie des doch net so ärnscht. Hawwe Sie kähn Bruda, demm als mol ähni gebatscht gheat?"

„Nein, bedauere, ich habe keine Geschwister, und für mich gehören Handgreiflichkeiten auch nicht zum Standardrepertoire, wenn es um Konfliktlösung geht. Für Ihren Bruder wohl auch nicht, wenn ich recht informiert bin."
„Hä?"
„Wussten Sie, womit Ihr Bruder sein Geld verdient hat?"
„Weeßisch."
„Hatten Sie davor keinen Respekt? Ich meine, abgesehen davon, dass es ein staatliches Gewaltmonopol gibt und die Justiz grundsätzlich nicht in die Hände von Privatleuten gehört, zeigt das ja immerhin, welch hohes Ansehen Ihr Bruder hier in Fußheim genossen hat, wenn so viele seine Dienste in Anspruch genommen haben."
„Was fan U-sinn!"
„Wieso?"
„Wisse Sie, wisso dass die Leit zu moim Bruda gange sin?"
„Na?"
„Weil des billischa waa, wie wenn sie uff Heidelbäiig uffs Grischt gange wäre."
„Mag sein, aber dafür gibt es bei Gericht Rechtssicherheit, Gerechtigkeit und ein verlässliches Urteil."
„Sie hawwe wiaklisch kää Ahnung." Jakob Wohlrabe schaute Freese mitleidig an. „Uadeil. Geräschdischkeit. Pff. Die meischde Vafahre, wisse Sie, wie die ausgehe? Middemme Vagleisch. De Rischda is froh, dassa kää Uadeil schreiwe muss, un die Ähnzische, die wu sisch freie, des sin die Oowält, weil die än Haufe Geld vadiene, gonz egal, wies ausgeht. Jeda fiehlt sisch im Rescht, awwa kähna kriggt Rescht. Un des hot moin Bruda kabiat, dea raffiniade Sseckl. Un wisse Sie warum?"
„Na?"
„Weila selwa mol vaklagt worre is."
„Weshalb?"
„Was weeßnisch, irgendwas mit derre dabbische Trill-Bänd."
„Jod S irgendwas."

„Odda so."
„Wissen Sie noch, worum es da ging?", hakte Freese nach, der ahnte, dass seinen Chef die Antwort darauf interessieren würde.
„Irgendwas wejem Noome. Wea denn weidabenutze derf."
„Wie, weiterbenutzen?"
„Die hawwe sisch doch uffgleest. Des hot doch alles kähn Docht ghabt, Nu Joag[132], London, do lachisch jo. Awwa des hawwe die geglaabt. Un donn hot des net funzioniat, un donn hawwe sisch die zwee vastridde."
„Zwei?"
„Des waa doch kää Bänd, des ware grad die zwee."
„Welche zwei, Ihr Bruder und?"
„De Ottl."
„Ottl wer?"
„Kää Ahnung, des waa irgendsoen Dabbes vun Reilinge driwwe, glaawisch. Dea hot mit meim Bruda studiat. Zärscht wollde sie en Lade uffmache fa Inschdrumende, dann hawwe sie hald ä Bänd gegründet, weil irgend soen Sseckl denne gsacht hot, do kamma schnell reisch wärre. Hauptsach Geld. Do ware schun die Rischdische zamme. Des ware guude Kumbl, bisses donn gekracht hot. Wunnat misch jo net, bei moim Bruda, mit demm hosch glei Hendl gekriggt. Dea wollt imma Rescht hawwe. Desdaweje hot des demm späda aa so aiig gut gfalle, wenn die Leit zuem kumme sin, dassa was entscheide derf. Un weila nadierlisch oddentlisch kassiat hot dodefoa."
„Haben Sie seine Dienste auch in Anspruch genommen?"
„Isch? Binnisch bleed? Fa waas?"
„Nun, es gab ja zwischen Ihnen auch Konflikte. Da hätte es ja nahegelegen, wenn Ihr Bruder auch dafür eine Lösung gefunden hätte."

---

132 New York

„Moin Bruda, pff. Bei annare, do hot dea des gekennt. Soe Gosch! Awwa selwa? Bei soim eigene Kees? Oh liewi Zeit. Froore Sie mol sei Fraa, sei Ex."
„Apropos, wie war eigentlich das Verhältnis zwischen Ihrem Bruder und Ihrer Frau?"
„Was solln des? Was fa Vahältnis, do gabs kähns, des waa hald ian Schwoochaa[133]. Mähna net."
„Sind Sie sicher?"
„Awwa wohl."
„Hat es Sie eigentlich nie gewurmt, dass Sie finanziell von Ihrer Frau abhängig sind?"
„Des mussisch ma net oohoische."
Jakob Wohlrabe wandte sich ab und ging auf die Tür zu.
„Wann haben Sie Ihren Bruder das letzte Mal gesehen?", rief ihm Freese hinterher.
„Kää Ahnung."
„Haben Sie Ihrem Bruder am Steinbruch aufgelauert?"
„Nää, hawwisch net."
„Oder haben Sie sich mit ihm dort verabredet, um den Streit ein für alle Mal aus der Welt zu schaffen?"
„Nää, hawwisch net."
„Haben Sie Ihren Bruder umgebracht?"
Jakob Wohlrabe drehte sich um und verharrte mit puterrotem Kopf: „Nää, hawwisch net! Feiadunnawettlnochemol!!!"
„Können Sie das beweisen?"
„Hea mol, du Kaschba, isch muss Ihne gaa nix beweise, dass des mol klaa is. Sie, Sie misse mia was beweise. Kenne Sie des?"
„Ja, das kenne ich, das ist ein wichtiger Grundsatz im deutschen Recht, auf den Sie sich tatsächlich berufen können."
„Nää, isch mähn, kenne Sie des: beweise, dass isch des waa mit moim Bruda? Kenne. Net kenne."

---

[133] Schwager

„Ach so“, Freese fing sich nach kurzer Irritation, „Nein, noch kann ich das nicht beweisen, Herr Wohlrabe. Noch nicht. Wir sehen uns heute Abend. Und denken Sie dran, wenn Sie nicht erscheinen, stehe ich spätestens morgen mit einem Streifenwagen vor der Tür.“

„Un du misch aa.“

„Bitte?“

„Kenne Sie des net? Lidderadua[134]!“

---

134 Literatur

Fritjof Freese hatte seinen Chef umgehend über das Gespräch mit Jakob Wohlrabe informiert, beide machten sich nun auf den Weg zur Lesung in die Fußheimer Mehrzweckhalle. Kommissar Günda brauchte seinen Assistenten nicht zu überreden mitzukommen, der hatte bereits eine Eintrittskarte.
„Vun de Muddi, hawwisch rescht?"
„Hm."
„Hoggsch du dann liewa bei derre odda liewa bei mia?"
„Weder noch, Tschief. Wenn Sie nichts dagegen haben, werde ich mir irgendwo einen Platz suchen. Vielleicht gibt es ja eine Jugendecke.
„Gude Idee! Do kummisch grad mit un doi Muddi bstimmt aa."
„In die Jugendecke? Ohne Ihnen zu nahe treten zu wollen, Tschief, ist diese Lebensphase bei Ihnen nicht langsam vorbei?"
Kommissar Günda schaute versonnen. „Des is fa misch die gröggschde Frooch iwwahaupt. Am meischde grouß vun allenne."
„Ach ja? Ich dachte, die größte Frage lautet für uns derzeit: Wer hat Georg Wohlrabe umgebracht?"
„Isch hab gedenkt, du weesch des schun."
„Weiß ich auch, Tschief, mir fehlt nur so etwas wie die letzte Gewissheit. Wie ist es bei Ihnen?"
„Mia gehts wie dia. Mia fehlt aa noch des ledschde bissl."
„Aber im Grunde sind wir uns beide einig."
„Hajo!"
„Zu 90 Prozent ist der Täter …"
„Fimfeneinzisch deedisch saache."
„Zu fast 100 Prozent ist der Täter …"
„Auf! Sachs!"
„Jakob Wohlrabe!"
„Hä? De Muffzekopp? Geh fortt, im Leewe net."
„Tschief, ich dachte, wir seien uns einig. Was glauben Sie denn, wer Georg Wohlrabe umgebracht hat?"
„Geh mol hea!"

„Wollen Sie mich wieder mal drücken?“

„Nää, kä Ängscht. Isch vazehl da mol was. Awwa pscht, bloß unna uns, ins Oa!“

Kommissar Günda zog seinen Assistent zu sich heran und flüsterte ihm zu, wer seiner Meinung nach hinter dem Tod von Georg Wohlrabe steckte. Freese staunte nicht schlecht.

„Wie bitte? Wie kommen Sie darauf?“

„Des vakläa isch da späda, jetz musch du äschda mol was fa misch aleedische.“

Gertrud Menzlerschweikert hatte alle Hände voll zu tun.
„Mia brauche Vastäiikung, ubedingt!“, war sie überzeugt und hatte diese Einschätzung gar nicht erst auf der unteren Verwaltungsebene vorgebracht, sondern gleich ihrem Bürgermeister vorgetragen.
Der hatte nicht gezögert und ihr zehn Mann an die Seite gestellt, die allerdings mit Sonderurlaub und Naturalvergünstigungen aus dem rathauseigenen Weinkeller hatten geködert werden müssen.
Mit wemm soll isch schaffe? Mit derre? Isch glaab shackt!

Frauen waren für diesen Dienst gar nicht erst zu finden, denn die wollten alle unbedingt zur Lesung in die Mehrzweckhalle. Auch Gertrud Menzlerschweikert betonte, sie stünde nur begrenzt zur Verfügung, denn sie pflege zum Star des Abends ein sehr persönliches Verhältnis. Knut Hellerson lege allergrößten Wert auf ihre Anwesenheit, ohne sie, da sei sie überzeugt, *fängt dea gaa net ärscht oo zum lese.*

Gleichwohl kümmerte sie sich nun akribisch um die Details, die Einsatzpläne, die Einteilung der Straßen. Jeder wurde mit einem Smartphone und einem vorläufigen Bußgeldbescheid in 200-facher Ausfertigung ausgestattet, um das Falschparkertum sofort zu ahnden.
Als vorbereitende Maßnahme war überdies die gesamte Stadt im Rahmen einer Sonderverfügung kurzfristig zur absoluten Halteverbotszone erklärt worden. Gertrud Menzlerschweikert hatte den Bürgermeister dafür mit einem bestechenden Argument gewonnen: „Do kummt oddentlisch was zamme, des vaspreschl isch Ihne. Ian Haushald, denn bring isch Ihne in Orddnung. Isch! Gonz allää!“
Aufgrund ihrer bisherigen Verdienste um die Fußheimer Finanzen hatte der Bürgermeister an dieser Prognose keinerlei Zweifel. Dennoch hatte er zunächst Sorge, wie man das harte Durchgreifen der Ordnungskräfte rechtfertigen sollte, wollte

sich doch Fußheim an diesem Abend als weltoffene Stadt präsentieren und hatte man zu diesem Zweck an den Einfallstraßen große Transparente für die zahlreichen Besucher von außerhalb angebracht: *Herzlich willkommen in der Knut-Hellerson-Stadt Fußheim.*
Gertrud Menzlerschweikert jedoch vermochte alle Bedenken rasch zu zerstreuen: „Wenn isch als uff Öschdreisch fahre du, mussisch schließlisch aa bleschle."
Dass die Parkplätze an der Mehrzweckhalle mittels roter Bänder künstlich verknappt wurden, war wiederum eine flankierende Maßnahme, die allein auf Gertrud Menzlerschweikerts Initiative zurückging. In ihren Augen ein weiterer Beleg ihrer herausragenden Kreativität in diesem Bereich und ein klares Signal an die Jury für die Wahl zur Mitarbeiterin des Jahres.

Sie selbst hatte an diesem Abend nicht vor, in die Niederungen der Knöllchenschreiber hinabzusteigen, betrachtete sie sich doch als Taskforce für besonders renitente Fälle.
Früher als erwartet sah sie sich mit einem solchen konfrontiert. Ein blauer Kombi hatte sich über die für jeden erkennbare Absperrung hinweggesetzt und dreist auf dem Gelände direkt vor der Mehrzweckhalle geparkt. Justin Dolitzsch, der Auszubildende der Gemeindeverwaltung Fußheim, hatte zwar klare Instruktionen: *Sgibt kää Ausnoohm, kää ähnzischi, dass des mol klaa is.* In diesem Fall war er sich jedoch nach Rücksprache mit dem Fahrer nicht sicher, ob er bei diesem wirklich so streng sein durfte. Letztlich ließ er sich auf keine Diskussion ein und machte kehrt mit den Worten: „Alla guud. Mia is des jetz graad worscht!"
Helmut Riebele wiederum, der gerade von seiner ersten Streife auf Fußheims Nord-Süd-Achse kam, entdeckte das einsame Fahrzeug inmitten der Absperrung und informierte seine Chefin ohne jedes Zögern.
„Was is los? Des gibts net! Bin glei doo."

Zwei Minuten später hatte sie mit ihrem Dienstfahrrad, seit Neuestem ein E-Bike mit Turboschaltung, das Gelände der Mehrzweckhalle erreicht. Sie ging um das Fahrzeug herum und entdeckte zu ihrer Vorfreude den Fahrer noch darin sitzend, dreist und ahnungslos telefonierend.
Endlich würde das Megafon, das sie während der Fußballweltmeisterschaft in einem Elektromarkt gewonnen hatte, zum Einsatz kommen. Kurz darauf donnerte es über den gesamten Platz: „Aussteigen! Soffort! Raus aus dem Kaiisch!"
Fritjof Freese leistete umgehend Folge. Gertrud Menzlerschweikert war nicht sonderlich überrascht, einem alten Bekannten zu begegnen.
„Des heedisch mia denke kenne, wu Ian Scheff is, sin Sie bstimmt aa in de Näh. Hawwe Sie des Schild net gleese?"
„Doch, aber da steht ja ausdrücklich *Nur für Fahrzeuge mit Sondererlaubnis.*"
„Unn? Wu hawwe Sie die? Isch seh nix."
„Ich bin von der Polizei, wie Sie wissen."
„Mach Sache! Un Sie glaawe wahrscheinz, Sie derfe iwweraal paiike. Do hawwe Sie awwa net mit mia gereschlt. Fortt mit demm Kaisch, awwa subbidoo! Wenn isch widdakumm, sin Sie vaschwunne, hawwe mia uns vastanne?"
Freese nickte und stieg in den Wagen.
„Weils bessa is!" Gertrud Menzlerschweikert stieg befriedigt auf ihr E-Bike und fuhr davon.

Hu-huu! Hu-huu! Hu-huu!
Unn?
Aktion GM läuft
Sauwa!

Die Halle war eine Stunde vor Beginn der Veranstaltung bereits fast gefüllt. Draußen tummelten sich Kartenverkäufer, deren Angebote reißenden Absatz fanden, selbst zu horrenden Preisen. An den Eingangstüren hingen riesige Plakate von Knut Hellerson mit dem bekannten Motiv. Kommissar Günda beobachtete, wie sich immer wieder Besucherinnen vor diesem Hintergrund selbst fotografierten.
Der Büchertisch im Foyer war umlagert. Der Verlag hatte drei junge Männer aufgeboten, die die Bücher gleich stapelweise von den Paletten holten. Des Weiteren fanden sich T-Shirts, Tassen und Tücher mit Hellersons Slogan. Über dem gut fünf Meter breiten Stand hing ein Transparent *Jetzt auch als Hörbuch*.
Im Saal herrschte erstaunliche Ruhe. Hörte man sonst bei derartigen Großveranstaltungen ein Schnattern und Brausen, so war dieser Raum erfüllt von gespannter Erwartung. Etliche hielten bereits den Bestseller in Händen und betrachteten ihn immer wieder andächtig. Das Publikum ähnelte dem bei der Veranstaltung an der Nordsee. Es gab deutlich mehr Frauen als Männer, die mit Abstand Jüngsten waren neben den smarten Verkäufern im Foyer die Feuerwehrleute in Bühnen- und Eingangsnähe. Kommissar Günda ging auf den ältesten zu.
„Äh, Sie wärre entschuldische, de Künschtla-Eigang, wu issen dea?“
Helmut Riebele war noch ganz vertieft in seine vorläufige Bilanz: „Sechseneinzisch Stroofzeddl in ähnarä Stund. Net schlescht. Hä?“
„De Künschtla-Eigang fa die Hall, wu issen dea?“
„Wea willn des wisse? Ah, sin Sie net de Tschief vun de Bollezei? Unn, hebdan schun vahaft, eian Mördda?“
„Net gonz“, antwortete Kommissar Günda bedeutungsvoll. „Awwa Sie kenne mia dodebei bstimmt helfe …“

„Des derf jo wohl net woa sei? Gibts des? Sie sin jo imma noch doo!“
Fritjof Freese stieg gemächlich aus seinem Fahrzeug.
„Hawwe Sie misch net vastanne?“
„Doch, doch.“
„Awwa?“
Gertrud Menzlerscheikert verschränkte die Arme vor der nun bebenden Brust.
„Ich sehe keinerlei Veranlassung wegzufahren. Ich bin hier, und ich bleibe hier.“
„Des wolle mia jo mol sehe.“
„Ja, das werden wir sehen. Ich warte auf meinen Chef. Der kommt in einer halben Stunde.“
„Wann kummt dea?“
„In einer halben Stunde, frühestens.“
„Des geht net.“
„Wieso?“, fragte Freese arglos.
„Dann hot moin Knut schun oogfange.“
„Ihr Knut? Wer soll das denn sein. Doch nicht etwa Knut Hellerson?“
„Alladings. Gönau dea. Isch bin nämmlisch eiglade vun demm. Pasööhnlisch!“
„Das glaube ich nicht. Knut Hellerson ist derzeit einer der gefragtesten Männer Deutschlands, und der soll Sie eingeladen haben?“
„Zufällisch binnisch gut bekonnt zu demm.“
„Das kann ja jeder behaupten. Ich glaube Ihnen kein Wort.“
„So? Sie glaawe des net, dann willisch Ihne mol was zeije, doo!“
Sie fischte aus ihrer Umhängetasche ein Kuvert, in dem sich, sorgfältig in Klarsichtfolie verpackt, eine Autogrammkarte befand.
„Jetz sin Sie sprachlos, hä?“

„Allerdings. Zeigen Sie mal her: *Bis zu meiner Lesung in Fußheim Herzlichst Ihr Knut Hellerson.* Nun ja, eine Fälschung, noch dazu eine ziemlich plumpe."
Sprachs, stieg in das Auto und fuhr davon unter den Blicken einer ausnahmsweise stummen Gertrud Menzlerschweikert.

Am Parkplatzende hielt er kurz an, entfernte die beiden Ohropax extradicht und schickte seinem Chef eine Nachricht.

Sie hatten recht, Tschief!
Sicksch!

Langsam verlosch das Licht im Saal, augenblicklich verstummte das Wispern in den Reihen.
Kommissar Günda hatte einen Platz auf der Empore. Dort saß er am liebsten, ob bei Konzerten oder beim Sport. Er mochte es, den Blick schweifen zu lassen, auch während der Veranstaltung in Richtungen zu schauen, wohin niemand sah. Ganz vorne erhob sich ein Mann im dunklen Anzug, mehrere Zettel in Händen. Kommissar Günda tippte auf den Bürgermeister. Hektisch stürzte eine junge Frau auf ihn zu und schüttelte energisch mit dem Kopf. Der Fast-Redner nahm achselzuckend wieder Platz.
Nun öffnete sich endlich der Vorhang, die ersten Klatscher hoben an, aber noch blieb die Bühne leer. Im Hintergrund entdeckte Kommissar Günda einen alten Küchentisch, Stühle sowie buntbemalte Holzplatten mit Fenstern und Türen, offenbar Überbleibsel eines Bühnenbildes der hiesigen Laienspielgruppe. Links davon lungerte ein Mattenwagen, daneben lagen drei Medizinbälle.
Der hintere Bühnenvorhang geriet in Bewegung, Beifall brandete auf und verebbte wieder. Der Mann im graublauen Kittel war eindeutig nicht Knut Hellerson. Eine Hand in der Tasche, die andere zum Schutz gegen das Scheinwerferlicht vor die Augen gehalten, ging er ein paar Schritte nach vorne, besah sich die Umgebung und nickte zufrieden.
„Hea, Willi, was meschen du doo?“, tönte es aus dem Saal.
„Isch? Isch gugg bloß. Alles in Orddnung so weit.“ Er schaute winkend zur Seite. „Alla guud, kemma oofange!“
„Applaus für unseren Hausmeister!“ Mit sonorer Stimme erschien Knut Hellerson von der Seite, begleitet von rasch anschwellendem Beifall. Er ging auf seinen Vorredner zu und schüttelte ihm die Hand. „Das war die schönste Ansage, die ich auf meiner Lesereise bisher gehört habe. Tausend Dank.“
„Kää Problähm, awwa macht net so lang, isch krigg die Iwwastunde nämmlisch net bezahlt.“

„Na, da werde ich wohl nochmal mit dem Bürgermeister reden müssen, den ich an dieser Stelle sehr herzlich begrüße. Ich bedanke mich für die Einladung in Ihr schönes Städtchen, in dem ich heute das erste Mal sein darf. Mein Name ist Hellerson, Knut Hellerson. Seien Sie mir alle mit Freuden willkommen!“
Erneut brandete Beifall auf, unter dem der Hausmeister routiniert winkend die Bühne verließ. Seine Bühne, vermutete Kommissar Günda, bestimmt wirkte er hier alljährlich bei den Prunksitzungen als Büttenredner mit.

Der Abend gehörte nun Knut Hellerson. Kein Tisch, kein Buch, keine Spickzettel. Ganz alleine fesselte er seine Zuhörerschaft. Kommissar Günda hatte Derartiges noch nie erlebt. Er kannte Huldigungen und Hingabe bei Konzerten, wenn dem Künstler eine solche Woge an kollektiver Zuneigung entgegenschlug, dass man schon davon ergriffen sein musste. Aber hier gab es keine altbekannten Songs, die man gemeinsam zelebrieren konnte, kein wummernder Beat täuschte emotionalen Gleichklang vor, keine Lightshow übertünchte das dürftige Bühnengeschehen.

Da stand ein Mann. Auf dieser großen Bühne eher ein Männchen. Für sein Alter passabel aussehend, aber alles andere als ein jugendlicher Held. Kein Möchtegerncharismatiker, von sich selbst verzückt, Ekstase auslösend, in die zu geraten sich alle ohnehin vorgenommen hatten. Natürlich gab es auch hier in dieser Mehrzweckhalle wie überall das grassierende Phänomen der Popularität, den besonderen Status, der der neu erfundenen Promi-Kaste eine besondere Aura verlieh. Ebenso wie Macht, die *jedn Weschlumbe*[135] groß und bedeutsam erscheinen ließ.
Dieser Mann vermochte etwas anderes. Er sprach die Menschen an. Direkt, jeden Einzelnen. Als wäre er allein mit ihm im Gespräch.

---

[135] Waschlappen

Aus den Medien kannte Kommissar Günda Berichte über Prediger, denen man eine beinahe hypnotische Ausstrahlung nachsagte. Die bedienten sich jedoch der Religion, traten auf als Heilsbringer mit dem direkten Draht. Drohten mit einem Gott, der belohnte, wenn man ihm folgte, und der bestrafte, wenn man das nicht tat. Der Artige war erleuchtet, erlaucht, erwählt, dem Rest der Welt überlegen. Was offenbar einem tiefen menschlichen Bedürfnis entsprang.

Hier gab es keine Verheißung. Kommissar Günda hätte nicht einmal sagen können, worum es an diesem Abend ging. Es war für ihn wie die Fortsetzung des Gesprächs in diesem Schwetzinger Hotel. Mit dem Gefühl, einen Schritt weitergekommen zu sein im Leben. Wohin, das musste er wie alle anderen für sich selbst entscheiden.
Dieser Mann ging auf seine Zuhörer ein, ohne dass jemand etwas sagen musste, erzählte frei, schweifte ab, unterbrach sich, korrigierte sich gar zuweilen.

Einzig *des dabbische Mikrofoon* störte Kommissar Günda, ein Headset, das sich dem Redner an die Wange schmiegen sollte und doch eher wie eine hässliche Narbe aussah. Das erinnerte ihn zu sehr an die Schulungen im eigenen Haus. Theisen hatte dafür in letzter Zeit besonders gerne Ex-Profisportler aufgeboten, die sogenannte Motivationsseminare anboten, wofür sie angeblich durch ihre früheren sportlichen Höchstleistungen besonders prädestiniert waren. Bei Kommissar Günda bewirkten diese gestanzten *Erfolgreich-kann-nur-sein-wer-Erfolg-hat*-Vorträge vor allem eines: sie machten ihn müde, *aiig miid, gonz aiig miid.* Beim letzten Mal hatte er immerhin einen Lacher erzielen können, als er die dutzendste Variante von *Du kannst es schaffen, wenn du es wirklich willst, du kannst es schaffen!* mit einem trockenen *Isch habs vastanne, awwa waas sollisch schaffe?* quittiert hatte.

Zu allem Überfluss wurden diese erschütternd absehbaren Vorträge begleitet von dem allgegenwärtigen Blendwerk namens PowerPoint-Präsentation. Alles, was der Redner sagte, erschien noch einmal wortwörtlich parallel auf der Leinwand. Das war im Grunde nicht anders als in den Fernsehtalkshows, in die Kommissar Günda hin und wieder aus Versehen geriet. Dort begrüßte der Moderator jeden Gast, indem er vorwegnahm, was der gleich sagen würde, was der dann auch prompt fügsam tat, nicht ohne dass im Untertitel ein weiteres Mal auftauchte, was der doch gerade äußerte: *Dea Hannebambl, vun Beruff Dummbabbla, babblt grad denn Kees.*

Genau das passierte hier nicht. Nicht einmal eine grelle Grafik, keine aufgehende Sonne, keine Panflöte, kein bedeutungsschwer wabernder Nebel. Nichts. Wie wohltuend.

Kommissar Günda schaute auf die Uhr. Bald 70 Minuten waren vergangen, die Aufmerksamkeit hatte nicht nachgelassen.
„So, das wars zunächst einmal von meiner Seite. Ich bedanke mich für Ihre Aufmerksamkeit. Und nun stehe ich Ihnen für Ihre Fragen zur Verfügung."
Eine leichte Unruhe keimte auf. Mit dieser Einbeziehung hatten offenbar nicht alle gerechnet. Kommissar Günda wusste aus dem Internet, dass Hellerson am Ende seines Vortrages gerne Nachfragen zuließ.
„Wir haben im Saal Mikrofone. Meine Mitarbeiterinnen reichen die Ihnen gerne, wenn Sie ein Handzeichen geben."
„Des brauchisch net!"
Die durchdringende Stimme war Kommissar Günda wohlbekannt. Offenbar ging es ihm nicht alleine so. Es gab ein leises Raunen, vereinzeltes Kichern.
„Um so besser", freute sich Knut Hellerson. „Ihre Frage, bitte."

„Folgendes. Äschda mol deedisch saache: sauwa. Des waa en rischdisch schääna Voatrag, wu Sie do graad ghalde hawwe. Isch bin gonz begeischdat vun Ihne."
„Wie schön."
„Aa pasööhnlisch."
„Vielen Dank."
„Aa als Monn. Des mussisch schun saache. Isch kumm jo viel rum."
„Zu viel!" Ein Einwurf aus dem Publikum.
„Awwa ähna wie Sie, des is schun einmalisch. Wie Sie des so mache. Isch keent mia des net alles meiike, was Sie do alles vazehle. Hawwe Sie des eigendlisch alles im Kopp?"
„Man tut, was man kann. Ich liebe meine Arbeit, und ich bekomme von meinen Lesern auch viel zurück. Herzlichen Dank. Weitere Fragen!"
„Ja!"
„Bitte, wenn Sie sich kurz vorstellen würden?"
„Äh, isch bins nochmol, Menzlaschweikat, Gertrud Menzlaschweikat."
„Sie haben noch eine Frage? Bitte sehr. Aber dann wollen wir auch die anderen zu Wort kommen lassen."
Zum ersten Mal schien Knut Hellerson etwas ungeduldig zu werden.
„Folgendes: mia kenne uns jo, mia zwee."
„Aha."
„Mia hadde ä pasööhnlische Begegnung, isch will jetz net weidas ins Dettei gehe, isch sach bloß: es war schööhn, aiig schööhn. Jednfalls am Schluss hawwe Sie mia ä Kaad vun sisch gewwe. Moment." Sie kramte in ihrer Tasche. „Isch habs glei. Ach Gott, jetz is die aa noch vakrumblt. Doo: *Bis zu meiner Lesung in Fußheim Herzlichst Ihr Knut Hellerson.* Schää. Odda? Do wärre schun monsche bissl neidisch sei. Zurescht, sachisch, zurescht!"
„Ihre Frage, bitte."

„Voahien kummt do soen Hannebambl." Im Publikum machte sich langsam Heiterkeit breit. „Sacht gonz fresch *Pf, die Kaad, die is doch gaa net escht, des isse Fälschung!* Jetz willisch vun Ihne die Bestädischung, hawwe Sie mia die Kaad gschriwwe odda net?"
„Das kann ich beim besten Willen nicht sagen, ich komme so viel rum, ich war die letzten Wochen ständig unterwegs. Sie müssen es mir nachsehen, dass ich mich nicht an jedes Autogramm erinnere, das ich irgendwo gegeben habe."
„Wie bidde?" Die Chefin des Gemeindevollzugsdienstes hatte sich auf den Weg gemacht und stand nun direkt vor der Bühne. „Wea misch ähmol alebt hot, dea vagisst misch net. Des kenne Ihne alle bsteedische!"
„Stimmt."
„Des stimmt."
„Uff jedn Fall."
„Des kannisch aa bsteedische."
„Un wie!"
„Do wäre Sie de ärschde. Jetzt gugge Sie misch mol oo, un donn iwwaleje Sie sisch guud, was Sie saache. Akenne Sie misch?"
„Ganz ehrlich, ich weiß es nicht, aber ich bitte Sie jetzt herzlich …"
„Isch bin schoggiat. Wolle Sie dodemit saache, oine Gertrud Menzlaschweikat wäa än Liejebeitl? Des kann jo net sei, des waa voa net mol zwee Woche, dass mia uns doo gedroffe hawwe."
„Isch sage doch, ich kann mich nicht erinnern."
„Isch sehs noch gönau voa mia."
„Unmöglich."
„In de Lange Strooß. Doo bei uns in Fußheim."
„Wie oft sollischn des noch saache. Isch waa noch nie in demm bleede Kaff, Herrgottsack!"
Stille.
„Verzeihung", Knut Hellerson fing sich wieder. „Ich war die letzten Wochen viel unterwegs, habe wenig geschlafen, ich bin leider völlig übermüdet. Ich schlage vor, wir beenden hier das

Plenum, und wir treffen uns draußen im Foyer. Dann komme ich gerne mit Ihnen einzeln ins Gespräch. Vielen Dank für Ihre Aufmerksamkeit. Alles Gute, auf Wiedersehen."

Er wandte sich zum Gehen.

„Hea, Ottl?"

Knut Hellerson drehte sich um und blickte Kommissar Günda direkt in die Augen.

„Noch Wein?"
„Gärn."
„Ich muss gestehen, ich bin immer noch schockiert. Das hätte ich nie für möglich gehalten. Mein Knut. Ausgerechnet!"
„Eigendlisch waas jo de Ottl."
Der erneuten Einladung seines Assistenten war Kommissar Günda nur zu gerne gefolgt. Im Hintergrund lief Pink Floyd, *Be careful with that axe, Eugene.* Wiebke Freese war immer noch fassungslos.
„Wie auch immer, für mich war das ein solch integrer, souveräner, weiser Mann. Ein Vorbild für uns alle. Und dabei so bescheiden. Wie kann ein Mensch nur so unterschiedliche Seiten haben?"
„Nommaal, des hawwe mia doch all."
„Du auch, Günda?"
„Wahrscheinz."
„Du, Wiebke", der Tonfall seines Assistenten war irgendwie mütterlicher geworden. „Damit haben wir tagtäglich zu tun."
„Das könnte ich nicht, bei jedem Menschen das Schlimmste vermuten und dann auch noch entdecken. Aber was hat letztlich zum Tod eures Buchhändlers geführt, das habe ich immer noch nicht verstanden? Er und unser Knut, die hatten also eine gemeinsame Band, aus der ist aber nichts geworden. Entschuldigung, das geht Millionen Musikern so. Deshalb bringe ich doch niemanden um. Wie viele Leute kenne ich, die ihren großen Traum vom Rockmusiker beerdigen mussten. Und die, die dabei geblieben sind, was sind die heute?"
„Wenn sie iwwahaupt noch leewe …"
„Genau, dann geben sie irgendwelchen unbegabten, unmotivierten Schülern Unterricht." Freese fing den Blick seiner Mutter auf. „Oder sie spielen auf Goldenen Hochzeiten und 70. Geburtstagen."

„Apropoo, wie deedsch du des finne, wennisch uff moim Sibziggschde soä klähnes Rejunniekonzärtt[136] mache deed?“
„Und wer soll sich bei dir wiedervereinigen?“
„Obacht: Schläid[137]!“ Kommissar Günda grinste. „Des muss awwa unna uns bleiwe. Des waa mei ärschdes Konzärtt. Dorttmols. Dreiäsibbzisch. Ebbele[138], Rhein-Negga-Hall. Isch hab drei Daag nix mea gheat.“
„Darf ich dir ein Geheimnis verraten?“
„Nää, Wibbge!“, erwiderte Kommissar Günda und wagte nicht zu hoffen, was er ahnte.
„Meins auch, bloß in Hannover. Aber das durfte damals keiner von meinen Freunden wissen, weil …“
„… weil die ware jo net prograssief gnung, isch weeß. Soen Kees. Dodebei waa des ä subba Laif-Bäänd. *Koss ai laaf juh, Hier mie koohling*[139]*.*“
„*Move over!*“
„Des kennsch du aa? Sauwa. Freese, dei Muddi, des isn Kracha, weesch du des eigendlisch?“
„Hm.“
„Un de Noddie[140], dea hot jo ä Stimm ghabt, fascht wie die Menzlaschweikat. Bloß bissl schääna.“
„Wie wer?“
„Eine seiner Frauenbekanntschaften, stimmts, Tschief?“
Kommissar Günda grummelte Unverständliches.
„Das muss dir gar nicht peinlich sein, Günda!“
„Is jo worscht, uff jedn Fall, wennisch die holl, in de Ogginaalbsetzung nadierlisch, deedsch du kumme, Wibbge?“

---

136 Reunionkonzert
137 Slade
138 Eppelheim
139 Coz I Luv You, Hear me calling
140 Noddy Holder

„Garantiert. Aber meinst du nicht, die sind dann ein bisschen alt?“
„Ä-ä, du weesch doch: Achtzisch is des neie Dreißisch.“
„Das wäre bestimmt sein nächster Bestseller, kann euer Knut ja jetzt schön im Knast schreiben.“
„Also, er tut mir schon leid, ich komme gar nicht drüber weg. Wie konnte er so etwas nur tun?“
„Isch zeig da mol was. Uff Ffiddeeoo.“
Aufmerksam besahen sich alle drei den alten TV-Bericht über Jod S 11.
„So ein arroganter Schnösel.“
„Mei Redd.“
„Das war jedenfalls der Anfang vom Ende für die Band“, fasste Freese zusammen. „Die Plattenfirma wollte sie als obercoole Jungs verkaufen, das war damit erledigt.“
„Schun ä Riesesauarei vun denne Färnsehleit. Wäre die zwee Schwoowe[141] gwest, donn wäa des garandiat net bassiat, die heede sie hoffiat, wedde ma?“
„Jedenfalls, daraufhin verlor die Plattenfirma jedes Interesse an dem Projekt. Und wie so oft, wenn der Erfolg ausbleibt, gibt es Streit. Jeder gab dem anderen die Schuld. Sie trennten sich, aber jeder wollte den Namen für sich behalten.“
„Un was fan bleede Noome.“
„Das ging so weit, dass sie irgendwann Anwälte eingeschaltet haben, die Sache ging vor Gericht, und es gab einen Vergleich.“
„Middemme subba Agebnis: kähna derf denn Noome vawende.“
„Das hat die Jungs bestimmt einen Haufen Geld gekostet.“
„Und über kurz oder lang hätten sie wahrscheinlich eh Ärger mit der Wellensittichfutterfirma bekommen.“
„Wahrscheinz.“
„Was aber bei beiden blieb, das war die Wut auf den anderen.“ resümierte Freese. „Sie sprachen nie mehr ein Wort miteinander.

---

[141] Schwaben

Und sie beschlossen, sich den Dialekt abzugewöhnen. Der eine etwas konsequenter als der andere."
„Aussem Ottl wärd de Knut."
„Der hat sich überhaupt komplett von seiner Vergangenheit gelöst, in jeder Hinsicht, weggezogen, ausgewandert, neuer Name, neue Identität, keinerlei Verbindung mehr zur Region. So verloren sich die beiden aus den Augen, bis …"
„… dem Knutottl soin Valaag die guude Idee ghabt hot, denn ausgreschnt in Fußheim lese zum losse."
„Fast wäre die Lesung gescheitert, denn der Bruder des Opfers hat ja alles darangesetzt, die Lesung abzusagen."
„Weil er Knuts Vergangenheit kannte?"
„De Joggl? Awa! Weila nix häld vun allem, was kä Lirrick schreibt odda Tolschdoi heeßt."
„Lyrik, Wiebke, er meint Lyrik."
„Hab ich verstanden, Fritti, hab ich verstanden."
„Sicksch, dei Muddi vasteht misch."
„Wie schön. Der Verlag hat sich dann durchgesetzt, Georg hatte keine Ahnung, wer da kommen würde, nur euer Knut wusste, dass er an den Ort seines früheren Lebens zurückkehren würde. Für ihn war das eine Art Genugtuung. Die Heimkehr, aber nun als Star. Er wollte die Vergangenheit nicht aufrollen und öffentlich machen, ihm genügte, einen einzigen Menschen damit ins Mark zu treffen: Georg Wohlrabe."
„Aber als sich die beiden begegneten, hätten sie ja durchaus die Chance gehabt, die Vergangenheit aufzuarbeiten, den alten Konflikt zu beenden, Frieden zu schließen, ich meine, es waren jetzt, na ja …" Wiebke Freese zögerte.
„… alde Sseckl, sachs narre", ermutigte sie Kommissar Günda.
„Ja, vielleicht haben sie das sogar versucht. Jedenfalls ging das gründlich schief. Am Ende gerieten sie sich wieder in die Haare, wie damals."

„Hoa? Die zwee hawwe jo kaum noch Hoa ghabt. Do hab jo isch noch mähna[142].“

„Ob es ein tragischer Unfall war, das wird das Gericht zu klären haben. Ich finde übrigens, die Strähnchen stehen Ihnen gut, Tschief!“

„Strähnsche? Isch glaab sgeht los. Des is alles Naddua. Mei Hoa reagiere hald uffs Wedda.“

„Und wieso haben sie sich ausgerechnet beim Steinbruch getroffen, das sieht doch fast so aus, als hätte Knut sein Opfer in eine Falle gelockt.“

„Des hawwisch mia aa lang iwwalegt. Moment.“

Kommissar Günda spulte das Videoband zurück.

„Doo. Kummda des bekonnt voa, Freese?“

Der stutzte.

„Denk da mol bissl was weg. De Bagga un des annare Zeigs.“

„Stimmt, das ist der Steinbruch! Die beiden haben sich also am Ort ihres Scheiterns getroffen.“

„Des hosch du awwa schää gsacht, fascht schun po-eedisch. Hodda des vun dia, Wibbge?“

Sie knuffte ihn.

„Wie bist du überhaupt darauf gekommen, dass Knut Otell ist, Günda?“

„O-telll, du klingsch schun fascht wie doin Soohn. A, duasch des Ffiddeeoo.“

„Ehrlich? Das muss dein geschulter Blick sein. Die beiden Jungs haben sich doch derart verändert, ich hätte keinen wiedererkannt. Richtig smarte Burschen waren das damals.“

„Ealisch gsacht, isch habs bestimmt zäh mol geguggt. Awwa oohne Toon. Des is so fuaschbaa, die Mussisch. Un dann waa do noch was annares. De Ottl, isch sach halt Ottl, dea hot misch so gut vastanne, wie isch bei demm waa.“

---

[142] mehr

„Sie waren bei ihm, Tschief? War das Ihr Ausflug nach Schwetzingen?“
„Doin Soohn, Wibbge, des issn Fuchs. Du hoschs afasst. Isch hab hald dem soi Buch glese, un was dea schreibt, des hot misch fasziniat, isch gebs zu.“
„Das ging uns allen so. Wen berührt so etwas nicht?“
Freese deutete auf sich, die beiden anderen winkten ab.
„Du bisch hald zu jung. Do kummsch du aa noch dehinna. Uff jedn Fall, wie isch dortt waa, do hot dea misch so gut vastanne, obwohl dassisch so gschwetzt hab wie imma. Des hot misch schun bissl gwunnat. Ea heed mol do glebt, korzz, lang hea, hodda gsacht. Do hots bei mia glei mol gschebbat im Härnkaschde. Un donn nadierlisch die Gschischt mit unsare Lieblings-Bolidess[143].“
„Der Angriff mit dem Auto.“
„Du Freese, du hosch misch druffgebrocht. Die Sach mit demm Kennzeische M, middem Mietwarre. Wie isch jetz draus waa, in de Hall, hawwisch misch glei mol rumfiehre glosst vum Helle.“
„Helmut, der Griller.“
„Gönau. Un tatsäschlisch, do issa gstanne, demm soin Kaiisch. Mim M druff.“
„Helmut, der Griller? Ich verstehe im Moment überhaupt nichts.“
„Is aa net so wischdisch.“
„Erkläre ich dir später, Wiebke. Was anderes, wieso hat Hellerson das überhaupt gemacht mit dem Autogramm, wenn er doch gar kein Schaulaufen veranstalten wollte?“
„Weila eewe eidl[144] is. Wie mia all.“
„Ich nicht, Tschief.“
„Du? Du bisch de härddschd. Odda Wibbge? Sach dei Sach! Uff jedn Fallsch hodda denn Schorsch bsuche gwott, bevoa dassa

[143] Politesse
[144] eitel

liest. Als soin pasööhnlische Triumphh kwassii: *Do gugg noo, was aus mia worre is. Isch hogg net in soemme dubbelische Buchlaade wie du!* Un uffm Weg triffda ausgreschnt dMenzlaschweikat."

„Wahrscheinlich hat er nicht korrekt geparkt."

„Des kann sogga gut soi, donn hodda ga kää Schangs ghabt. Stattz Bußgeld gibda derre ä Audogramm, un sie is glei voll vaschosse – die is so bissl leischt entflammbaa, wie mia wisse –, un sie hot rausgfunne, dassa schun in Schwetzinge is, im Hodell. Sie willen bsuche un wärd abgwimmelt. Weil de Knutottl Ängscht ghabt hot, sie deedn varoode. Un so issa uff die bleed Idee kumme, sie zum bseidische. Zum Glick hot des net geklappt, un ea hot denn Plan widda uffgewwe, weila a nix mea vun derre gheat hot."

„Eines ist mir völlig rätselhaft, Tschief. Wieso hat Georg Wohlrabe sein Testament geändert und nicht mehr seine Patentochter als Erbin eingesetzt, sondern seinen Bruder? Das Verhältnis war ja nun nicht das allerbeste."

„Weesch, was isch glaab?"

„Na?"

„Weila irgendwann vastanne hot, dass ian Vadda des so gwott heed. Vleischt hodda aa bissl schleschdes Gwisse ghabt, weila sisch so wennisch gekimmat hot, die gonz Zeit. Irgendwonn hoddas hald kabiat, was de Vadda gwott hot: *Moin Lade solle mei zwee Buuwe hawwe un kähn annare.* De Joggl, demm waa des wahrscheinz schun fria klaa."

„Meinen Sie, Tschief?"

„Was glaabsch du, wea steht in demm soi Teschdament? Isch geb da mol en Tipp: Isch net. Un du aa net. Neddemol dRuth."

„Sie meinen, Jakob hat seinerseits auch seinen Bruder als Erben des Ladens eingesetzt?"

„Do deedisch wedde. Die Briida hawwe sisch zwaa imma gfetzt, awwa drotzdähm hawwe die äfach net losse gekennt vunenanna. Gönau so wie du und dei Mu…"

„Jetzt kein falsches Wort, Tschief. Bleibt es eigentlich bei unserer Verabredung morgen?“
„Sebvaständlisch, wisso net? Weesch, Wibbge, doin Soohn hot misch nämmlisch rausgfoddat. Zum Duell. Kää Ängscht, rein sporttlisch nadierlisch. Hawwisch gsacht, oukey, awwa isch derf die Waffe wähle.“
„Aha, und was macht ihr?“
„Pscht. Des gibt ä klähni Iwwaraschung.“

Der Kampf war härter als erwartet, aber zu guter Letzt, nach fünf erbittert umkämpften Runden stand es drei zu zwei für Kommissar Günda.

Was Freese unterschätzt hatte, war zum einen die Sportart, dabei hatte sein Chef ihn gewarnt: „Minigolf, des is wie Audorenne. Bloß oohne Reife.“ Zum anderen war da der enorme Druck, dem die beiden Spieler ausgesetzt waren durch das zahlreich erschienene Publikum. Eigentlich hatten sie aus Fairnessgründen neutralen Boden aufgesucht – der Platz lag in Speyer – doch die Männer vom Liederkranz in ihren hautengen Radleranzügen mussten irgendwie vom Sportereignis des Jahres erfahren haben. Sie ließen es sich nicht nehmen, von Bahn zu Bahn mitzulaufen und vor Beginn jeder Runde einen Rockklassiker zu schmettern. Solist: der Lammwirt als Freddy Mercury. Mit *Schnorres*[145].

„Sie?!“
In einer Spielpause kam Dieter Beck freudestrahlend auf Freese zu. „Sie wollde mia doch mol denn Film entwickle losse.“
„Ach ja, haben Sie ihn zwischenzeitlich gefunden?“
„Kää Ahnung. Des mescht mei Fraa.“
„Und wieso fragen Sie?“
„Mei Fraa hot gsacht, wennisch Sie seh, sollisch Ihne mol froore. Ssoot. Aleedischt. Des hawwisch jetz geduu.“

Freese war ein fairer Verlierer, auch wenn der Einsatz, um den sie gespielt hatten, hoch war.
„Sollisch mitkumme?“
„Nein, nein, Tschief, das mache ich schon allein. Schließlich habe ich das ja auch alleine verbockt.“

---

145 Schnauzbart

„Des stimmt. Awwa mach da nix draus, Freese, des is mia aa schun bassiat.“
„Ehrlich?“
„Hajo. Un net bloß ää Mol. Kumm mol hea, loss disch mol drigge! Moin Friddi.“
„Ich habs gewusst!“ Freese verdrehte die Augen.
„Bessa gsacht: moin Pomm Friddi! Tschuldischung, des hot jetz mol sei gmisst.“

Kommissar Günda saß auf dem Friedhof von Fußheim *uffm Bengl.* Die Sonne stand tief, und die letzten Besucher machten sich auf den Heimweg.

Quaak, quaak!
Auftrag erledigt, Tschief!
Unn? Wie hoddan reagiert, de Joggl?
Entschuldigung angenommen
Sauwa!
Aber …
Awwa waas?
Muffzisch wara hald

Kommissar Günda musste grinsen. Dialekt schreiben, das konnte sein Assistent also schon, bloß *mim Spreschle*, da haperte es noch gewaltig.
Er beugte sich nach vorn, den rechten Ellenbogen auf das Knie gestützt, und blickte zu Boden. Bestens organisierte Ameisen wuselten zumeist schwerbepackt über den Kies, ohne sich je ins Gehege zu kommen. Unauffällig, unermüdlich, unbeirrbar.

„Hea, ia seid wie isch. Bloß annaschda."

Mein Dank gilt Dr. Anna E. Wilkens, meiner unerschrockenen und einfühlsamen Lektorin aus Norddeutschland.

Ich danke ganz besonders Bettina Gantert und Helga Föll, die mich in jeder Hinsicht unermüdlich unterstützt, ermutigt und bestärkt haben.

Meine Muttersprache ist Hochdeutsch, aber meine Heimatsprache ist Kurpfälzisch. Ich bin über die Sprache nach Hause gekommen. Bei allen, die dazu beigetragen haben, bedanke ich mich von Herzen.

www.arnim-toepel.de

Lektorat: Dr. Anna E. Wilkens, Berlin
Gestaltung: Bettina Gantert, Mannheim
Foto: Jaspar Töpel
Druck: CPI Clausen & Bosse

ISBN 978-3-9812773-9-5

Bisher erschienen:

De Schorle-Peda

ISBN 978-3-9812773-8-8